2

目次

北の地
西の地シャフリヤール
国境城塞
東の地シャハラザード
イウナン
王都
聖都
南の地ドゥンヤ

あらすじ

砂漠が広がる枯れた大陸アルフ・ライラ。その西の地シャフリヤールで冒険者として名を馳《は》せていた虫使いのリョウは、極限環境である北の地に眠っていた伝説の古代遺物アフラージを発見した。すべての古代遺物は水を動力源として動き、アフラージは無尽蔵の水を生み出す古代遺物だった。アフラージの発見は東の地シャハラザードの王であるエンの依頼によるもので、エン王の古文書解読の賜物《たまもの》だった。「この大陸に生きるものすべてに水の恵みをもたらす」というエンの理想が叶うと、そうリョウは思っていたが、冒険団の腹心である三人、ターレルとディナールとユーロに裏切られ、アフラージを奪われて岩窟牢《がんくつろう》に十年閉じ込められてしまう。

十年後、エンの遺児であるセン王女に岩窟牢から助け出されたリョウは、三分割されたアフラージの一つを手にして西の地シャフリヤールを支配していたユーロと戦い、辛くも打ち倒した。エンの遺志を継ぐセンは、三分割されて力を弱めたアフラージの統一を目指していた。

東の地シャハラザードの国力は大陸でも飛び抜けて強く、エン王の最側近であったターレルこそがアフラージ統一における最大の障害であるとセンは考え、西の地シャフリヤールと南の地ドゥンヤを結びつけ、ターレルの支配下にある東の地に抗《あらが》おうとしていた。

しかし南の地の実権を握るのはドゥンヤの元最高宗教指導者であり、大国シャハラザードの強大な影響力に長年苦々しい思いを抱き続けてきたディナールだった。

第一章

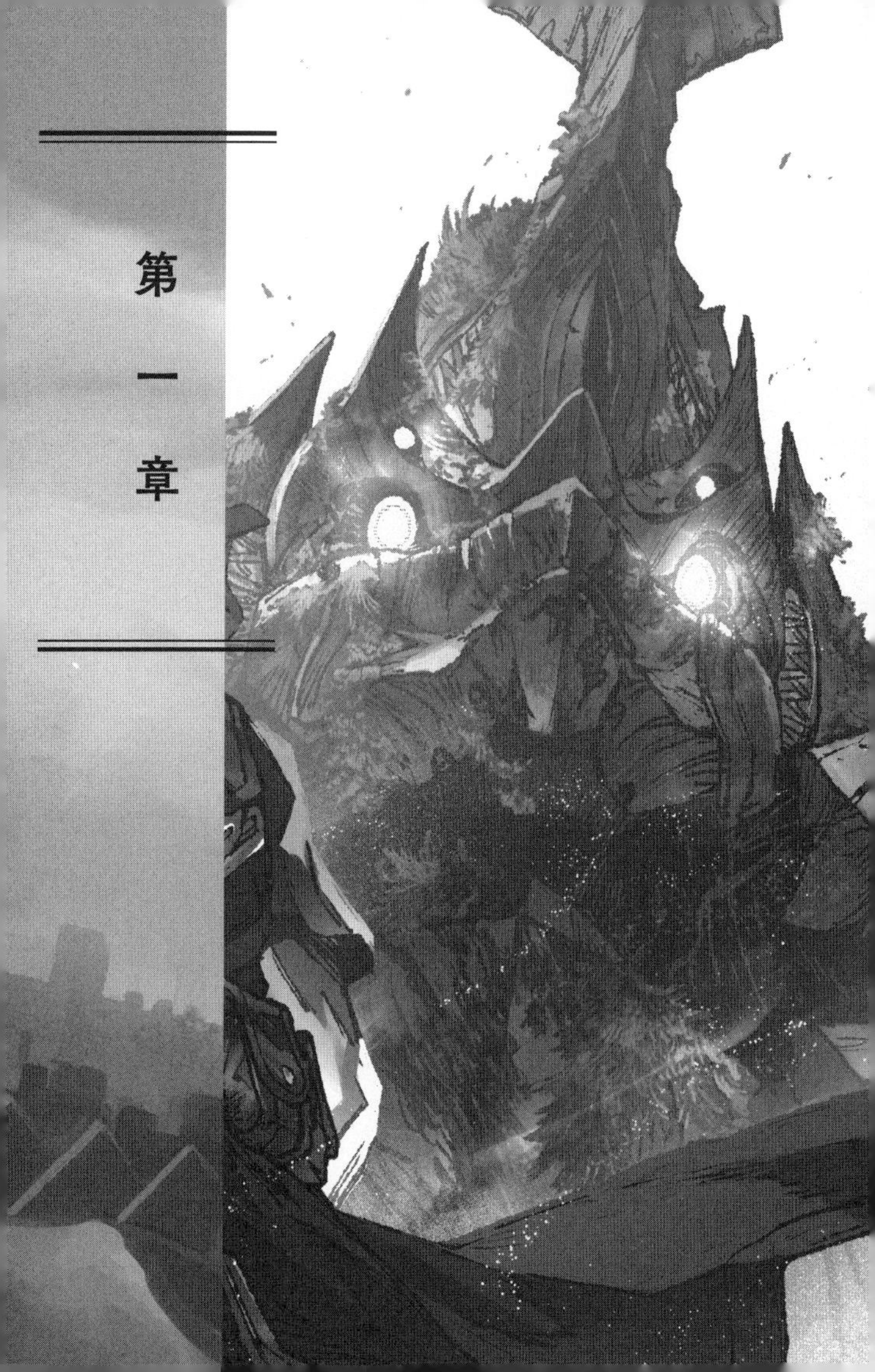

1

「かっこいいいぃ……！」

そう言って虫樹《ちゅうじゅ》を見上げ始めたのは、歯が生え変わり始めた頃からだったか。

もう、リョウにも定かではない。

馬鹿の一つ覚えみたいに木に登り、青空を行く虫樹をワクワクしながら見上げるなんて、南の地ドゥンヤの聖都でどれだけ繰り返したか数えられない。目深にかぶらなければいけない赤い頭巾のせいで見えにくく、リョウは木の上でよく脱いだものだ。

樹上はいい。

抜けたばかりのすきっ歯を撫《な》でる風すら、なんだか心地よい。

枝に跨《また》がっているだけで、虫樹で白煙を引いている気になる。十歳で初めて操縦桿《そうじゅうかん》を握らせてもらった時、リョウは飛び上がった途端に頭から落っこちて気絶したが、些細《ささい》なことだ。

できないのなら、できるようになるまで続ければいい。

木登りと同じだ。虫取りと同じだ。取っ組み合いの喧嘩《けんか》と同じだ。

やっていれば身につく。身につかなくても、好きだということで胸が張れる。リョウは聖典の勉強があまり身についていないが、巫女《みこ》様が暗唱する聖典を聞くのは大好きだ。上手くはなれなくても、好きだということで胸が張れたら、それは勝ちだ。

　リョウは勝つのが大好きだった。

「くうっ……やっぱベニシダレだよなぁ。一番いいっ……」

　十歳のリョウは枝に跨り、木の幹に背を預けた。

　ベニシダレは一つ目の雀蜂《すずめばち》型虫樹だ。赤い装飾植物が雀蜂型の背部や脚部を燃えるように彩っていた。空を飛ぶベニシダレが広場の尖塔《せんとう》を横切り、伏した巨塔をくり抜いて建てられた集団礼拝堂の向こうへ消えてしまっても、リョウの瞼《まぶた》の裏にはその雄姿がハッキリと見えた。

　小枝を二つ拝借して両手に握れば、リョウにとって樹上はもう虫樹の操縦席だった。

　ベニシダレを操っているのは『民の守り手』と呼ばれる巫女直属の虫使いだ。ドゥンヤの治安を保つ守護学徒たちを束ね、災害となればいち早く窮地に駆け付け、南の地で最も優れた虫使いとして敬われていた。巫女に代々受け継がれる格式高い虫樹ベニシダレを預けられ、鮮やかに乗りこなす『民の守り手』はリョウの憧《あこが》れだった。

「降りてきなさい、リョウ！」

　真下から呼びかけられ、リョウは思い描いていた操縦席から引きずり出された。赤い頭巾を目深に被《かぶ》った十歳の少女が、リョウが木に登る前に脱いでおいた靴の近くに立っていた。

　ディナールだ。

　リョウと同じく聖典や古《いにしえ》の知識を学ぶ小巫女《こみこ》で、小巫女の印である赤い頭巾を習わし通り目深に被《かぶ》っていた。赤い頭巾の端から黒い髪と瞳《ひとみ》がちらと見え、頰《ほお》のほくろが利発そうな目鼻筋に柔らかさを添えていた。リョウと同じ村で生まれて同じように育ったはずなのに、ディナールは一度聖典を読み聞かされるだけで一語一句間違わずに暗唱してみせた。古文書の解読に関して巫女《みこ》が舌を巻くほどの才を示し、虫樹の扱いも極めて上手かった。

それに比べてリョウの特技といえば、聖都の地下にある迷路倉庫で一度も迷わなかったことくらいだ。精霊に選ばれた者だけが宿す印だってディナールと同じように持っているにもかかわらず、どうしてこれほどまでに差が生まれてしまうのか。

一から十まで正反対だ。

ディナールは頭がよくて真面目だ。隙《すき》あらばリョウに勉強させようとしてきた。

小巫女は選ばれし三十人ほどの学徒だ。最高指導者であるたった一人の巫女様の秘術によって見出され、成人と認められるまでドゥンヤの聖都で学びの日々を送るのだ。聖典の教えを基礎とした宗教法だけでなく、語学や数学、社会や理科や体育や芸術から虫樹の扱い方まで、聖都の法学者たちの手ほどきを受けて古《いにしえ》の洗練された知識を学ぶのが小巫女の役目だった。

授業時間はもうやり過ごしたはずだが、リョウは木の上に逃れた猫のように警戒した。

「あんたのぶん、食べちゃうわよ？」

そう言ってディナールは指で摘《つま》んだ果実を振って見せた。

ナツメヤシの実だ。おやつだ。リョウは腹ぺこの猫のようにいそいそと降り立った。

リョウがうきうきしてナツメヤシの実を受け取ろうとすると、ディナールにがしっと腕を摑《つか》まれた。ディナールは「してやったり」という顔をしていた。

しまったとリョウは悔やんだ。この手を食らうのは五度目だ。

勉強させられてしまう。

リョウは頰を膨らませて目で抗議したが、ディナールは眉《まゆ》一つ動かさずにリョウの赤い頭巾を目深に被らせ直して、リョウの服についた木の葉をぽんぽんと払うのみだ。

「まったく、聖典の授業をサボる小巫女なんて、あんたくらいよ」

「巫女様の声じゃなきゃ、やだ。巫女様が読んでくれる聖典じゃなきゃ、つまんない」

リョウがぷいっとそっぽを向くと、ディナールの目が険しくなった。

「虫樹や遺物の授業には、風邪でふらついてても出ようとするくせにっ。……リョウ、わかってるでしょう。古代遺物の利用は聖典で禁じられしもの。欠けてしまった聖典の再生をなすための特例として、巫女様や法学者や学徒や、私たち小巫女にはそれが許されているの」

ディナールはそう言って、びしっとリョウの鼻先に人差し指を突き付けた。

「聖典そっちのけで古代遺物にうつつを抜かしてちゃダメなのよ、リョウ」

「やだ。巫女様が聞かせてくれる聖典じゃなきゃ、面白くないっ」

「巫女様は忙しいの。小巫女たるもの、聖典は諳《そら》んじられるようにならなきゃ」

「ディナールはずるい！　一度聞いただけで覚えられたから、そんな簡単に言うんだ！」

リョウが駄々をこねると、ディナールは思案するような目で頬《ほお》をぽりぽりと掻《か》いた。

「難しいのは虫樹の操縦も一緒でしょ。この前あんた、飛び上がった途端に頭から落っこちちゃったじゃないの。その点、聖典の勉強は失敗しても気絶したりしないわよ」

「でも聖典の勉強じゃ、成功しても空は飛べない」

「飛べるわ」

「嘘《うそ》だ」

言い切ったディナールへ、リョウは疑いの眼差《まなざ》しを向けた。

「嘘じゃない。聖典を深く学べば心に羽が生えるって、巫女《みこ》様が言ってたもの」

「……心にならば、俺だってとっくに生えてるよ、羽くらい」

十歳のリョウは物憂げに空を見上げた。

木に登って空飛ぶ虫樹を眺めれば、リョウにとっては操縦席に座っているのと同じだ。リョウが操縦桿《そうじゅうかん》を握る仕草をすると、リョウの頭をディナールが握り拳《こぶし》でぐりぐりしてきた。

「心に羽が生えた人っていうのはねっ、あんたみたいにっ、聞かん坊なんかじゃないの！　巫女様みたいにっ、みんなが憧《あこが》れる人なのよ！」

リョウは何とか逃れて木の幹を盾にするも、すぐにディナールに回り込まれてしまった。

「あんた、聖典が嫌いなの!?」

「好きだ！　難しくてよく分かんないけど、巫女様が聞かせてくれる聖典は好き！」

えっへんとリョウは胸を張ったが、それがディナールをより苛立《いらだ》たせたらしい。

「どんけつサボり魔のくせによく胸が張れるわね！」

ディナールに首根っこを摑《つか》まれ、リョウはずるずると引きずられた。

「こっちにきなさい！　勉強よ！」

「やだぁあああっ」

リョウが振りほどいて木に抱きつくと、ディナールが引っぺがそうと摑みかかってきた。

「巫女《みこ》様の前でだけは行儀よくするくせにっ、こんの見栄っ張り！」

互いの頭巾が脱げてしまうほどの取っ組み合いになった。

勉強させられてなるものかとリョウは木の幹にしがみ付いたが、ディナールはリョウの足を摑み上げると荷車を引くようにぐいぐいと引っ張り始めた。

「このトンチンカン！　その負けん気を勉強に向けりゃいいだけでしょうがっ」

「いいいいやああだあああっ」

リョウはまだちんちくりんで、ディナールのほうが大きかった。木の幹に回したリョウの手は、ディナールにぐんっと引っ張られるたびに少しずつほどけていった。

悪あがきでリョウが足をばたつかせると、足裏がディナールの鼻に軽く触れた。

「ふぎゃっ!?」

ディナールの奇声が聞こえ、リョウの足が自由になった。当たり所でも悪かったのかとリョウが心配になって振り返ると、ディナールは鼻をつまんで悶《もだ》えていた。

「もう……足の臭いだけは一番ね。何で怒ってたのかも吹っ飛んじゃう……」

「こらこら、二人とも。小巫女ともあろうものが、土まみれになって」

そう言いながら赤色のフードをまとった老婆がぬっと現れ、リョウとディナールの間に割って入った。聖都の法学者だ。リョウとディナールの先生でもあった。

ディナールは慌てて脱げた頭巾を被《かぶ》り直し、ぼやっとしていたリョウにも頭巾を被せた。

「どちらに非があったのです？」

厳しい眼差《まなざ》しでそう問いかける老婆の前へ、リョウは迷うことなく進み出た。

「俺です」

「……またですか、リョウ」

「私も、かっとしました。非は私にもあります」

ディナールが庇《かば》うようにリョウの前に出ると、老婆の眼差しは幾分か和《やわ》らいだ。聖都の法学者のほとんどはディナールに対して優しく、度々リョウはそのおこぼれにあずかった。

「あなたたちは巫女様の秘術によって選ばれた小巫女なのですよ。もっと行儀よくケンカなさい。なにより、リョウ。あなたは二百年ぶりに選出された、男子の小巫女。二百年前の男子の小巫女は、卓越した巫女として聖典を深く読み解き、南の地をたいそう栄えさせて生涯を終えました。リョウ、あなたがこの地を背負って立つかも——」

老婆がもう一言二言付け加えようとすると、美しい歌声が尖塔《せんとう》から聞こえてきた。

もうすぐ礼拝の時間だった。

老婆は「以後、慎むように」と言い、集団礼拝堂のある広場へと足早に向かった。

伏した巨塔の一角をくり抜いて建てられた荘厳な集団礼拝堂は、東西七キロを超えて円形に広がるドゥンヤの聖都の中心にあった。集団礼拝堂前の広場には垂直軸風車によって汲み上げられた水が行き渡り、礼拝前の信徒たちが身を清めていた。広場には高さ三十メートルのほっそりとした尖塔が五つ立ち、高さ百メートルの尖塔が二つ聳《そび》え立っていた。そして百メートルの尖塔の向こうに、伏してなお高さ二百メートルを超える巨塔があった。

伏した巨塔は古代文明の英知そのものだった。

聖都の歴史であり、巫女《みこ》や法学者や学徒や小巫女たちの住居であり、研究室であり教室であり病院であり、植物工場であり虫樹の発着場であり博物館であり公文書館でもあった。伏した巨塔は聖都にあるどの建物よりも遥かに大きかったが、言い伝えによると、地に倒れ伏してしまう以前と比べればこれでも三分の一以下になっているそうだ。

伏した巨塔を見上げながらリョウが胸を撫《な》でおろすと、ディナールが溜息《ためいき》をついた。

「リョウ、今のまんまじゃ一人前になれないわよ」

「なれる」

「その自信はどこからくるの？」

ディナールが不思議そうに尋ねてきたので、リョウは自信満々に自らの胸に手を当てた。

「巫女様が言ってた。『リョウはたぬきばんぜん』だ、って」

「大器晩成よ、たぶん」

「そう、それ。一人前になるまで、みんなより回り道しなきゃいけないんだ。俺、たぬきばんぜんでよかった。回り道するから、いろんなものが見れるぞ、きっと」

リョウが嬉《うれ》しそうに言うと、ディナールは木に寄りかかって呆れたように頬杖《ほおづえ》をついた。

「……呑気ね、もう……」

でも巫女様がそう言ってたのならきっとそうね、とディナールも納得してくれた。

礼拝の時間になると、巫女の読誦《どくしょう》が聖都中に響いた。

伏した巨塔の中にある、拡声装置によるものだ。聖都中の人々に聞こえるというのにちっとも騒がしくなく、聞きたくないと思う者の耳には聞こえず、聞きたいと思う者なら耳の聞こえない者にまで聞こえるのだそうだ。リョウは十歳の時、拡声装置に悪戯《いたずら》をして巫女様からこっぴどく叱られて泣きながら謝ったことがあるので、とても貴重な古代遺物であることは間違いない。拡声装置は執務室近くの巫女専用の礼拝所にあり、巫女の読誦が日々朗々と流れた。

南の地の孤児だったリョウとディナールを見出してくれたのが、巫女だ。疫病と飢饉《ききん》で壊滅した貧しい村の出だったリョウとディナールを、カンナギ教団の孤児院が救ってくれた。さらには巫女様の秘術によって、いずれ巫女となってカンナギ教団を率いる資格を持てるようになる特別な学徒――小巫女《こみこ》として選ばれた。残飯漁《あさ》りの毎日を寝床にすら困らず読み書きまで教えてもらえる毎日へと変えてくれたのは、巫女様とカンナギ教団だ。

聖典によれば、それも神のおかげだ。

神は至高にしてこの世のすべてを決める、慈悲あまねく慈悲深き御方だ。小巫女の修業がちっとも身につかないのもリョウのせいではなく、きっと神の御意志によるものだろう。聖典の教えは海よりも神秘的で奥深い。深すぎて、溺《おぼ》れそうで、リョウは心許《こころもと》なかった。

十一歳の時に頂いた巫女様の言葉が、ずっとリョウの支えだった。

「リョウ、あなたのいいところは、自分の失敗をなかったことにしないことです。それは本当に素敵な資質なのですよ。年を重ねるほど、輝きを増していくものです。……大きな器は作り終えるまでに時間がかかり、どんな形となるのかすら作り終わるまでわかりません。この大地が大きすぎて球形であることを見て取れないように」

巫女様が礼拝所で微笑《ほほえ》みながら諭してくれたことを、リョウはいつも匂いと一緒に思い出した。巫女様はとにかくいい匂いがして、リョウは思い出すだけで落ち着いた。

十一歳の時も、十五歳の時も、二十歳の時も、二十五歳のときも、岩窟牢《がんくつろう》にぶち込まれる前まではずっと、困難と不安に身体《からだ》が凍えそうになってもその思い出で心が安らいだ。

「リョウ。誰もが本当はそういう器なのだとしたら、とても素敵だと思いませんか？」

素敵だ。

そう考えるほうがずっといい。十一歳からずっとリョウはそう思うように努めた。

巫女様の話を聞くたび、リョウは胸躍った。

ドゥンヤの聖都は遥か昔、いと高きところを泳ぎ、神に導かれてこの地に根を下ろしたそうだ。古《いにしえ》の民は心穏やかで利害の決着は対話のみであり、飢えや病に苦しむことも死ぬこともなく、来世を迎えるために寿命を定める伝統を生み出したらしい。それが神の逆鱗《げきりん》に触れ、巨塔が伏すほどの災難に見舞われたが、巫女の祈りによって巨大な精霊が遣わされ、民は守られたそうだ。しかし聖典は欠けてしまい、長きを経た今でも再生は成し遂げられていない。

聖典が欠けたことで民は争い、病に苦しみ、飢えと渇きに苛《さいな》まれるようになったそうだ。だが、神の与える死と来世を迎えることは許された。

聖典の教えは奇妙だ。

古代遺物に触れるなと禁じておきながら、触れなければ聖典を蘇らせることが叶わない。知るべきではないことを記しながら、知りたくなるように記してある。欲しがってはいけないと戒めておきながら、欲しくなってしまうように形作ってある。

この世は、十一歳のリョウには分からないことだらけだった。

ドゥンヤの聖都には、古の絵と文字の数々が建物のいたるところにあった。壁から飛び出して歩き回る動物の絵画に、姿かたちを刻々と変化させていく植物の彫像、匂いや音楽や風の感触すら感じる風景画。すべて古代の遺産で、リョウが大好きなものばかりだ。

素晴らしいものに対して、どうして消極的にならないといけないのか。

「ドゥンヤも、東の地や西の地みたいだったらいいのに」

ある日リョウがぽつりと漏らすと、巫女《みこ》様はいつになく難しい顔をした。

「リョウ……古代の遺産は、その価値を真に理解する者が手にせねば危うく、真に理解する者はみだりにその力を用いたりはしないものです……」

そう言いながらも、巫女様の瞳《ひとみ》には迷いが見て取れた。その答えの中に巫女様の迷いを見て取ったからこそ、リョウはずっと心に留めておけたのだろうか。

東の地や西の地は古代遺物を積極的に用いて豊かになったそうだ。ドゥンヤはその煽《あお》りを受けているらしく、ディナールがよく肩を怒らせていた。

「今のドゥンヤは、貧しい人たちがシャハラザードへ身売りしていくのを黙って見てるしかない。ドゥンヤで暮らしていけないから、東の地へと人が流れていって、この地はますます力を失っていく。その流れを止めたい、って巫女様も言ってた」

ディナールも巫女様も、南の地を想えばこそ悩んでいたのだろう。

なら古代の遺産をもっと使っていけばいいのにとリョウは考えてしまうけれど、賢くていろんなものが見えてしまう人たちにとって、物事はそう単純なものではないらしい。

シャハラザードの豊かさに対して、ドゥンヤの法学者たちは辛口だった。

「この地で育った人や家畜や作物を、東の地が富に物を言わせて収奪していくだけのこと。人様の畑の麦を黄金色に実ってからむしり取っておいて、それを誇るなんて……」

「言うに事欠いて、古代遺物を乱用しろ、などと……」

「……聖典への畏敬《いけい》を忘れた者どもめ。西の地を誑《たぶら》かしたように、南の地までをも……」

そう評してはいても、シャハラザードの力には抗《あらが》えなかった。ドゥンヤの地は古《いにしえ》の伝統を重んじて国を築けず、シャハラザードの庇護《ひご》の下で自治を認められていた。かつてシャハラザード王国はドゥンヤの地に格別の敬意と配慮を示していたが、モンメ女王が即位して東の地シャハラザードの力が揺るぎないものとなってからは、南の地の力は衰え続けているそうだ。シャハラザード王国の地方総督は武力と金を背に、人手や産物を南の地から容赦なく取り立てた。南の地を飢饉《ききん》が襲うたび、ドゥンヤの聖都に商人の隊列ができた。

あれはたしか、リョウが十二歳になる直前のことだったか。

リョウは、掃除の手を止めてディナールと並んで尖塔《せんとう》の露台から見送った時のことを覚えている。夕陽の影は細長く、東の地へと遺物を運ぶ隊列は聖都の大門から続いていた。東の地シャハラザードへと南の地ドゥンヤの貴重な古代の遺産が売り飛ばされていく様を見ている事しかできず、リョウはもどかしくて寂しかった。

尖塔の壁に貼りつけられた動く壁画を、ディナールは悔しそうに撫《な》でていた。

「このままじゃ、いずれ南の地のすべてを売り渡さなければいけなくなるかもしれない。シャハラザードの者たちに。この聖なる文字や絵の、本当の価値を理解していない者の手へと。古代の遺産は、その本当の価値を知る者の手にあるべきなのに……！」

ディナールは奥歯に力を込め、願うようにぼそりと続けた。

「……お金で品性も買えたらいいのに」

「たとえ買えても買おうとしないよ。品性とパンが売ってたら、パンを買っちゃう」

リョウが素直に答えると、ディナールがゆっくりと振り向いた。夕陽を背にディナールは毅然と立っていて、顔色が影に隠れているのに、じわりとリョウは嫌な予感がした。

「なら、私とパンが売ってたら？」

「どっちも買う。傍《そば》にいて欲しいから」

「どちらかしか買えないとしたら？」

ディナールの声はぞっとするほど真剣で、リョウはたじろぐしかなかった。

「ねぇ、リョウ。あなたなら、どっちを買う？」

ディナールはリョウの逃げ道を塞《ふさ》ぐように念を押してきた。飢えと渇きの惨さを知っているリョウが答えに苦しむと、ディナールはわかり切っていたくせに。

ディナールか、パンか。

格好よく「もちろん、ディナールに決まってる！」なんて、言いきりたいけどリョウは言いきれない。自分というものが弱っちくて存外あやふやなことを、リョウは知っていた。心臓がきゅっとなって、足が震えだしそうで、けれど冗談で和ませたりしてもディナールは喜んだりしそうになくて、この場から逃げる方法がいくつも思いつくのに逃げたくない。

とにかくリョウは、答えにわずかでも嘘《うそ》を混ぜたくなかった。

「……そんなの、わかんないよ。その時になってみなきゃ」

「正直ね、リョウ。ふふ、それでいいの。私が、そんな時なんて訪れさせない」

ディナールは満足げに尖塔《せんとう》の手摺《てすり》に背中を預けた。

夕陽を浴びたディナールの顔には、いつも以上の優しさと決意が満ちていた。

リョウは知っていた。ディナールは一度やると言ったことはやり遂げる小巫女《こみこ》だ、と。リョウのどっちつかずの答えでディナールが満足そうにしたのは、なぜなのか。リョウには分からなかった。巫女様が以前言っていたことに通じるのだろうか。「誰かの問いかけに誠心誠意向き合って悩むことは、すばらしい答えを出すことよりも大切なことです」と。

リョウは不思議だった。

虫樹は土木建築から農業に至るまで、いろんなことに使える。古代の遺産は美術品だけではない。万の書庫の代わりを果たすという湿布や、水と空気から肥料を作る宝玉や、目の見えない者でも見えるようになる目隠しや、遠くのものと話ができる耳飾りや、服を作ってくれる板や、尿や汚水を飲料可能なほど綺麗《きれい》にする筒、食べ物を冷たく乾燥させて長期保存できるようにする箱、植物や虫をぐんぐん育てる籠《かご》など、様々だ。古代遺物は素晴らしい力をもたらすのに、なぜ飢餓や貧困が未だにのさばっているのか。

虫樹のせいだと、ある法学者は言っていた。

シャハラザードのモンメ女王が促進した古代遺跡発掘事業によって投資が進み、東の地や西の地で虫樹が普及し、そのことによって物の流れが激変してしまったそうだ。大量の物資や人員を短時間で輸送できるようになった弊害が、商いの皮をかぶって収奪を深刻化させているらしい。商いの皮をかぶった収奪の深刻化が、飢饉《ききん》や貧困の罪深さを増していくのだそうだ。

それでも、リョウは虫樹が好きだった。

古代遺物に触れると楽しかった。

ドゥンヤの聖都へと巡礼にくる冒険者たちの話がどれも面白くて、西の地への憧《あこが》れは日々増した。手つかずの古代遺跡が多く眠る西の地や、西の地の先にある北の地の厳しさと底知れなさ。冒険者たちが自分の半身に等しい虫樹といかにして出会い、揉《も》め事が起きるたびに虫比べで決着をつけ、仲良くなったり決裂したりするのか。仲間を失い、どう弔うのか。どうやって古代遺跡までの道のりに基地を作り、砂嵐や日照りや野盗の襲撃に備え、水や食料や資材を基地へ運び、手に入れた古代遺物を基地から村や町へと運ぶのか。古代遺跡にいる凶暴な自律型虫樹――古代精霊体の巨大さと多彩さ、その美しさと凶悪さ。あらゆるものが次々と空へと落ちてゆき、砂粒が集まって巨人や竜となって暴れ、晴天のままに雷雨が降り注ぎ、灼熱《しやくねつ》の日差しの中で雪が積もる、古代遺跡の神秘の数々。そんな遺跡で発見した古代遺物や雑貨がどんな値で売れ、どれほどの村や町や都市を潤していくのか。

リョウは小巫女《こみこ》だ。

巫女にも民の守り手にも法学者にもなれそうにないが、十八歳になれば守護学徒として巫女様をお支えする。おそらくディナールを支えることになるだろう。リョウはそう思っていた。

自分の将来は決まっている。

決まっているからこそ、リョウは夜ごと考えた。もし自分が虫使いになったら、どんな虫樹を相棒にするのだろうか。精霊と通じ合うことができたら、今以上に虫樹のことが愛《いと》おしくなるのだろうか。どんな装飾植物で、どんな風に相棒を彩るのだろうか。もし冒険者になったら、どんなお宝を探し出すのだろう。自分はどんな冒険者を目指すのだろうか。どんな人と仲間になり、どんな風に笑い合い、涙し、怒り、友の絆を育むのだろうか。

もし、こうだったら。

もし、ああだったら。

もしも、もしも、もしも。リョウが「もし」で満足しようとするほどに、いよいよ収まりがつかなくなってきた。リョウが冒険者になる決意を固めて西の地へ行こうとした時は、聖都の大門でディナールと大喧嘩《げんか》になった。

あれはたしか、小巫女の修業を始めて五年が経ち、十三歳になった頃だったか。まだまだ子供だったが、もうお互い、取っ組み合いの喧嘩になるほど幼くもなかった。

「冒険者になるなんて、とんでもないっ。リョウ、もう気付いているはずよ。あなたは虫使いに向いてない。虫樹に宿る精霊と繋《つな》がることすら、まだできていないのよっ」

「それでも、俺は虫樹にもっと乗りたい。古代遺物がもっと見たい。俺の知らないものが、西の地や東の地には沢山あるんだ。ここじゃできないことが俺はしたいんだ、ディナール！」

「リョウ、それでは教えの本質から離れていく。回り道するだけよ！」

「回り道でいい。俺は虫樹が好きだ。冒険者の話が好きだ。まだ知られてない遺物や遺跡や、古代精霊体ってやつを見てみたい。ここじゃ、俺は回り道することすらできないんだ」

「リョウ！　戻りなさい、リョウっ、行かな――……行ってはダメ！」

その時のディナールの声は月下の風音と共に、ずっとリョウの耳に残っている。

リョウは振り返らずに隊商の後を追って歩き続け、西の星を見た。自分の足元なんて見てしまったら、聖都へ続く砂原の足跡をたどりたくなるに決まっていた。

念願かなってやってきた西の地シャフリヤールは、虫樹と古代遺物で溢《あふ》れていた。読み書きはおろか聖典の一節すらまともに暗唱できない者ですら、虫使いを公然と名乗っていた。南の地との違いにリョウは頭がくらくらし、胸のわくわくが止まらなかった。

シャフリヤールは新天地だった。

賑《にぎ》わっている街を歩けば、人間をダメな生き物に変えてしまう楽しそうなお店が次から次へと見つかったものの、何をするにも金が必要で、リョウはとにかく金がなかった。

冒険団に入れたものの、雑用ばかりの毎日で、虫使いになるまで数年を要した。精霊となかなか通じ合えないリョウはポンコツ虫使いそのものだったが、お宝を嗅《か》ぎつける嗅覚と遺物の価値を見抜く目と迷路のような古代遺跡でも一切迷わない方向感覚は、冒険団の面々からよく褒《ほ》められた。ドゥンヤの聖都で身に着けていた読み書きや聖典の知識に何度も救われた。南の地で学んだ宗教法は、西の地でも流血沙汰《ざた》や裁判沙汰を避けるのに役立った。

辛い目にも沢山あった。痛い目にもあった。知り合った冒険者が次々と成功し、名を成していくというのに、リョウはなかなか日の目を見なかった。

けれど、ソレオレノに出会えた。

巫女《みこ》様から与えられた言葉が、なけなしの自信を支えてくれた。『リョウは大器晩成だ』とドゥンヤの巫女がそう言ってくれたのだ。こんなに心強いことはない。

リョウは辛抱したし、辛抱すら楽しんだ。

腹が減った時の飯と喉《のど》が渇いた時の水、その美味しさをリョウはよく知っていた。そのせいだろうか、十九歳でタールレルと出会って仕事が上向き始めると、抑えてきた物欲が爆発した。あれもこれも欲しくなり、古代遺物や雑貨のコレクションはすぐに数え切れなくなった。

あれはたしか、結成した冒険団にユーロが居つくようになった頃だったか。ベースキャンプにディナールの言伝と手紙を携えた使者がやってきた。ドゥンヤの聖都で再会したディナールは二十一歳の麗人で、ディナール・アルライラ・アルドゥンヤを名乗っていた。『アルライラ・アルドゥンヤ』は巫女か元巫女しか名乗ることを許されていない、特別な苗字だ。

ディナールはわずか十五歳で巫女《みこ》になったそうだ。ドゥンヤの巫女は、十八歳以上の元小巫女だった法学者の中から選出されるのが通例だ。二十代後半の巫女ですら「若い」と驚かれるのに、小巫女からいきなり巫女になるなどディナールは異例中の異例だった。

リョウは驚かなかった。ディナールが巫女になる。当然だと思った。己よりも相応《ふさわ》しい者がいれば巫女の座を譲る。それもドゥンヤの巫女の『徳』の一つだ。

譲った巫女の徳も、譲られたディナールの徳も、リョウはひしひしと感じた。嬉《うれ》しかった。

小巫女たちに慕われるディナールの姿を見ているだけで、リョウは誇らしかった。

その時ドゥンヤの聖都で出会ったリヤルという小巫女をリョウはよく覚えている。太陽のように笑い、風のように聖都を走り回り、火のように聖都のガキ大将とケンカしていた。いつも赤い頭巾を砂まみれ葉っぱまみれにしていて、身体《からだ》のどこかしらを擦りむいていて、ソレオレノを食い入るように見つめては「乗せて乗せて」とせがむ九歳の女の子だった。

リョウが西の地で見てきた奇人変人と比べて、初対面のリヤルは負けず劣らずだった。

「リョウ様っ、リョウ様！　足っ、足を嗅《か》がせて！」

なぜだかリョウは他人とは思えない親しみを感じ、望み通り足を嗅がせてあげるとリヤルは飛び上がって悶絶《もんぜつ》した。ディナールの傍《そば》にいた他の小巫女たちは「やっぱり、聞いてた通りなんだ」とでも言わんばかりに、互いに顔を見合わせて笑っていた。

「ぬぎゅぅっ……く、くちゃいっ!?」

悶《もだ》えながら地面を転がるリヤルを微笑《ほほえ》ましそうに見ながら、ディナールは肩をすくめた。

「立派になっても、足の臭いは昔のままみたいね、リョウ」

ディナールは小巫女たちにいったい何を吹き込んでいたのやら。

ディナールの要件は簡潔だった。

「あなたの仕事に同行させて、リョウ。私に冒険者というものを教えてほしい」

リョウは聞き間違えたと思い、何度か聞き返した。

ドゥンヤの巫女が冒険者に転向しようとするなど、後にも先にもディナールだけだろう。巫女はドゥンヤの民にとって欠かせない存在だ。リョウは一年近く断固反対し続けたが、「どうしても南の地の人々のために必要なことなの」とディナールに説かれ、ついに根負けした。

聖都の大門を、今度はディナールと並んで出て行く事になった。

十三歳で分かたれた袂《たもと》が、二十二歳で繋《つな》がった。リョウはソレオレノと共に、ディナールはベニシダレと共に、西の地へ向かって聖都の大門をくぐった。

「いいのか、ディナール。ベニシダレを持ち出してきて」

「特例よ。……せめて一番よい虫樹をと、リヤルがベニシダレを預けてくれた。今は彼女がドゥンヤの巫女よ。傷一つ付けずに返すわ、必ずね」

「元巫女がベニシダレに乗って冒険者へ転向、か……変わったな」

「南の地は変わろうとしている。私は、その一助になりたい。新しい巫女《みこ》の下で」

ディナールはわずか十歳のリヤルに巫女の座を譲ったのだ。

伝統を重んじるカンナギ教団からして、異例のことだ。それができるだけの徳がディナールにはあったのだろう。また、リヤルを見込んでもいたのだろう。

聖都の大門を後ろに、ディナールへ忠告したことをリョウは今でも鮮やかに思い出せる。

「言っとくがな、そんなに甘くないぜ。冒険者稼業は」

「そうだとしても、気付いたのよ。私にも回り道が必要だって」

ディナールは一度も聖都を振り返らなかった。十三歳の時の、リョウのように。

冒険者となったディナールの活躍は目覚ましかった。古代遺物に対する鑑定眼に優れ、諍《いさか》いの仲裁が手慣れていて、虫樹の扱いが抜群に巧かった。古代文書を紐《ひも》解《と》いて遺跡の位置を推測し、古代の目録を読み解いて貴重な遺物を次から次へと見つけ出した。元巫女として培った包容力なのか、歴戦の虫使いたちですらディナールを慕うようになり、日々の礼拝をサボりがちだった者まで聖典に親しむようになった。「東の地に生まれてくれていれば、エン陛下の頼もしき臣下となってくれていただろう」と元武人のターレルも目を見張っていた。

一年また一年と順調で、リョウの冒険団は隆盛を極めた。

ほどなくして、リョウはエン王からアフラージの捜索を正式に頼まれた。

大陸中に無尽蔵の水をもたらすと噂《うわさ》される、伝説の古代遺物。エン王の卓越した古代文書解読の力とシャハラザード王国の財力と王家に伝わる秘蔵書の数々があれば、アフラージを見つけ出せるかもしれない。リョウは千載一遇の好機にわくわくした。

冒険者冥《みょう》利《り》に尽きる大仕事だ。

リョウがこの仕事をやり遂げれば、大陸中の者たちが恩恵を得られる。東の地も西の地も南の地も、未開の北の地ですら緑豊かになるだろう。虫樹もそうだが、古代遺物のほとんどは水を動力源として動く。人の手では耕すのに一月かかる土地すら、虫樹を使えば半日で済む。

水は繁栄の核心だ。

やっと帳尻を合わせられるとリョウは思った。かつて巫女やカンナギ教団から与えられた返せないほどの恩や神の慈悲に、報いることができると。小巫女の修業を投げだして自分勝手に冒険者になったその真価を、やっと見出せるような気がした。

東の地を統べる王であるエン・イブンモンメ・アルシャハラザードがいる。南の地を導いてきた元巫女であるディナール・アルライラ・アルドゥンヤがいる。東の地の元武人ターレルがいる。西の地の浮浪児から成りあがった天才虫使いユーロがいる。頼もしい虫使いたちや、料理人や技師や医者や商人や学者や、培ってきた協力者たちとの関係がある。

アフラージの捜索は困難の連続だった。

エンが読み解いた古文書によれば、アフラージが眠る古代遺跡は北の地の中央だ。西の地から濃塩の海に浮かぶ諸島を北上し、未開の乾燥地に拠点を作りながら進むしかなかった。

北の地の古代遺跡をまたにかけ、手がかりから次の手がかりを手繰《たぐ》り寄せた。

進んでは引き返し、拠点を維持することに神経を注いだ。

維持できない時は無理せず西の地へと退《ひ》いた。

空振りが続き、北の地の過酷さばかりが身に沁《し》みた。そしてエンが内政の裁決で王都を離れられなくなり、冒険団の面々からアフラージ捜索に反対意見が出始めた頃からか。

天幕でリョウと二人きりになると、ディナールは何度か疑念を口にした。

「エン王は本当に、この大陸すべてに水の恵みをもたらすつもりなのかしら？」

リョウが「もたらすさ、必ず」と答えると、ディナールは声に小さな棘《とげ》を混じらせた。

「リョウ、彼はシャハラザードの王よ。エン・イブンモンメ・アルシャハラザード。……南の地への敬意や配慮を見せなかったモンメ女王の、その息子なのよ」

「……エンは、パンじゃなくて品性を選ぶやつだ」

「そう振る舞えるのは、そういう状況に立たされる危機感が彼にないからよ」

「エンは違う。そんな奴じゃない」

リョウが断言すると、ディナールの眉間《みけん》に皺《しわ》が寄った。

「どうしてわかるの？」

「わからない。けど、わかるんだ。感じるんだ」

リョウは直感をそのまま述べるしかなく、ディナールはため息をついただけだった。

きっと分かり合える。

ディナールの誤解だって晴らせる。アフラージをエンが手にして大陸中に水が行き渡れば、その恩恵は南の地も得られる。ディナールならば南の地を豊かにできる。

シャハラザードの王都に負けないほど、ドゥンヤの聖都を活気づかせられる。

南の地の巫女《みこ》を補佐し、利害関係を調整し、大地と民を富ませ、信仰の光で優しく包み込むことができる。ディナールならば、きっとやってみせるだろう。

リョウはそう確信していた。

ディナールがそんな不安を抱くということは、空振りが続いていてもアフラージが実在することを信じてくれているからで、エンの言葉が信頼に足ると感じているからだ。

「そう、リョウ。不思議ね。同じものを見ているはずなのに、そうは思えない」

「同じものを見てるんだ。いずれ、そう思える日がくるさ」

リョウが微笑《ほほえ》みかけても、ディナールの顔は晴らせなかった。

「アフラージは危険なものよ、リョウ。見つけるまでも、見つけてからも」

「わかってるさ、そんなことは。だからエンが大切なんだ」

結局、ディナールは理解してくれなかった。

リョウのことを誰よりも知ってくれていたくせに。

岩窟牢《がんくつろう》で十年が過ぎた。岩窟牢を出て、さらに半年経った。

リョウは郷愁の痛みを振り払いたくて、南の地平線から目を逸《そ》らした。

もたれかかったリョウの背中を支えてくれる、ソレオレノの前脚の感触が心強い。

岩の断層を背にして、ソレオレノを先頭に八機の虫樹が整然と並んでいる。すでに野営用の天幕は片付けられ、煮炊きの火にも砂がかけられていた。砂漠は目覚めたばかりで砂はまだ陽に焼かれていないが、『西の団』の虫使いたちは身支度を終えていた。

いずれもリョウの手勢だ。

夜通し交代で見張りについてくれていた者は少し眠そうだったが、夜明けのお祈りの前にリョウがコーヒーを持参して「助かるよ」と声をかけると笑みを見せてくれた。

朝飯の食いぶりも皆よかった。

この野営は訓練の一環だが、実戦との境はない。

「……ディナール、お前までアフラージに飲まれやがって……！」

リョウの呟《つぶや》きは一陣の北風に運ばれ、南へと砂混じりに消えていった。

リョウの胸で燻《くすぶ》るこのわだかまりは、幼少より苦楽を分かち合ってきたディナール個人へのものか、それとも無尽蔵の水をもたらすアフラージへのものか、エンがもたらすはずだった希望を台無しにした理不尽への憤《いきどお》りなのか、ドゥンヤの巫女《みこ》という存在に対してリョウがずっと抱いていた崇敬の念を怪しくさせたディナールの所業への苛立《いらだ》ちなのか。

それはリョウにも分からなかった。

岩窟牢での十年は、やはり長すぎた。ユーロと戦った時に振り切ったつもりだったのに。ルイアンの地でセンが見せたあの輝きに魅せられて、リョウは奮い立ったはずなのに。

自分の中から、どす黒く淀《よど》んだものは消えてくれない。

在りし日は厄介だ。今と明日は選べても、昔はただあるだけだ。

ユーロが肌身離さず貼っていたアフラージの一枚は今、セン王女が身に着けている。センが言うには、別の一枚はターレルが肌身離さず持っているそうだ。三分割されてその力をひどく弱められていてなお、絶大な水の恵みをもたらすアフラージは権力そのものだ。

ディナールも肌身離さず持っているに違いない。

(必ずアフラージを引っぺがしてやるぞ、ディナール、ターレル……)

リョウは人知れず決意を深くした。

「だいぶ戻ってきたみたいだな、ソレオレノの調子は」

横手からオボルスに呼びかけられ、リョウはソレオレノの脚にもたれかかるのをやめた。オボルスの上着の胸ポケットから、稚拙な人形の顔がリョウに微笑《ほほえ》みかけてくる。人形のとぼけた愛らしさとオボルスの穏やかな声に、リョウは幾分か気が楽になった。

ユーロに与していたオボルスとソレオレノで戦った時に感じた手強《てごわ》さと憎たらしさは、味方になってくれると頼もしさに変わった。西の団の副長としてオボルスは頼りになる男だ。

「まだまださ、オボルス」

「そいつはソレオレノに失礼だぞ、リョウ。……いい緑じゃないか」

　オボルスが砂丘に鎮座するソレオレノをしげしげと眺めている。朝日を浴びたソレオレノの胸部装甲や脚部や角は、リョウが手塩にかけた装飾苔《ごけ》と相まって緑のグラデーションが瑞々《みずみず》しい。地上で真価を発揮する甲虫型の力強さが、ソレオレノからひしひしと伝わってくる。

「リョウ、白骨化した脚はこのままでいいのか？」

「ああ。このほうがいい」

　白骨化した左前脚や右の鞘翅《しょうし》は実用性を検査してそのままにしてある。枯れた味わいがリョウは気に入った。ソレオレノの美しさに、より深みを醸し出せる気がする。

「まあ、あんたがそう言うなら、それでいいが……」

　美的感覚は人それぞれだしな、とでも言いたげにオボルスは見比べながら頷《うなず》いていた。

　虫樹をどう飾るかは虫使いの心意気一つだ。

　砂を蹴立《けた》てて一人の虫使いがやってきた。

「リョウ団長、オボルス副団長、出発準備が整いました」

　報告を受けるなり、リョウは頷いて声を張った。

「よし、みな、聞け。イウナンは目と鼻の先だ。セン王女が招かれた客人を、多脚要塞《ようさい》がある国境城塞《じょうさい》まで送る。いずれは俺たちの上役になるかもしれない客人だ、礼を尽くせ」

出発っ、とリョウは言うなりソレオレノに乗り込んだ。

涼やかな森の香りがする。虫樹の操縦席の匂いだ。取り換えた操縦桿《そうじゅうかん》やペダルや座席の座り心地も馴染《なじ》んできている。リョウが店を巡り、シートベルトの質にいたるまで選《え》りすぐった。操縦席に座るだけで、十年前のソレオレノとはまた違うワクワクがある。

視界も良好だ。

ソレオレノの目を通し、リョウの足の下はもちろん、背後の丘の砂紋まで見える。

西の団の虫樹にも虫使いたちが乗り込み、機体横の気門からぶしゅぶしゅと蒸気の煙を吹かして虫樹の調子を確かめつつ、虫樹を身じろぎさせて背中から砂を落としていた。

リョウがソレオレノの鞘翅の横間から雷の翅《はね》を広げ、蒸気噴流を噴かせてひょいっと飛び上がると、オボルスを筆頭に西の団の虫使いたちも続々と飛び上がった。

飛び上がる時の脚音や羽音もまた、皆、実に柔らかい。蒸気噴流の音にすら品がある。

離陸するなり、北西へ向かって隊列は綺麗《きれい》な雁行《がんこう》形だ。

岩山を横切っていると、西の団の虫使いから伝声装置越しに呼びかけられた。

「団長、その客人ってのはどういうお方なんです？」

「老齢の法学者だ。名はアブースクード」

「アブー、スクード？　……イウナンの盾って呼ばれてた、大商人の？」

「そうだ。ユーロに財産を巻き上げられて、長らくイウナンの監獄にぶち込まれていたそうだ。ユーロに諫言《かんげん》を繰り返してな。よく生きてたもんだ。他人とは思えない」

リョウの返答に、西の団の虫使いたちがくすりと笑った。

その中でドゥカートという西の団の虫使いだけは疑義を挟んだ。

「団長、たった一人の客人の送迎に虫樹が八機も必要ですかね？」

「センエ女がアブースクードを重視してるのさ」

「だとしても、俺たちは運び屋じゃありませんよ？」

ルイアン出身の医者の息子であるドゥカートの声には、少し拗《す》ねたような響きがあった。センがアブースクードの迎えに八機もの虫樹を送る、その意味が分かっていないらしい。

リョウは声の調子を穏やかに落とした。

「……セン王女のアフラージ統一構想はわかってるよな、ドゥカート？」

「西の地シャフリヤールと南の地ドゥンヤを結び付けて、最大勢力である東の地シャハラザードを牛耳ってるターレルと対峙する、ってやつですよね？」

「そうだ。西の地をユーロの支配から解放したとはいえ、シャフリヤールの各都市をセン王女がまとめ上げていくには、優れた大臣と俺たち西の団が欠かせない。西の地がまとまってこそ南の地との協力関係も築けるし、そうしてやっと、東の地シャハラザードに対抗できる。セン王女はシャハラザードの王族で、アフラージの一つを手にしたとはいえ西の地で確固たる地位を築いているわけでもなく、まだ多脚要塞《ようさい》を本拠地としなきゃならない有様だからな」

「……アブースクードの力も、俺たち西の団の力も必要ってことですか」

「まだ選考段階だが、セン王女がアブースクードを相当重視してるってことでもある。そして俺たち西の団もまた、セン王女に頼りにされてるってことさ。もっと強くならねぇとな」

リョウの答えに、ドゥカートは満足そうにふむと唸《うな》った。

センやオボルスのおかげもあって、結成して間もない西の団の雰囲気はよい。ユーロの配下だった者たちがリョウに従ってくれるのは、センやオボルスの人柄あってこそだろう。

ユーロとの決戦から半年、実に慌ただしかった。

センがアフラージを手にし、西の地にあるルイアンの町を解放してからは、実にあっけなかった。ユーロの本拠地だった大都市イウナンはろくな抵抗も見せず、アフラージと多脚要塞を手中にしたセンの前に、西の地シャフリヤールの各都市や町は次々と恭順の意を示した。

ユーロを生かしたセンの判断の賜物《たまもの》だろう。

あのユーロですら処刑されぬのなら我々の首も大丈夫そうだ、と脛《すね》に傷のある各都市の権力者たちは判断したようだ。この大陸で生きるもの全てに水の恵みをもたらす――センの父親であるエン王の遺志が、功を奏したと言える。

リョウはかつて率いていた冒険団の面々を探したが、消息不明の者が多い。十年経った今、ターレルやディナールに与している者もいるそうだ。

リョウはユーロを負かした後、西の地シャフリヤールの虫使いを集め、オボルスと協力して

『西の団』を作った。セン王女の剣となり盾となる虫使いが、東の地シャハラザードの女騎士マナト率いる桜騎士団の者ばかりでは心許《こころもと》ない。桜騎士団は王直属であるとはいえ、エン王亡き後シャハラザードの王座はずっと空位であり、センにつくかタールレルにつくか桜騎士団の中でも意見が分かれているのが現状だ。マナトのようにセンの元へ馳《は》せ参じる者もあれば、シャハラザードの王都から動かぬ騎士もいる。リョウとしては西の団をより強くしていきたい。

センはここのところ大忙しだ。西の地シャフリヤールの立て直しに奔走している。農業と流通の再生から、治安の維持。礼拝堂の再建と教育機関への支援、各都市の官僚の任命。

センへの面会希望者も、ひっきりなしだ。

窮状を訴える者から、センに仕えたいと腕を売り込もうとする者まで、様々だ。ユーロに代わる年若き為政者に取り入るべく、甘言を弄《ろう》する来訪者も日々やってくる。

西の地シャフリヤールは冒険者の集う地だ。東の地シャハラザードのモンメ女王が国策として打ち出した古代遺跡発掘事業によって資本を投入され、栄えた。ユーロによって支配される前まではシャハラザードの強い影響下にあったとはいえ、元来、個々の都市や町村の自治権が強い土地だ。実利と自由を優先する柔軟性があるものの、団結力には欠ける。

東の地シャハラザードや南の地ドゥンヤへのけん制として、センは多脚要塞《ようさい》を東南にある国境付近のオアシスにおいている。多脚要塞の幻覚装置は壊れたままだが、それを知っているのは数えるほどだ。東の地と南の地との境が見渡せるそのオアシスには、多脚要塞の他に西の地の国境城塞《じょうさい》も築かれている。センは二つの城で東の地と南の地に睨《にら》みを利かせているのだ。

ユーロが倒れたことで状況が一気に動く、かとリョウは思っていたが違った。

東の地シャハラザードにまだ動きはない。センが果たして西の地を上手くまとめることができるのかどうか、タールルは様子見を続けているのだろう。

センはシャハラザード王家の人間だ。

ディナールはシャハラザードへの不信感が強かった。センがユーロを倒したこの混乱に乗じて、ディナールが小競り合いの一つでも仕掛けてくるかとリョウは期待していたが、南の地ドゥンヤにもこれといった動きはない。表向き、事態は不気味なほど静かだ。

だが、水面下ではそうではないだろう。

(ダメだダメだ)

リョウは頭を振った。

考えが暗く湿っていくばかりだ。このままだと心の帳尻が合わなくなる。心だって天気と同じだ。晴れだけだったら干からびるし、雨だけだったら洪水になる。

強張《こわば》った口元を手でほぐし、リョウは自分の頬《ほお》をぺちぺちと叩《たた》いた。

(ソレオレノと飛んでるってのに……)

操縦桿《そうじゅうかん》を握っていながら、虫樹に宿る精霊と通じ合う喜びを噛《か》み締めないなんて、なんということか。ソレオレノは着実に蘇りつつあり、ユーロから雷の翅《はね》だって取り戻した。ユーロの過酷な扱いのせいか雷の翅《はね》に癖のようなものがつき、十年前と比べて出力は上がったものの水の消費が激しくなってしまっているが、それでも風を摑《つか》む雷の翅の優雅さは健在だ。

リョウは降下し、眼下の砂漠を這《は》うように飛んだ。

ソレオレノに当たって鳴る砂を楽しみながら、リョウが砂原にソレオレノの爪先《つまさき》を掠《かす》らせながら蛇行すると、砂煙が長い尾を引いた。深く爪《つめ》を刺せば濃い砂の尾が、浅く刺せば薄い砂の尾が描ける。リョウはその濃淡に心を砕いた。そのまま砂をソレオレノの脚先で掬《すく》い、空中でさらさらと放ち、砂煙と蒸気噴流の白煙でリョウは心の赴くまま宙に模様を描いた。

描いたものはすぐあやふやになり、消えていく。

それが砂の醍醐味《だいごみ》だ。

西の団の虫使いたちも嬉々としてリョウの遊びに乗ってきた。互いの呼吸を読み合って、砂や蒸気噴流の筋を描いては絡み合わせる、冒険者がよくやる砂遊びだ。虫樹に宿る精霊はこういった戯れが大好きだと、西の地の虫使いたちの間では信じられていた。

ラバの手綱を引きながら遠くの砂丘を歩く隊商の面々が、嬉《うれ》しそうに手を振っている。西の団の虫使いたちによる曲芸が旅の潤いとなったようだ。

心地いい。

自然と笑みがこぼれてくる。

(よかった)

ルイアンの決戦で手にしたものを、リョウはまだ保てている。

砂漠に鮮やかな田園の緑が現れてすぐ、西の地シャフリヤール随一の都市イウナンが見えてきた。無計画に建設されたと思《おぼ》しき旧市街と古びた城郭が東端にある。都市中央の新市街から直線的な大通りが南や西や北へ向けて格子状に広がっていた。

周囲が砂漠であることを忘れるほど緑豊かで、いくつもの礼拝堂が尖塔《せんとう》と共に新市街のあちらこちらに見え、その礼拝堂を囲むように市場や浴場や隊商宿や広場がある。もう少し太陽が高くなれば人影で溢《あふ》れ、通りの石畳など空から見えなくなるだろう。

リョウは南端の閑静な住宅街の空き地にふわりと降り立った。

西の団の虫使いたちも、ぞくぞくと柔らかい足音で着陸している。

大通りに舗装がなされてはいないものの、門を構えた新しい邸宅が並んでいた。

(なんだ?)

リョウは訝《いぶか》しんだ。早朝にしては大通りに人が多くいる。いすぎている。中には寝巻のような恰好《かっこう》で立っている者までいた。大通りにいる人たちの不安そうな視線を辿《たど》ると、門と塀が崩れ去った邸宅があった。邸宅の門前には虫樹の足跡が錯綜《さくそう》している。不穏な気配が漂うその邸宅こそ、アブースクードが身を寄せている家のはずだ。

リョウはソレオレノから降り、崩れた門へと駆け寄った。

リョウの後ろからオボルスの足音が続いている。

門扉の傍《そば》におろおろとした男がいた。太った老人だ。

アブースクードは背の低い痩《や》せた男だ。指に光る宝石の大きさからして、この太った老人はこの邸宅の主だろうか。何かよくないことが起こったのだ。

「アブースクードの友人だな？」

リョウが問いかけると、太った老人は戸惑いながら頷《うなず》いた。

「俺はリョウ。セン王女の命で来た、迎えだ」

リョウがそう言うなり、太った老人は必死の形相で縋《すが》りついてきた。

「助けてくださいっ、彼が！　アブースクードが連れ去られました！」

やはりロクでもない事態のようだ。太った老人は額に汗を浮かべて喋《しゃべ》るも、続く言葉は断片的で早口で支離滅裂だった。ロクでもない事態が発生してから、まだそう時間は経っていないようだ。リョウが落ち着いた声で「質問に答えてくれ」と促すと、老人は深呼吸した。

「連れ去られたのはいつだ？」

「今しがたです」

「アブースクードを連れ去った虫樹の見た目は？　何機いた？」

「と、トゲトゲしていて、二機いました。フンコロガシみたいな虫樹でした」

「機体に光沢があったか？」

「ありました」

「どっちへいった?」

リョウの問いかけに、太った老人は勢いよく東を指さした。

(邸宅の門をぶち壊した破片も、東へ続いている……虫樹の足跡が新しい。飛んでずらかろうとしていないってことは、飛べないか飛ぶのが苦手な虫樹だ)

ソレオレノなら上空から遠くまで見通せる。

リョウはソレオレノの元へ駆け出し、声を張り上げた。

「オボルス、ここでより詳しい事情を聞け。俺は上から見る!」

隊列を組んだ西の団の虫樹から、虫使いたちが「何事か」と顔を出している。

「フローリン、ギルダー、ドゥカート、俺に続け!」

リョウはソレオレノに搭乗する寸前、三名の名を呼んだ。その三名の虫使いはいずれも精霊との繋《つな》がりが深く、この場の者の中では遠目がきく。

リョウの虫捌《むしさば》きは未だ本調子ではない。ふとした拍子に怪しくなることがある。

「アブースクードが誘拐された。俺は空から捜す。誘拐犯は二機の糞《ふん》虫型の虫樹で東へ向かった。トゲトゲした装飾で外殻に光沢がある。他の者はここに残ってオボルスの指示に従え。俺の声が聞こえるように、地上の誰か一人は伝声装置に張り付いといてくれ」

リョウは操縦席から口早に告げると、ボールコックピットが閉まるなりソレオレノを跳躍させ、首にくる蒸気噴流の加速力を生かして上空へと躍り上がった。

誘拐犯が手慣れた連中ならば東へ逃げると見せかけて別方向へ向かうだろうが、この誘拐犯はわざわざ早朝に襲撃しておいて門扉を破壊し、目撃者を増やしてしまうような騒ぎを起こした。誘拐の手口が手慣れていない。愚直に東へ逃げたかもしれない。

「まず東を探れ」

リョウは命じて集中した。

しかし精霊との結びつきを深めることに少し手間取った。

まもなく、ソレオレノに宿る精霊との繋《つな》がりが人の目では見えない距離の様子をリョウに見せてくれた。通りにあるマンホールの洒落《しゃれ》た紋章や、礼拝堂や尖塔《せんとう》の数々の凝った意匠や、それぞれの市場の色鮮やかなひさし布、そして、旧市街から歩いて出ていく二機の虫樹。

二機の虫樹が東の田園へと差し掛かっている。

力強い前脚と後脚と胴回りからして、運搬を得意とする虫樹だろう。

二機とも装飾植物はトゲトゲとしていて、前脚に特徴的な四つの突起がある糞《ふん》虫型だ。鞘《しょう》翅《し》に光沢がある。二機とも飛ぶのが苦手そうだ。目撃証言と合致している。

「オボルス、東だ！　田園にいる」

リョウは言うが早いか、後続を瞬く間に置き去りにして蒸気噴流を噴かした。

セン・ビントエン・アルシャハラザードが今欲しているのは、西の地シャフリヤールの内政を任せる官僚のまとめ役――大臣だ。『最大勢力である東の地シャハラザードを支配しているターレルに対抗するため、西の地シャフリヤールと南の地ドゥンヤに手を結ばせる』というアフラージ統一に向けたセンの構想には、まず西の地の安定化が必要だ。ユーロによって無茶苦茶になった西の地を立て直していくためには徳のある大臣が要る。宗教法が根強いこの大陸では、聖典を学んだ法学者でなければ大臣が務まりにくい。

その候補の一人が行方不明になりかけている。

なにより、やっと牢から出て自由になったアブースクードが誘拐されたのだ。ながらく閉じ込められる苦しさがどれほどのものか、リョウは岩窟牢《がんくつろう》で叩《たた》きこまれた。アブースクードが再び不自由を強いられるなど、リョウは想像しただけで鼻息が荒くなる。

ペダルに乗せたリョウの足下に東の田園が広がり、二機の糞虫型の背中を真下に捉えると、リョウは雷の翅《はね》を唸《うな》らせながらソレオレノを急降下させた。

狙うは二機の糞虫型の目と鼻の先だ。リョウは地面すれすれで機首を戻して雷の翅から鱗粉《りんぷん》をまき、霞《かすみ》のベールで道を封鎖するなり閃光《せんこう》と雷鳴を轟《とどろ》かせた。

脅しの一撃だ。

直撃はさせていない。

まだこの二機が誘拐犯とは決まっていない。二機の前方を塞《ふさ》ぐのが先決だ。

リョウは垂直上昇して速度を落とし、ソレオレノを失速反転させると雷の翅を大きく広げて蒸気噴流を逆噴射し、荒々しく着地するなりソレオレノの角を怒らせて立ち塞がった。

ソレオレノの軽快な動きに反して、操縦桿《そうじゅうかん》を握るリョウの全身にかかる負荷は重い。体中の血液までもが鉛のように重くなる感覚が襲ってきたが、それでこそ虫樹だ。

「動くなっ！」

リョウは腹の底から炎を迸《ほとばし》らせる勢いで、拡声装置越しに吼《ほ》えた。人質の存在に怯《ひる》んではならない。覇者のように振る舞い、相手に考える間を与えないことが大切だ。

対峙した瞬間にリョウは見抜いた。

糞《ふん》虫型の虫使いは二機とも未熟者だ。トゲトゲとした厳《いか》つい風体をしているものの、数の利を活かせる立ち位置すら取ろうとしていない。熟練の虫使いと向かい合った時の息苦しさや緊迫感を、リョウはちっとも感じない。機体を鋭い棘《とげ》の装飾植物で彩っているが、脅しとハッタリだけで技量が伴っていないのが一目でわかる。

これなら何機相手だろうが負けない。

なにより今、リョウに注意を向けさせることが肝要だ。この連中の注意をリョウに引きつけておけばおくほど、すぐに到着する西の団の虫使いが背後を突きやすくなる。

「ボールコックピットを開けろ！　跪《ひざまず》け！」

抵抗する意志の欠片《かけら》でも見せようものなら即座にぶちのめしてやる――リョウが息巻いて操縦桿を握り込むと、糞虫型の虫樹の頭部前胸装甲が開いた。

しかし操縦席を開いたのは糞虫型のうち、一機だけだ。

露出したボールコックピットからやくざ者が二人、慌てて降りてきた。

リョウと戦う意志はないらしい。

「野郎どもっ、馬鹿っ、早く降りてこい！　さっきの稲光は雷の翅《はね》だぞ！」

地面に降り立った眼帯をつけた虫使いが、未だにボールコックピットを開かないもう一機へと手を振りまわして呼びかけている。眼帯の虫使いがこの一味の頭目なのだろう。

「ソレオレノだっ。りょ、リョウだっ。この御方は王殺しのリョウだぞ！」

頭目らしき眼帯の虫使いがボサボサの髪を振り乱して叫ぶと、もう一機の虫樹もボールコックピットを開き、中からもつれ合って転がるようにやくざ者が二人ほど転がり出てきた。

「助けてくれっ。い、命だけはっ……」

「お、おれは頭に言われてついてきただけなんですっ」

「どうかお慈悲を！」

口々に命乞いを始めるやくざ者に、リョウは口を尖《とが》らせた。

(まるで人を化け物みたいに……)

ともあれ、相手に抵抗の意志はないようだ。

身に着けた服は埃《ほこり》っぽく継《つ》ぎ接《は》ぎだらけだが、ちらりと見えた虫樹の操縦桿や座席は綺麗《きれい》だった。どうやら金の使いどころが偏っている連中らしい。

リョウは操縦桿に手を添えたまま、拡声装置越しに素っ気なく問いかけた。

「アブースクードはどこだ？」

「そ、それならあちらに。あっしらはその、あのご老体と積もる話がありまして……へへっ。でもリョウの旦那がご用件があるってんなら、お譲りいたしまさぁ」

眼帯の虫使いが腰低くそう言い、糞《ふん》虫型の虫樹を手で示している。

糞虫型のボールコックピットから、背の低い痩《や》せた男がゆっくりと出てきた。質素な身なりの老人だ。髪も髭《ひげ》も真っ白で、穏やかとも気弱ともとれる皺《しわ》の目立つ顔立ちの中、この状況下においてすら目元に動揺も興奮もなく泰然としている。風体からして間違いない。アブースクードだ。両手を戒められているものの、見たところ怪我《けが》もなさそうだ。

リョウはほっとした。

眼帯の虫使いが一件落着とばかりに、しれっとボールコックピットに戻ろうとしている。

「それじゃ、あっしらはこれで……」

「待て！」

リョウは声一つで、眼帯の虫使いたちを棒立ちにさせた。

一件落着などしていない。

「まず、俺はエン王を殺してねぇ。そもそも、エン王と君臣の誓いを立てたこともねぇ。そしてエン王の娘のセン王女が俺を助け出し、ユーロを倒したんだ。エン王の遺志を継いだのとなんだのと抜かして好き勝手やってやがった、あのユーロの野郎をな」

「……つまり旦那は、王殺しじゃないリョウ？」

「そうだ。元大陸一の冒険者、虫使いのリョウだ」

「へ、へぇ！　リョウの旦那は、王殺しじゃない。ってことで、あっしらはこれで……」

「誰に雇われた？」

リョウが静かに問いかけるも、眼帯の虫使いはボサボサの髪を掻《か》きながら困ったように笑うのみだ。リョウはソレオレノの角を一閃《いっせん》させ、横にあった岩を砕いた。

「お前らが庇《かば》い立てしようって雇い主は、お前らの命を放り出す価値のある奴か？」

「エキュドールってお方です!!」

やくざ者どもが合唱した。

命をかけるほどの価値がある雇い主ではなかったようだ。

西の団の虫樹が三機到着して誘拐犯の二機を取り囲むのを見て、リョウはソレオレノの胸部装甲を開け放った。涼やかで乾いた風が操縦席に流れ込んでくる。リョウが操縦席に座ったまま眼下のやくざ者どもを一睨《にら》みすると、眼帯の虫使いたちは目をさっと下げた。

抵抗の意思はないようだが、念のためリョウは西の団の虫樹へと目配せした。

（こいつらが悪あがきする素振りを見せたら、はね飛ばせ）

リョウは口を引き結んだまま操縦席から腰を上げ、開け放たれた胸部装甲を伝って地面に降り立ち、歩み寄ってアブースクードの手の戒めを解いた。平然としているように見えたアブースクードの手は冷たい。やはり恐ろしかったのだろう。

「エキュドール……聞いたことのある名だ」

リョウが眉間《みけん》に皺《しわ》を刻んでそう言うと、アブースクードが頷《うなず》いた。

「でしょうな。ユーロの治世で腕を振るった、官僚の名です」

「そいつも今日、セン王女の元へ招かれている。セン王女は今、西の地の内政を任せられる者を欲していて、その候補が絞れてきたところだった」

「そうですか……」

アブースクードは合点がいったとばかりに、沈痛な面持ちで頷いている。

リョウも合点がいった。まったく反吐《へど》が出そうな合点だ。

リョウは深呼吸して怒りに封をすると、眼帯の虫使いへと柔らかい声で問いかけた。

「エキュドールからどういう依頼を受けた？」

「この方を今朝から二週間ほど、イウナンから離れた場所に閉じ込め――お泊まりさせろと」

依頼主はアブースクードを監禁しておきたかったのだろう。

次々と西の団の虫樹が着地している。その内の一機からオボルスが降りて駆け寄ってきたのを見て取り、リョウは縮こまっている眼帯の虫使いへと呼びかけた。

「おい、お前ら」

「へ、へい」

「元々の仕事はなんだ？　今の仕事、手慣れてねぇのが丸分かりだぞ」

「運びの仕事です。この虫樹だって、あっしらのもんです」

「そうか……雇い主を変えないか？」

　リョウの申し出に、眼帯の虫使いは目を白黒させている。他のやくざ者たちも顔を見合わせるばかりだ。リョウは自らの胸をとんとんっと叩《たた》いた。

「俺のところに来い。仕事がある。三枚のアフラージを一つにする、って大仕事だ」

　目の前の連中を牢にぶち込んでも、牢から出れば食うに困ってまた悪事を働くのは目に見えている。この糞《ふん》虫型の虫樹からして、この連中が元々運送業だったのは確かだろう。

　眼帯の虫使いは首が千切れかねない勢いで頷《うなず》いている。

「よ、喜んで！」

「ってことは、俺たちのお頭のお頭のお頭が、セン王女ってことになるのか？」

「なんかすげぇ」

　盛り上がっている眼帯の虫使いたちを横目に、オボルスが呆れたとばかりに溜息《ためいき》をついた。

「リョウ、本気か？」

「素直なところが気に入った。仕事を時間通りにやろうとする連中のようだしな。自分たちが着る服より虫樹に金を使ってるところを見てやってくれ、オボルス」

　リョウのとりなしにオボルスは顔を顰《しか》めている。

「あまり腕のいい連中とは思えない」

「腕の良さは取っ組み合いだけで測るもんじゃない。それに、磨けば光るさ」

「磨いても石ころは石ころだ」

「だとしてもピカピカの石ころになる。そういう石ころは、宝石よりも面白い」

「……まぁ、この一件の証人になるし、牢に入れておくより使ったほうがいいか……」

オボルスは眉間《みけん》の皺《しわ》を解いてくれた。ユーロの悪政が長く、脛《すね》に傷のない者はいない。オボルス自身も、センに仕える前はユーロに与していたのだ。

リョウはアブースクードへと向き直り、ソレオレノを手で示した。

「アブースクード、今すぐセン王女のもとまで来られるか？」

「もちろん。牢獄の中では明日死ぬものと覚悟する毎日だった」

そう返すアブースクードは落ち着いたものだ。見た目こそ痩《や》せた小男の老人だが、腹の据わり方が並大抵ではない。リョウはこの法学者が好きになった。

リョウがこうしてアブースクードのもとへ来たのも、センの求めがきっかけだ。

『商業で成功し、かつ寄進を積極的にやってきた法学者がよいです』

一週間ほど前に国境城塞《じょうさい》でそう言ったセンへと、オボルスが遠慮がちに付け足していた。

『セン王女、その者の寄進した施設が今も運営されているかどうか、というのも大切かと。寄進者は建造した礼拝堂や学院の維持運営費を賄うべく、礼拝堂周辺に商業施設や公衆浴場なども作って寄進します。寄進した商業施設の賃料などで礼拝堂や学院が適切に運営されているのか、それを監督する者を選ぶ権利があるのも寄進者です。今も多くの寄進施設が運営されていれば、それは経営理念がしっかりしており、人を見る目があるという事ではないかと』

オボルスの進言にセンは膝《ひざ》を叩《たた》いて喜んでいた。

センから「送迎は丁重にお願いします」と頼まれ、リョウは西の団の虫使い十人を引き連れて訓練がてらやってきたものの、丁重さはどこかへ吹き飛んでしまった。

リョウは東南へ向けて飛び立った。

センがいる国境城塞《じょうさい》は都市イウナンから東南にあり、虫樹で往来に半日もかからない。見渡す限り砂と丘と岩山が広がっているものの、西の地と東の地と南の地の境が交わる場所だ。オアシスを利用した西の地の関所であり、ユーロによって増築された基地の一つだった。

国境城塞の大きな見張り塔が砂原の向こうに現れ、リョウは補助座席のアブースクードに到着を告げた。小高い丘の上に建つ国境城塞の敷地は楕円形で、二キロほどの外周をぐるりと城壁で囲い、東と南へ睨《にら》みを利かせるようにオアシスの東南を守っている。

そんな国境城塞の西側にある岩山を背にして、全長二百五十メートルの蜘蛛《くも》型虫樹である多脚要塞《ようさい》の巨体と長い八本脚が見えた。小型虫樹の発着場や格納庫を背と腹に備えた多脚要塞が聳《そび》え立ち、このオアシスの防御能力と反撃能力を高められる位置に陣取っている。

動けぬ国境城塞と動ける多脚要塞による、守りの配置だ。

国境城塞の見張り塔の上には毎夜、煌々《こうこう》と火が灯《とも》る。旅人にもうすぐイウナンの街があると知らせるためだ。歩きの行商や、馬よりも小さい虫樹に乗って旅する者にとっては、砂漠の夜を行く時この塔の灯りがどれほど心強いか。砂漠を歩んできた道が間違っていなかったと確信する時、夜風に冷える身体《からだ》の芯《しん》から温《ぬく》もりが染み出てくるものだ。

東にシャハラザードがあり南にドゥンヤがあるこの国境城塞は西の地シャフリヤールの守りの要であり、交通の要衝であり、歩きの商人たちにとっては道標でもあった。

オアシスの西側は大小の露店や屋台で賑《にぎ》わい、北西には宿や人家が並んでいる。荷運びの獣を繋《つな》ぎ、歩きの商人や旅人がイウナンを目前に羽休めしているのだ。そんな商人や旅人を相手にしようと、近隣の村から人と活気が集まってくるのがこのオアシスだった。

国境城塞は城壁こそ石造りだが、壁内の建物は日干し煉瓦《れんが》でつくられている。

リョウは国境城塞の発着場に降り立ち、ソレオレノを格納庫へと移動させると、アブースクードを伴って控え室へと小走りにむかった。リョウが控え室の扉を押し開けると、先客がいた。

日干し煉瓦の質素な壁を色鮮やかな布や古代の絵や調度品で飾り付けてあるところに、品の良い顔立ちをした身なりのよい中年男性だ。絨毯《じゅうたん》とクッションでくつろいでいたのか。

エキュドールだろう。

エキュドールはアブースクードの姿を目にするなり大きく見開いた。

その目の奥に、リョウは鋭敏に感じ取っていた。エキュドールの困惑と恐怖、そして後ろめたさを。リョウはその瞬間、どうなろうと知ったことかと腹が据わった。

「エキュドールだな？　俺が誰か知っているな？」

「冒険者のリョウですな」

「よし」

リョウはエキュドールの襟元を掴《つか》み上げ、壁に押し当てて挟み込むように締め上げた。

「仮にも聖典を諳《そら》んじられる法学者だろうがっ。神の言葉から何を学んだら、競争相手を蹴り落とすためにヤクザ者を雇って連れ去ろうなんて発想になりやがる!?」

リョウの激憤にエキュドールは顔を青くし、苦しそうにもがいている。

力が籠《こも》っていくリョウの腕に、アブースクードがすっと柔らかく手を添えてきた。

「リョウさん、その者をお放しください」

「見過ごせと？」

「この一件、知る者はそう多くありません。この過ちは、その者の恐怖ゆえです。ユーロの治世で冷や飯を食わされた私がセン王女に重用されれば、ユーロの治世で上手く立ち回った自分が悲惨な目にあわされるのではないかと、怯《おび》えているからなのです」

アブースクードが容赦を求めるも、リョウは力を緩めなかった。

「ぬるいな。寛容さも匙《さじ》加減を誤ると、つけあがらせるだけだ」

「その者はユーロの治世下で決して褒《ほ》められないやり方で富を蓄えましたが、その富で市場や隊商宿や礼拝堂や学院を建設しました。街道の整備や、貧しき者へ施す財となしたのです」

「汚く稼ぎはしたが、綺麗《きれい》に使ったからチャラだとでも？」

「いいえ。それは終末の日に神が裁定を下すこと。……その者は富の使い方に能がある。今、能ある官僚は一人でも多く必要です。多少の清濁に拘《こだわ》っている時ではない。リョウさん、あなたも先ほど、あの誘拐犯たちを手勢に加えたではありませんか」

「猟犬が人を嚙《か》んだ罪は、猟犬を放った猟師が負うべきものだ」

「その者も猟犬に過ぎません。悪政という名の猟師が放った、猟犬の一人です」

アブースクードの毅然とした物言いに、リョウはしかたなく力を緩めた。

「被害者が寛大で助かったな」

リョウは憤怒《ふんぬ》を堪《こら》えながら、尻もちをついてせき込むエキュドールの耳元で囁《ささや》いた。

「ユーロが仕切っていた時のやり方を、もう一度通そうとしてみやがれ。俺はどこからでも嗅《か》ぎつけて、お前の元へいく。いいか、俺は鼻がいい。能があるならユーロの残り香は消せ」

「……わかった」

「この一件の証人は俺が握ってる。忘れるなよ、エキュドール」

リョウが釘を刺すと、控え室の扉が緩やかに開いた。

入ってきたのは小麦色の肌をした女性だ。桜色の外套《がいとう》の下から鎖帷子《くさりかたびら》を覗かせ、帯刀こそしていないものの戦装束を解いていない。桜騎士団を率いるマナトだ。リョウとエキュドールを交互に見たマナトは、揉《も》め事の余韻を感じ取ったのか涼やかな目元に険しさを見せた。

「リョウ殿、どうなされました？」

「なんでもない。話はついた」

「……そうですか。ではどうぞ、お二人とも、こちらへ。セン様がお待ちです」

マナトはアブースクードとエキュドールに促し、リョウの目を見た。

「リョウ殿も、こちらへ。セン様が同席を望まれています」

マナトの先導にリョウが歩き出すと、すっと寄ってきたマナトが声を潜《ひそ》めた。

「片付いた話とやらは、アブースクード殿の手首に戒められた痣《あざ》があることと関係が？」

「ああ。おかげでアブースクードの度量が分かった」

リョウの一言でマナトはうっすらと理解してくれたようだ。

応接間に入るとセンが微笑《ほほえ》みながら出迎えた。センは客人二人と丁寧に挨拶《あいさつ》を済ませて絨《じゅう》毯《たん》に腰を下ろし、もてなしのコーヒーとナツメヤシの実が侍女によって振る舞われる中、聖典のどの章句にもっとも心惹《ひ》かれたかという話をきっかけに客人二人と談笑し始めていた。

センは灰色の長衣に身を包んでいる。近づいてやっと分かる慎ましやかさで、長衣の生地には精巧な刺繍《ししゅう》が灰色の糸によって施されていた。襟元や裾《すそ》などには銀糸の刺繍も見受けられ、鮮やかな青を散りばめた腕輪や帯や根付の金細工は手が込んでいる。

三つに分割されて力を弱められたアフラージを一つにし、亡きエン王の遺志を継いでこの大陸すべてに豊かな水の恵みをもたらすため、西の地に君臨していたユーロを倒した。

それがセン・ビントエン・アルシャハラザードだ。

二十歳に満たぬ若年ながら、侍女を従え堂々と振る舞うセンには王族の風格がある。そんなセンを見ているだけで、なんだかリョウは誇らしかった。

センはアブースクードを讃えている。

「ユーロの政《まつりごと》について諫言《かんげん》を行い、イウナンの牢に投獄されていたと聞きました。官職をはく奪され、一族を人質にされても、獄から諫言の文書をユーロへ送った、と」

「誰かがやらねばならぬことを、やったまでです」

淡々《たんたん》と答えるアブースクードの目を、センはじっと見ている。たしか岩窟牢《がんくつろう》でセンと出会ったときも、リョウはじっとセンに見つめられたような気がする。人の目を見ただけでその者の人となりが分かれば苦労しないが、センは見定められるとでも思っているのか。

「私は西の地の立て直しが急務であると考えています」

センはそう切り出し、今度はエキュドールの目をじっと見た。

「エキュドール。西の地で大臣を務める者には、まず何が必要と考えますか？」

「改革を断行するための強い権限です。ユーロが倒れた今、新たなる秩序を成立させる絶好の機会です。西の地に蔓延《はびこ》る古き弊害は一新し、新しき制度の下で民を富ませることこそ急務です。まず手始めに、富める者をより富ませていくべきでしょう。富める者は才知豊かで教養深きものが多く、聖典の教えを深く嗜《たしな》んでおります故、その富は貧しきものへと自然に降りていくでしょう。富は水の如く、高きところから低きところへ流れるものであり、それは神の御業に似ています。力は集中してこそ劇的な効果をもたらします。より強い権限を大臣に与え、ユーロとの違いを打ち出し、セン王女の元で結束を高める。ユーロによってシャフリヤールの各都市が弱っている今、民は変化を喜んで受け入れるでしょう」

「大臣の強い権限と私の意志がぶつかる時は、どうしますか？」

「それはもちろん、セン王女の御意志が優先されます。大臣は道具です。使い手の意志に背く道具など道具の役目を果たしておりません」

「そうですか。よく分かりました」

センはエキュドールへとにこやかに頷《うなず》き、それからアブースクードを見た。

「アブースクード。西の地で大臣を務める者には、まず何が必要と考えますか？」

「補佐役でしょう。ユーロの治世下で上手く立ち回った官吏がよろしい」

アブースクードの答えにセンは首を傾げた。

「なぜでしょう？」

「かつて西の地の砂漠を彩っていたもてなしの火は今やまばらとなり、寛大さを示すはずの篝火《かがりび》に猜疑《さいぎ》心の薪《まき》がくべられていると聞きました。ユーロの治世下でもうまく立ち回った者と、諫言《かんげん》を行い冷や飯を食わされた者の間に、深い溝が生まれてしまっております。互いに疑心暗鬼となっており、これを解きほぐしていかねば西の地は内乱になりましょう。内乱になれば、人々はユーロの治世を恋しく思うことでしょう。どのような圧政であろうと、無法よりはマシです。内乱は無法を招きます。ユーロの治世よりも悲惨なものです」

「そうしていて、私に刃を向ける者が現れたとしたら、あなたならどうしますか？」

「その者を説得するでしょう」

「私がその者を即刻処刑するよう命じたとしたら？」

「あなたを説得するでしょう」

アブースクードの返答に、センは口元から笑みを消した。

「アブースクード。あなたの説く道は多難で煩雑で忍耐が必要になる道です」

「難がなく単純で忍耐を必要としない道の先に、目指しておられるものがございますか？」

「……そうですね。よく分かりました」

センは口元を引き締めてゆっくりと頷き、「お二人とも、ご足労いただきありがとうございます。別室に食事を用意させましたので、そちらでおくつろぎください」と促した。

アブースクードとエキュドールが退室するなり、センはリョウへと開口一番に言った。

「リョウ、あなたはどちらの法学者が気に入りましたか？」

「アブースクードのほうだ」

リョウが述べると、センは笑みを深くした。センもそう見て取っていたらしい。

「オボルスのおかげですね。彼の進言なしに、アブースクードは見つけられなかったかもしれません。……アブースクードをこちらへ。伝え忘れたことがありました」

侍女に命じてアブースクードがやってくるなり、センは単刀直入だった。

「あなたに大臣の任を引き受けていただきたい」

センの迷いのない願いに、アブースクードの白い眉《まゆ》は戸惑いを露《あら》わにした。

「まだ幾人か、候補者を招く算段のはず」

「その予定でしたが、あなたの目を見て決めました。私が好きな目です。……あなたが十五年前に書かれた本を、三年ほど前に読みました。聖典と商売の根本は人々の暮らしを豊かにするものだ、と。私はあの書に感銘を受けて、今日あなたと会うのが楽しみだったのです」

センがそう述べるも、アブースクードは申し訳なさそうに言い淀《よど》んだ。

「セン王女。大変僭越《せんえつ》ながら、先ほどあなたの仰せに従って私見を述べは致しましたが、あくまで意見の一つ。この度こうしてお招きに応じましたのも、大役を引き受ける決意あってのことではございません。この老骨を牢から解き放っていただいた感謝を示したく参ったまでです」

「そうであったとしても、私は、どうしてもあなたがよいです」

センは真っすぐだった。

(始まった。またこれだ……)

リョウは天井を仰いだ。

欲しいものがあるとちっとも譲ろうとしない、いつものセンだ。

アブースクードは見るからに戸惑っていた。

「さきほど私が申しあげたことは骨が折れます。……それを、この老体にやれと？」

「はい。やってもらわねば、西の地はよくなりません。あなたはこの西の地を立て直すために民の分断を解きほぐす必要性を説きました。今、西の地に必要なことは改革の痛みではありません。ユーロの治世より、少しでも良くすることです」

センはまるで譲歩する気がないようだ。

アブースクードが『助け舟を出していただけないか』と、リョウへと目で訴えてくる。

（俺もあんたがいい）

とリョウが目で応じると、どうやら観念したらしかった。アブースクードは鼻から深く息を吐き出し、瞑目《めいもく》して思案している。決めねばならぬ覚悟を数え上げているのだろう。

「……シャハラザードの姫君は老骨に暇を与えてはくれぬようですな」

アブースクードが沈黙を破ったその時、その瞳《ひとみ》は決然としていた。

「セン王女、ユーロが強権的に築き上げたシステムのすべてが悪いものではありません。発掘した古代遺物の登録管理の一本化や、古代遺物を用いて行う都市や人々の資産状況の把握、および税金の取り方などには目を見張るものもあります。破棄すべきものは破棄しますが、使えるものは使います。そうしなければ、西の地の人々の暮らしは回らない。お分かりですね？」

「はい」

「民に分かりやすく伝えることは良きことです。しかし、己の政治的正当性や理想を実現することばかりに腐心し、前政権との違いを打ち出さんがため、民にとって役に立つものまで一緒くたに破棄する。それは悪手であると私は考えております」

「私もそう考えます。だからこそ、分別のある方にお任せしたいのです」

「政《まつりごと》の役目とは、いびつな富の集中を和《やわ》らげることにこそあると私は考えています。資産を持つ者は必ず隠します。成功した者は富を独り占めします。有力者は血筋や財力を利用し、法学者は聖典の教えを利用して、質素な衣服と弁舌の下に財貨と脂肪をため込みます。人というのはどうしようもない生き物で、持つ富が少ない時は困っている者たちにより多く分け与えようとし、持つ富が多くなればなるほど困っている者たちに分け与えるものを少なくしようとします。この性質がもし逆であってくれたなら、この世から貧しさなど消え失せているはずなのです。聖典が喜捨と断食を説いているのも、この性質を和らげるためでしょう。これは、あなたにとっても私にとっても、決して他人事ではございません」

アブースクードは自戒混じりの重い声で続けた。

「大任を預かって早々、このような物言いとなることは心苦しくありますが……セン王女もご理解なさっているでしょうが、本来ならばまとまれない者たちまで、まとまらせることができる。それがアフラージの素晴らしさであり、恐ろしさでもあります」

「ユーロのような治世でも、十年この地を支配させる力を与えてしまう……」

「そうです。滅びるべきものまで、滅ばなくなる。己が繁栄と権力のみを求める者には福音でしょうが、政の煽《あお》りを受ける大多数の者たちにとっては諸刃《もろは》の剣です」

「肝に銘じています。アフラージが諸刃であるということは」

センのきっぱりとした答えに、アブースクードはやや声の調子を落とした。

「……果たして、よいことなのか。アフラージを統一するということは」

「古代遺物の利用を止められますか？」

「無理でしょうな。人々は使うでしょう。あの南の地ですら、活用していると聞きました」

「アフラージを用いねば水不足は深刻化します。もう、使わなければ我々の暮らしは成り立たない。我々にできることは、使い方を探っていくことだけでしょう」

「……古代遺物の利用は古《いにしえ》より聖典で禁じられてきたこと。法解釈によって禁を用い始めた時から、我らはより深き業へと沈み込んでおるのやもしれませぬな……」

アブースクードが白い眉《まゆ》を険しくし、センも口を深刻そうに引き結んでいた。

どうにもならない世の流れを前に、悪い想像をせずにはいられないのだろう。

「しょんぼりするのはまだ早い。案外悪くないかもしれない、業の底で見えるものも」

リョウはあっけらかんと言い放った。能天気なリョウの口ぶりに、センとアブースクードは口元に柔らかさを取り戻せたようだった。センは苦笑している。

「もったいないですね。眉根《まゆね》に皺《しわ》を寄せながら未来に想いを馳《は》せるなんて」

「仕事に根を詰めすぎだ、セン王女。市場でも見て回ったほうがいい」

「付き添ってくれますか、リョウ？」

もちろんだとリョウが頷《うなず》くとセンは弾けるような笑みを見せたが、マナトが咳払《せきばら》いした。

「セン様、政務がまだ残っております。それを片付けてからでないと」

マナトが制するとセンは「そうでしたね……」と残念そうに肩を落とした。

「セン王女。欲しいものがあるなら見繕ってくる」

「ではリョウ、西の地の植生についての古書などがあれば、ぜひ。アブースクードもよろしければ、市場をご覧になってください。リョウが案内してくれます」

「それはまたの機会に、セン王女。エキュドールと先約がありまして」

アブースクードは自身の補佐役にエキュドールを加えるつもりなのだろう。

有言実行で、動きが早い。

次の政務を片付けるためにセンが恭しく別れの挨拶《あいさつ》を済ませて別室へと向かったのを見て取り、リョウは発着場へ爪先《つまさき》を向けた。すると、にわかに城門のほうが騒がしくなった。言い争う声のようだ。城門のほうへと続く通路から西の団の虫使いが駆けてくる。

「どうした？　何の騒ぎだ？」

リョウが問うと、その虫使いは困り顔で城門のほうを指さした。

「団長に会わせてくれって人たちが、また門に押しかけてきてて」

「ユーロを処刑しろって訴えか？」

「はい」

「……わかった。今行く」

リョウが歩き出すも、アブースクードの足音が離れない。

リョウが目で「ついてくるのか？」と問うと、アブースクードは「これが大臣としての初仕事になるやもしれませんから」と歩調を崩さなかった。

城門の下では、門番へと五名ほどの集団が詰め寄っていた。いずれも埃《ほこり》っぽい身なりの人々だ。背負った荷や服の装飾や靴の汚れ具合からして、イウナンよりずっと西からやってきた人たちなのだろう。この国境城塞《じょうさい》にくるまで苦労した跡が体中に見える。

「奴はあそこにいるんだろう！　あの馬鹿でかい虫樹の中にっ」

「裁きを受けさせるべきだ、今すぐに！」

口々にそう訴える人々が、こうしてリョウの元へとやってきた理由は明白だ。

ユーロを憎んでいるリョウの、その手を借りたいのだろう。多脚要塞《ようさい》の独房に拘禁されたままのユーロを一刻も早く処刑するため、センの説得に力を貸して欲しいのだ。

リョウが姿を見せると、城門に押しかけた人々は口々にまくしたてた。

ユーロは死すべきだ、と。

話を聞けば、いずれもユーロの苛政で身内や友人を失った者ばかりだった。壊滅した村や町の生き残りだと言う者もいた。怒りと憎しみに溢《あふ》れた訴えばかりだ。

リョウは一つ一つを頷《うなず》きながら聞き、相手の言い分が終わると口を開いた。

「……お前たちがユーロを憎むのは、当然だ。殺してやりたいだろう。ユーロを処刑しようとしないセン王女を俺に説得させようとするのも、わかる。腹が立つよな。もどかしいよな」

でもな、とリョウは人々を見回した。

「ユーロを殺せばエン王の理念を殺すことになる。セン王女が死に物狂いで蘇らせようとしている、理念を。今、少量とはいえ俺やお前たちやお前たちの家族や友人が綺麗《きれい》な水を得られているのも、エン王の理念がそうさせているんだ。俺やお前たちはユーロを殺さないことで、その理念を守るとセン王女に伝え続ける必要があるってことを、わかって欲しい」

リョウが求めると、訴え出た人々はある者は目を伏し、ある者は肩を怒らせた。心のおさまりが理屈でつくなどとリョウは思っていないが、支えくらいにはなってくれる。なにより、誰が何のためにユーロからアフラージを取り返したのか、その理解は欠かせない。

アブースクードが人々の前に進み出て、言葉を足すように引き継いだ。

「ユーロを殺せば、ユーロに与していた者たちが次は自分の番だと思うのだ。分断は深まるばかり。今ここで西の地の分断が深まれば、我らに明日はない。どうか、一日また一日と堪えてくれんか。死した者たちと、残された者たちのために」

「センン王女がそう言ったのか？」

「私もそうすべきだと思っている。これより先、文句は私が聞く。私はアブースクード。セン王女から西の地の政を預かることになった身だ。私はイウナンの南端にある友の家に身を寄せている。いつでも来てくれ、私はそこにいる」

アブースクードの言葉に訴え出た人々は引き下がったが、その目から怨恨《えんこん》は消えていない。消えるものでもないだろう。

怨恨の切っ先がどこを向くか、わかったものではない。

訴え出た人々が城門から立ち去ると、リョウはアブースクードに告げた。

「アブースクード、今日から警護に西の団の者をつける」

「不要です」

「死なれちゃ困る。ユーロへの恨みが、あんたにくるとまずい」

「こちらが身構えれば相手も身構えさせてしまい、買った恨みを捌《さば》けない。西の地は今、セン王女を中心にまとまるしかないのです。たとえセン王女の指示であっても、セン王女が恨みを買う事態は避けたい。恨みと不満は私が買い、上手く捌いていかねば」

アブースクードの考えに、リョウは頭が下がった。

「……悪いな。針の筵《むしろ》に引きずり込んじまって」

「欲しいと、あれほどまっすぐ言われてしまっては……いかんともしたがい」

「警護の件だが、やはり西の団から人を送る。目立たないようにさせるし、もし身に危険が迫れば手練《てだ》れの虫使いが駆けつけるようにしておきたい。どうだ?」

「厚意を受けましょう。ただし、物々しいのは困りますぞ」

アブースクードの注文にリョウは頷《うなず》き、発着場まで先導しようと一歩進み出た。

「ソレオレノでイウナンまで送る」

「エキュドールと共に陸路で帰ります。あの男はあの男なりにイウナンや西の地を守ろうと動いていた形跡もあります。各都市の代表者ともやり取りをしておかねば、私を大臣と認めない都市も出てきてしまうでしょう。話し合うべきことが山のようにあるのです」

リョウがいるとエキュドールが委縮する、とアブースクードは暗に言っているようだ。

アブースクードなら、西の地の立て直しも上手く進めてくれそうだ。センのアフラージ統一構想において、西の地の立て直しは欠かせない。リョウが西の団を今より強くし、センが南の地と協力関係を築き、そうしてやっと、強大な東の地のターレルと対峙できるようになる。

とはいえ、前途は多難だ。

リョウは日差しに目を細めながらアブースクードの背中を見送り、城門の日陰へと引っ込んで顎《あご》に手を当てた。焼けるような日差しが遮られるだけで、考え事に集中できる。

アブースクードの身の安全を、西の団の誰に任せるべきか。オボルスに相談したほうがいいだろう。懸念は多く、やることが次から次へと増えていく。

リョウは瞑目《めいもく》し、ため息交じりに独《ひと》り言《ご》ちた。

「ズタズタになっちまった西の地の尻ぬぐいは、これからだな……」

「……すまない」

だしぬけに背後から返事があり、リョウが振り向くとオボルスがいた。オボルスはユーロの配下だった。後ろめたさに俯《うつむ》いているオボルスに、リョウは慌てた。

「ああ、いや、違う、違うぞオボルス。そういうことじゃない」

リョウは取り繕ったが、オボルスは気まずさを誤魔化《ごまか》すような笑みを見せたのみだ。

リョウはしまったと空を仰いだ。オボルスにかける言葉一つひねり出せず、門番と訪問者のやり取りする声だけがやけに耳につく。リョウはどうにかしたくて頭をぼりぼりと掻《か》いた。

「市場に用があるんだ。セン王女が本を求めてる。来てくれ、オボルス」

リョウは歩きながら周囲に人影がないことを見て取ったが、それでも声をひそめた。

「オボルス、幻覚装置はどうだ？　復旧できそうか？」

「だめだ。技術者に見てもらっているが、上手くいかないらしい。ルイアンの戦いで幻覚装置を止めるために、無茶苦茶したからな」

「そのおかげで勝てたんだ」

「セン王女が南の地との協力関係を築ければ、あるいは、なんとかなるかもしれないが」

「ドゥンヤの聖都の研究機関は、巫女《みこ》の命にしか従わない。その巫女を、今はディナールが牛耳ってる。ディナールは西の地との――セン王女との協力なんぞ望んじゃいないさ」

南の地は、西の地や東の地とは風土が違う。

実利と自由を優先する柔軟性のあまり困難に対する団結力に難がある西の地に対し、神学と福祉を優先する信仰心のあまり柔軟性に難があるのが南の地だ。秩序と王道を優先する騎士道精神のあまり価値観を押しつけてしまう東の地も含め、三者三様だ。

リョウが市場を歩いているだけで、ひそひそと話し合う声と視線を感じる。

「あの人が、シモフリを倒したっていう、あの……？」

「ああ、亡霊のリョウだ」

その声には恐れの色が濃い。さ迷い歩く死体でも見かけたかのようだ。

(王殺しだの、亡霊だの、ろくでもねぇのばっかりだな……)

リョウはかつての栄光が恋しくなったが、よくよく思い返してみると、昔は昔で『ポンコツのリョウ』と言われ、『音痴のリョウ』と言われ、『業突く張りのリョウ』と言われ、『足クサのリョウ』とも言われていた。昔は昔で、ろくでもないのばかりだった。

恋しく思えるほどの過去が、そもそもなかった。

唯一まともな『大陸一の冒険者、大陸一の虫使い』は、ほぼ自称だ。

西の地でも指折りの冒険団を率いていたというのに、これは一体どういうことか。あのアフラージを発見したというのに、この扱いのひどさは何なのか。

そういえば冒険団の面々も『リョウは見つけるのが上手い。けど――』とか『リョウはクソ度胸がある。けど――』とか『リョウは面白い奴だ。けど――』とか『リョウは腕がいい。けど――』とか『リョウは骨のある奴だ。けど――』とか、誰かにリョウを紹介する時、必ず『けど』がついていた。褒《ほ》め言葉に『けど』をつけたくなる。それがリョウだったのだろう。

市場には露天商が並び、メロンや西瓜の売り声の傍《そば》で、鋳物の修理をする鋳掛け屋が鍋の亀裂を塞《ふさ》いでいる。弦を奏でて客を寄せる者がいれば、米を焼く音と匂いで客を集める者もいる。

露店の屋根の布の形すら、三角形もあれば四角形もあり六角形のものもあった。

小麦の生地でナツメヤシのペーストを包んで揚げ、ハチミツやゴマをかけた揚げ菓子が売られている。値段も五百グラムで五ビットほどだ。十歳ほどの先客が小遣いを手に並んでいる。

香ばしく甘い香りに誘われて、リョウも買った。

きつね色の揚げ菓子が紙の皿に山盛りだ。

木陰に腰を下ろして指先で摘《つま》み一口に頰張《ほおば》ると、揚げて間もないのか、ほくほくとしていて甘い。リョウは平らげるつもりで二口三口と続け、満腹感に手が止まった。

紙の皿にはまだ半分ほど残っていたが、オボルスに「もういらない」と手で示され、リョウの横で物欲しそうに見ていた幼い男の子に差し出した。幼い男の子は受け取って小躍りし、リョウへとお辞儀した姉らしき少女と仲睦まじそうに分け合っている。

なんだか眩《まぶ》しく思えて、リョウは姉弟から目を逸《そ》らした。

まだ調子が戻ってきていない。昔なら、皿四つぶんは食えたというのに。

リョウとは違い、オボルスは幼い姉弟を微笑《ほほえ》ましそうに見ている。

オボルスの胸ポケットの手作り人形が新しくなっていた。

「胸のぬいぐるみ、綺麗《きれい》になったな」

リョウがぽつりと言うと、オボルスが嬉《うれ》しそうに鼻を膨らませた。

「娘の新作さ」

「前のは前ので味があったが、今のはうまくなってるな」

「だろう？　天才なんだ。四歳で針を使いだした。この前も妻が手紙で――」

そうやって誇らしそうに家族のことを次々と話し始めるオボルスの頬《ほお》は緩みっぱなしだ。リョウは相槌《あいづち》を打ちながら、そんなオボルスにほっとする反面、なんだか羨《うらや》ましくもあった。

「奥さんも娘さんも、息災でよかったよ」

「……ああ。元気でやってる。驚いてるよ。しがない冒険者からユーロの手下に成り下がった俺が、今じゃセン王女に仕えてるんだ。今の仕事も、俺でいいのかどうか……」

オボルスの口振りは軽くとも、リョウは深刻な重みを感じて木陰に腰を据えた。

「聞くぜ。世間が言うにゃ、俺は亡霊のリョウだ。生きてるやつ相手にゃ口に出しにくい話でも、幽霊相手と思えば遠慮はいらねぇだろ？」

リョウの気安さを前にしても、オボルスの肩はこわばりが増している。リョウはじっと待った。オボルスから踏み込んできてくれるまで、リョウは沈黙の怖さと向き合うしかない。

露天商が逃がしてしまったのか、市場の上を紐《ひも》付きの猛禽《もうきん》がくるくると旋回している。

風に運ばれてくる暑さが不思議と気にならない。

市場のにぎわいがどこか遠く聞こえる。

「俺はな、リョウ。ルイアンの決戦の前、ユーロの尋問に耐え切れずにお前たちを売った」

オボルスの告白に、リョウはゆっくりと頷《うなず》いた。

「……そうか。だが、勝てた」

「そいつは結果だ」

「その結果は、セン王女がユーロの野郎を倒したからで、ユーロを倒せたのは幻覚が止まったからで、幻覚が止まったのはセン王女に味方したユーロの手勢が現れたからで、そんなユーロの手勢があの土壇場で現れたのはオボルス、お前が要塞《ようさい》の内で動いてくれたからだ」

リョウは明言したが、オボルスはもごもごと口ごもった。

「だが、リョウ、俺はころころと……」

「オボルス、お前はよくやってる。積み上がっていく後ろめたさにばかり、目を向けなくていい。積み上がった後ろめたさを、お前は捨てなかった。……立派じゃねぇか。そのことにも目を向けなきゃ不公平だ。心の帳尻が合わなくなっちまう」

オボルスの心の靄《もや》は一朝一夕に晴らせるものではないだろう。だが靄のただ中にいても太陽の光や温《ぬく》もりは届けられるはずだ。リョウはオボルスに靄《もや》だけを感じてほしくなかった。

「俺もセン王女も裏切りに傷つき、裏切りに助けられた。傷ついたことは忘れられないかもしれないが、助けられたことだって忘れない。アブースクードに目をつけることができたのも、オボルス、お前の進言のおかげだとセン王女が言っていた。セン王女やマナトは西の地のやり方には疎い。オボルス、お前が間に入ってくれているから助かってる」

「そうだといいんだが」

「今の仕事は嫌か？」

「いいや。今までと勝手は違うが、有難いと思ってる」

オボルスは顔を上げ、リョウを見返してきた。

「リョウ、お前はどうなんだ？　冒険者とは勝手が違うだろう？」

「取られたものを取り返し、アフラージを一つにする。今は、そのことを考える」

「そうか」

「力を貸してくれ、オボルス。お前が要る」

「もちろん。俺だって虫使いだ。あんたの虫捌《むしさば》きは間近で見ていたい」

オボルスの目から靄はまだ晴れていなかったが、光の指すほうは見つけてくれたようだ。リョウは砂を払って木陰から立ち上がり、肩を一度だけ回した。

「それじゃ買い物を済ませよう。操縦桿《そうじゅうかん》のグリップを扱う露店はどこかな……」

「セン王女は虫樹のパーツにまでご興味があるのか？」

目を丸くするオボルスへと、リョウは違う違うと手で示した。

「グリップは俺、セン王女は古本だ」

「本ったって、セン王女がどういうものをお求めなのか、俺たちに判別がつくか？」

「植物に関するもので、東の地じゃ見かけない類のものならいいのさ」

「なら、まず本から探そう」

オボルスがそう言って腰を上げると、反響するほどの大声が市場に響いた。

「古代雑貨の店、ポンドアンドオンスへぜひお越しを！　ポンドアンドオンスは市場の南、南にあるよ。さあ、みんなもポンドアンドオンスへ、ポンドアンドオンスへどうぞ！」

城壁に貼られた円形の拡声装置から聞こえてくる。国境城塞《じょうさい》の拡声装置は礼拝時間の通知や敵襲や砂嵐の警報、近隣住民への布告などに使われる公共物だ。

オボルスが眉《まゆ》をひそめている。

「城塞の拡声装置からだ。露天商の広告に使っていいものじゃないぞ」

「少し雑音が混じってるな。拡声装置に細工でもして、割り込んでるのか。なかなかできることじゃないぞ、こりゃ。ふふっ、どんな奴だろうな、この声の主は」

行ってみようとリョウが歩き出すと、オボルスも並んでついてきた。

ポンドアンドオンスは、小型の虫樹が目印の露店だった。ボールコックピットを持たず跨《またが》って操縦するタイプの小さな虫樹で、ハエトリグモに似て愛嬌《あいきょう》がある。荷運びには最適だろう。短い前脚を目いっぱいに広げて、今は露店の屋根の骨組みになっている。

怪しげな風体の青年が、虫樹の中脚から腰を浮かして満面の笑みを浮かべた。

「さあ、よってらっしゃい。うちの品は高品質、この一枚舌のポンドが保証する。明日になりゃ、俺は他の町だ。今だけ！　うちの品を見るなら、今だけだよ！」

露天商のポンドは見るからに陽気で、人懐っこく、口が軽そうだった。悪い人間ではないのだろうが、心を許してはいけないような、そういう類の人物だとリョウは見た。

「さっきの宣伝、どうやったんだ？　拡声装置を乗っ取ってたろう？」

リョウのだしぬけの質問に、ポンドは誤魔化《ごまか》すように笑った。

「なに、ちょっとしたことさ」

「やるな、いい腕だ」

リョウが感心すると、オボルスが頭痛を堪《こら》えるように額に手を当てていた。

「……リョウ、褒《ほ》めてる場合か。ポンド、城塞《じょうさい》の拡声装置は公共放送のためのものだ。私的に使うな。皆が混乱する。罪に問われかねんぞ」

オボルスが忠告すると、ポンドは「そりゃどうも。なにせここにきてまだ日が浅く、勝手がわからないもんですから」と身を低くしながらとぼけ、「まあ、ここで会ったのも何かの縁でしょうし、旦那方、うちの品を見ていってくださいよ」と筵《むしろ》を手で示した。

粗末な筵の上に並んだ品は雑多だ。

皿のようなものから、虫樹の部品、装飾植物の光る苔《こけ》、何に使うのか見当もつかない奇天烈《きてれつ》な見た目の雑貨まである。本当に古代の品か怪しいものもあり、その中には書籍もあった。

リョウが手に取って目を通すと、どれも古書のようだ。

植生に関するものがある。

「オボルス、こいつがいい。絵がいっぱい載ってある」

「おいリョウ。うちの娘じゃないんだぞ、セン王女は」

「だが見ろオボルス。ほら、いい絵だ。線が少ないのに、花の特徴をばっちりとらえてる」

「プルメリア、ハイビスカス、オヒア、アンスリウム……どの花もずいぶんデタラメだな。プルメリアの花弁が五枚に書かれてるし、低温に弱いって書いてある」

「だから面白いんじゃないか」

リョウがそう言うとピンと来たのか、オボルスは冒険者の顔をして目を輝かせはじめた。

「そうか、リョウ……今俺たちが知ってるプルメリアと違うからといって、この本に書かれたプルメリアがデタラメとは限らない。……この本、古代の書を模写したものか？」

「たぶんな」

「もしかしたら、プルメリアの元の姿が描かれているのかもしれないのか……」

「ポンド、こいつをくれ。それと、そっちのグリップパーツも見たい」

虫樹の操縦桿《そうじゅうかん》のグリップパーツをいくつか手に取り、その一つをリョウは気に入った。今の操縦桿をよりよくカスタムできるかもしれない。試してみる価値はあるだろう。

価格も良心的で、交渉の必要すらなかった。

ポンドはなんだか胡散臭い風体だが、その店の品物は確かなものが揃《そろ》っているようだ。

ほかにどんなものがあるのか。

リョウは店の片隅に目が留まり、釘付けになった。

白い立方体の古代雑貨だ。ポンドがにやりと微笑《ほほえ》み、リョウに差し出してきた。

「お、旦那。お目が高いねぇ……こいつはとっておきの古代雑貨さ。この白い箱に水をちょいと注ぐとこの通り、箱が複雑にカパッと開いてスイッチが入り、箱の中の歯車が次々と回り出して、回り出した歯車がスイッチを切って箱をパタンと閉じ、注いだ水をぷっと吐き出して、おしまい。何の役にも立ちやしないが、見てると妙な愛着がわいてくる名品中の名品だ」

白い立方体を受け取ったリョウは、立方体の底を見て確信した。三傑によって散逸してしまったリョウの大切な古代雑貨コレクション、その一つだったものだ。

リョウは声を荒らげた。

「おいポンド、こいつは俺のだぞ！　どこから盗みやがった!?」

「はあっ!?」

ポンドは物怖《ものお》じせずに胸を張った。

「こちとら良心と正直が服を着て歩いてるって噂《うわさ》の行商人、一枚舌のポンド様だぞ!?　盗品なんぞあつかうもんかよ、失礼な！　こいつはシャハラザードの市で仕入れたんだ。だいたい、これがあんたのものだったって証拠でもあるのか？　どこかに名前でも書いてんのかよ!?」

「書いてる！」

リョウが白い立方体の底の片隅の一部分を指さした。古代の装飾に紛れて、かすれてはいるもののリョウの名前が書かれている。ポンドはポケットルーペを用いてそれを確かめ、驚きながらリョウの顔と白い立方体を交互に見たが、ちょっと待ってくれと声を上げた。

「いや、だとしてもっ、こっちだって仕入れに金がかかってんだ。俺に損しろってか？」

ポンドの言い分にも一理あり、リョウは裁判事にする煩わしさを前に唸《うな》った。もしこのままポンドに行方をくらまされたら、この白い立方体はもう二度とリョウの前に現れない。

「……ぐぬっ、うう……いくらだ？」

「こいつかい？　そうさなぁ」

ポンドは白い立方体をしげしげと眺めながら、ふむと腕を組んだ。

「まあ、シャハラザードの市で一目ぼれして仕入れはしたものの、いざ手元に置いてみると小さいわりにかさばるし、三週間くらいで飽きてくるし、なんだかんだでクソの役にも立たねぇし、ながらく買い手もつかなかったし……よし、旦那。四ビットでいいぞ」

四ビットなど、子供の小遣いだ。さっき買った揚げ菓子より安い。

リョウは目をひん剝《む》いた。

「ふざけんなっ！」

「なにおう!?」

「安すぎる！」

リョウが抗議の声を上げると、ポンドは目を白黒させた。

「な、なにっ？」

「それはそんなに安くねぇ！　その百倍——五十バイトはくだらねぇ代物だぞ！」

「五十バイトぉ!?　んなわけあるかっ！」

「んなわけあるわけあるわ！」

「んなわけあるわけ——」

不毛なやり取りを重ねるリョウとポンドの間に、オボルスが肩から割って入ってきた。

「あー、お二人さん。ちょっと待った」

オボルスはリョウをなだめると、ポンドへと向き直った。

「ああして買い手が五十で買うと言ってるんだから、売ってもいいんじゃないか？」

「悪いね旦那。こっちにも行商人の誇りってもんがあんだ。品物の価格を見抜く目ってものがね。この品は四ビットだ。これ以上、一ビットだって値は上げられねぇ」

ポンドが頑として譲らなかったので、オボルスは「だったら、俺が四ビットで買う」と申し出た。そしてオボルスが五十バイトでリョウに売ることに決まった。

一件落着だ。

ポンドの店を後にして二十七歩目で、リョウは白い立方体を手にしたまま頭を抱えた。

「悪いな、オボルス。手間のかかる事をさせた。俺はどうかしてた」

「あんなトンチキな仲買はしたことがない」

「……四ビットで買っときゃよかった」

「代金、まけようか？」

オボルスの申し出を、リョウは力強く首を振って拒否した。

「いいや、冗談じゃない。そんなことしたら、俺がコイツの価値を下げることになる。俺はコイツの価値を知ってるんだ。一ビットだって返してくれなくていい」

「なら、その後悔も買い物の醍醐味《だいごみ》ってやつだろうさ」

オボルスの口ぶりに軽快さが戻ったのを見てとり、リョウは市場を後にして、アブースクードの護衛を西の団から出す手はずをオボルスに頼み、城門前で別れた。

買った操縦桿《そうじゅうかん》のグリップがしっくりくるか試してみたい。

リョウは城壁をくぐり、井戸の冷や水で喉《のど》を潤すと、格納庫を目指した。なだらかに続く石段を上り、石のアーチをくぐると格納庫が見える。虫樹の抜け殻を繋《つな》ぎ合わせて巨大な天幕のように作られた格納庫だ。リョウが襟元をばたつかせながら入ると、格納庫の中は木陰のように涼やかだった。人影はない。工具の類《たぐ》いは壁に掛けられたままで、整備の者たちは休憩中のようだ。中脚や鞘翅《しょうし》が取り外された虫樹が数機、少し窮屈そうに並んでいる。

鎮座しているソレオレノの目視点検を済ませ、脚部や胸部の装飾苔《ごけ》の感触を確かめ、ソレオレノの脚を踏み台にしながらリョウは鞘翅をぐっと押し上げた。鞘翅の裏に仕込んでおいた発煙装置に異常はない。煙幕弾を射出するための装置だ。信号煙としても利用でき、離れた味方にもソレオレノの窮地とその位置を瞬時に伝えられる。

リョウはソレオレノの背に登り、装飾苔の感触を確かめた。

古代苔の瑞々《みずみず》しい緑がかなり戻ってきているが、感触にはまだやや硬さが残っている。リョウは栄養剤のアンプルを二つほどソレオレノの背中に差し込んだ。装飾植物はいずれも特別な品種であり、虫樹の外殻でしか育たない。自生している植物とは似て非なるもので、虫樹と同じくらい古代文明の技術力を感じさせる逸品だ。

さきほど市場で手に入れた操縦桿《そうじゅうかん》のグリップを取り換えてみようと、背中側の頭部前胸装甲を開き、操縦席を見下ろしてリョウは目をしばたかせた。

操縦席に先客がいる。

先客と目が合い、リョウは訝《いぶか》しんだ。

精緻《せいち》な刺繍《ししゅう》が施された漆黒のマントを頭からすっぽりかぶり、こそこそと操縦席の影に身を隠している。まるで子供のかくれんぼだ。センが気まずそうな瞳《ひとみ》でリョウを見上げてくる。

「なにしてる?」

リョウが尋ねるも、センは漆黒のマントの青い刺繍を指でなぞってもじもじとしている。はっきり答えないセンの素振りを見て、リョウはふと思い出した。リョウは子供の頃、勉強をサボって怒られそうになった時によくかくれんぼをした。そして巫女《みこ》専用の礼拝所に隠れていて巫女様に見つかってしまった時、今のセンと同じようにもじもじしたことがある。

センはここのところ激務続きだった。

常に誰かの視線に晒《さら》され、相応《ふさわ》しい行いをせねばと気を張り続けていたのだろう。

格納庫に慌ただしい靴音が響いたかと思えば、さっき別れたオボルスが息を切らしていた。

「リョウっ、セン王女を見かけなかったか!?」

オボルスの声を聞くなり、センは操縦席の後ろに縮こまった。

リョウはソレオレノの背中に乗ったまま、顎《あご》を指で揉《も》みながらオボルスを見下ろした。

「どうした、オボルス?」

「さきほどから行方が知れないらしい」

「そいつは大ごとだな」

「ああ。市場を見たがっていらしたそうだから、俺はそちらの方を探してみる」

「そうか。姿が見えなくなる直前、どんな色の服を着てたんだ?」

「灰色の長衣をお召しになられていたそうだ」

「そんな服を着てる人影は見てないな」

「リョウ、もしセン王女を見かけたら、早くお戻りになられるよう言っておいてくれ。今、マナトや侍女たちが血相を変えて八方駆けずり回ってるんだ」

「わかった。ソレオレノで空から見てみる」

リョウが頷《うなず》いて見せると、オボルスは「頼む」と言って急ぎ足で出ていった。

ソレオレノの背中からリョウが操縦席へ降り立つと、センが申し訳なさそうに目を伏した。

「ありがとうございます、リョウ。ごめんなさい、嘘《うそ》をつかせてしまって」

「嘘はついてない。灰色の服を着た人影は見てない、俺はそう言っただけだ」

「……」

センが目をしばたかせ、自身の漆黒のマントをしげしげと眺めてから顔を上げた。『そういう手があるのですね』と感心するようなセンの目から逃れるように、リョウは目を逸《そ》らして自身の頬《ほお》を掻《か》いた。なんだか、センに悪いことを手解《てほど》きしてしまったような気がする。

リョウは釣り合いを取ろうと、重々しく腕を組んで声を落とした。

「マナトが駆けずり回ってるそうだぞ」

「……はい」

「面倒に思うこともあるだろうが、ありがたいことなんだぜ、そいつは」

「そう、ですね。わかりました……」

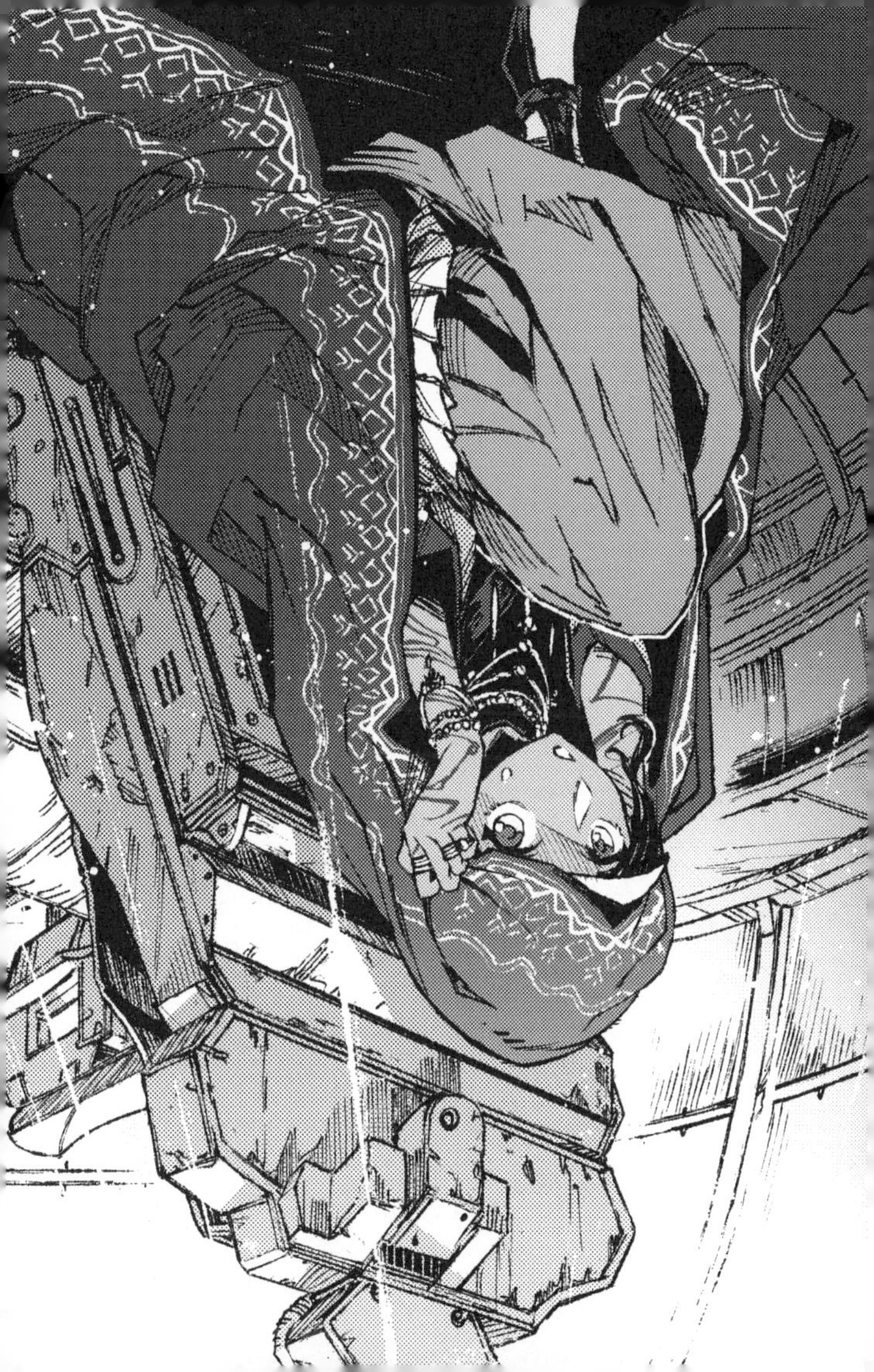

うつむくように頷《うなず》いて腰を浮かしたセンへと、リョウは咳払《せきばら》いした。

虫樹に乗った者が曇った顔のまま降りていくのは、虫使いとして心苦しい。

「虫樹でかっ飛ばすと、頭がすっきりする。……どうする？」

リョウの提案にセンは顔を明るくしかけ、すぐにまた曇らせた。真面目で気が回るのがセンの長所であり、短所でもある。リョウは操縦桿《そうじゆうかん》をぽんぽんと叩《たた》いた。

「俺がガキの頃、勉強をサボってこりゃ大目玉くらうなぁと勘付いた時は、寝床に帰る前によく、知り合いの虫使いのとこへ行って虫樹に乗せてもらってた。……今すぐ帰ろうが、十分後に帰ろうが、詫《わ》びを入れなきゃならないことに変わりはない。だったら、すっきりしてから帰ったほうがいい。と、ガキの頃の俺は思ってて、今もそう思ってる」

リョウがそう述べると、センはいそいそと補助座席に腰を下ろした。リョウは操縦席の下に操縦桿のグリップを仕舞いつつ、露店で手に入れた本を差し出した。

「頼まれてた奴だ。露店で見繕っておいた」

「ありがとうございます、リョウ」

「オボルスも選んでくれた。俺たちの目利きが好みにあうといいんだが」

「もし好みにあわなくとも、嬉《うれ》しいです」

「そうか？」

「自分では選ばなかったものと出会える良い機会になります」

「そりゃよかった。オボルスも喜ぶ」

リョウは操縦席に座り操作パネルに触れ、ボールコックピットを閉じた。ソレオレノの維管束の隅々にまで行き渡った水の流れを感じつつ、リョウは格納庫から出た。

かっと日差しがきつくなるも、肌を焼く感覚はない。

センがボールコックピットの中から燦々《さんさん》とした太陽を見上げている。ボールコックピットの内壁に映された外の様子は、虫樹の目を通したものだ。太陽すら直視できる。

「哨戒《しょうかい》に出る」

リョウは伝声装置へと告げ、見張り塔にいた衛兵にソレオレノの前脚を振って挨拶《あいさつ》した。見張り塔の衛兵が頷き返し「あなたに幸運あれ」と手で示している。

城壁に遮られ、風はおろか砂っぽさすら感じない。

見張り塔の旗が南へとはためいている。

リョウはソレオレノで跳びあがり、向かい風を翅《はね》で捉えてぐんぐんと高度を上げた。噴かす蒸気噴流は柔らかく、最小限だ。国境城塞《じょうさい》を中心にゆっくりと弧を描いて左旋回し、多脚要塞《ようさい》を横目に、眼下のオアシスと市場を跨ぐように北から南へとソレオレノの角先を向けた。

追い風に煽《あお》られてソレオレノが意図せず揺れている。

リョウは奥歯と操縦桿に少し力が籠《こも》り、力みを抜こうと振り返った。補助座席のセンがリョウの渡した本をさっそくパラパラとめくっている。

「揺れてる時に読むと酔うぞ」

リョウがそう言うと、センはぱたんと本を閉じた。

「座席を新しくしたのですね、リョウ。心地よくて、身体《からだ》が楽です」

「前のは粗悪品だったからな。衝撃がきた時の、座席との一体感も弱かった」

「一体感？　座席と背中がくっつくような、あの感じですか？」

「ああ。激しく動くとよりわかる」

「こうやって静かに飛んでいる時のほうが、私は好きです」

リョウは宙返りの一つでもやろうかと思っていたが、南と東にある大砂丘を穏やかに眺めているセンの顔を見て、旋回する時は緩やかに弧を描くように飛んだ。

東と南に広がる砂原と丘の緩衝地帯を挟んで、涸《か》れ川と岩山が遠方に見える。

「セン王女、東の地と南の地、どちらから攻める？」

「シャハラザードは盤石《ばんじゃく》です」

リョウがなんとなしに尋ねたことへとセンはそう即答した。

「なら、まずはドゥンヤだな。……ディナール……」

「リョウ、私はまだ動くつもりはありません。今は、西の地の立て直しが先決です。ユーロの時のような戦い方で上手くいくほど、南の地も東の地も容易《たやす》くありません」

センは声を硬くしたが、リョウはあえて聞き返した。

「だが、機会があれば動くだろう?」

「南の地とは同盟を結びたいのです」

「ドゥンヤの聖都に送った使節は、あしらわれたそうじゃないか」

「今、もう一度送る準備をしています」

「ディナールは乗ってこない。乗ってきたとしても、信用できる相手じゃない」

リョウは断言して続けた。

「結局のところ、ディナールの体からアフラージを引っぺがすしかないんだぞ」

「……ユーロの時のようにはいきません。ディナールは民心を得ています」

「ドゥンヤの巫女《みこ》を利用して得ている民心だ」

「だからこそ、アフラージの一片はドゥンヤの巫女の手から差し出してもらわねば。差し出してもらえるだけの信頼を、私は築いていきたいのです」

「ディナールが許さない。差し出す相手がシャハラザードの王女となればな」

リョウがにべもなく言ってのけると、センは深いため息をついた。

しまったとリョウは顔をしかめた。

ソレオレノで飛んでいる最中にまたギスギスしてしまっている。

「交わらぬ話ばかりしていては、公正さを欠いてしまいますね」

「……そうだな。そんな話ばかりしてたら、心の帳尻があわなくなっちまう」

この飛行はそもそも、センの気晴らしなのだ。

それはそれ、これはこれだ。

良いことばかりに目を向けることが公正さを欠くように、悪いことばかりに目を向けるのも公正さを欠くことだ。一人の人間が公正であるかどうかはともかく、あろうとすることを止めたくない。その一点では、リョウもセンと同意できるだろう。

「基地の外の市場にある屋台の揚げ菓子、美味《うま》かった。今度もっていく」

「三角屋根の屋台ですか？」

「知ってるのか？」

「はい。毎日食べていたらマナトに叱られてしまって……」

「食べすぎちまったか。うまいもんな、あれ」

「今は侍女に手伝ってもらって、マナトに隠れて食べてます。……これ、内緒ですよ」

絶対言わないでくださいねと慌て気味に口止めしたセンに、リョウはぷっと噴き出した。センをすかっとさせるために飛んでいるはずが、気付けばリョウのほうが楽になっている。

リョウの口元は、しかしすぐに引き結ばれた。

（なんだ？）

リョウは目を細めて南へ集中した。ソレオレノに宿る精霊が彼方を見せてくれる。

緩衝地帯の砂原の上空だ。

（虫樹だ……五機、いや六機か）

いずれも羽蟻型の虫樹だ。鋭い顎《あご》からして伐採や農耕を得意とする虫樹だろう。

羽蟻型の後脚には花粉団子のようなものがくっついていた。黄色い団子の形状からして、外付けの水袋か。虫樹の航続距離を延ばすためのものだろう。

ディナールの支配する南の地から虫樹が六機、西の地のほうへと飛んできている。六機の羽蟻型虫樹は丸みを帯びた外殻で、いずれも赤い装飾植物で彩られていた。

先頭の一機だけが花粉団子を身に着けておらず、編隊から突出している。

装飾植物のあの赤さは間違いない。

（カンナギ教団の虫樹？　ドゥンヤの虫使いか……）

リョウは眼光鋭く観察した。

羽蟻型の隊列が大きく乱れている上に、徐々に高度が下がっている。先頭の一機だけ後脚がなくなっている上に、赤い装飾植物に真新しい擦過《さつか》痕が刻まれていた。先頭の一機が五機の虫樹に追われながら必死に西の地へと逃れようとしているようだ。

ただごとではない。

リョウの口元は期待に歪《ゆが》んだ。

「仲間割れか？」

「亡命かもしれません」

顔を曇らせるセンの目元は険しい。

「こっちにくる」

リョウは前方を一睨《にら》みし、うきうきと操縦桿《そうじゅうかん》を握り直した。

揉《も》め事の気配だ。これを待っていた。

センは穏やかな決着を望んでいるが、ディナールにそんなつもりは毛頭ないだろう。そのことにセンがいち早く気づくようにするには、こういった事態が必要だ。

（ディナールの手勢だ……）

ぶちのめしてやりたい。

リョウは上唇を舐《な》め、推力ペダルを踏み込んだ。

「こちらソレオレノ。西の地へ進行するドゥンヤの虫樹を複数確認。緩衝地帯を横断中だ。これより対処する。増援を寄越せ。…………繰り返す。こちらソレオレノ――」

リョウが伝声装置に呼びかけるも、応答がない。

伝声装置の調子が悪い。リョウは操作パネルをいじったが、よくならない。

伝声装置の故障か、それとも音声を妨害されているのか。

リョウは舌打ちし、ソレオレノから信号煙を打ち上げた。鮮やかな煙がソレオレノから長い尾を引くと、国境城塞《じょうさい》からも鮮やかな信号煙が二つ三つと細長く上がるのが見えた。

（応答あり）

すぐに西の団か桜騎士団の虫樹が駆けつけてくるだろう。

リョウは高度を上げつつ、六機の羽蟻型へと徐々に距離を詰めていった。

(先頭の虫樹が、こちらへくる……?)

リョウが信号煙を上げるなり、すぐだ。

先頭の虫樹が助けを求めているのか。

リョウは拡声装置を使い、羽蟻型の虫使いたちへと声を張り上げた。

「六機の羽蟻型へ告ぐ！　ここから先は西の地の領域だ。引き返せ！」

「手荒い介入は最終手段です、リョウ。南の地との関係をこじれさせたくありません」

センが釘を刺してきたが、リョウは頷《うなず》き返さなかった。

南の地との関係がこじれる。望むところだ。上手くいけばディナールを引きずり出せる。ベニシダレに乗り、アフラージを身に着けたディナールを。ベニシダレをぶちのめせばアフラージもセンの手中に入り、南の地も西の地と協調するしかなくなる。

リョウにとっても、センにとっても、損にはならない展望だ。

「手荒くなるかどうかは相手の出方によるさ、セン王女」

「ここはまだ緩衝地です」

センは釘を刺す手を緩めるつもりはないようだ。センの口振りからして『揉めるとしても手順を踏め』ということだろう。リョウは頷き返し、もう一度呼びかけた。

「客人として迎え入れられたいのなら、客人の礼を示せ！　そうでなければ直ちに去れ。客人の礼を示さぬものは、西の地を荒らす不届き者と見なす!!」

リョウの警告が終わらぬ内だ。

先頭の羽蟻型から信号煙が上がった。白色のものだ。敵意がないことを示している。

他の羽蟻型からは上がらない。

「他の者たちも、示せ！　後続の五機っ、お前たちだ！」

リョウの警告は無視された。

ソレオレノが舐《な》められている。許してはならない。

リョウはソレオレノを降下させて一気に距離を詰めると、客人の礼を示した羽蟻型の左後方にぴたりとつけ、雷の翅《はね》から鱗粉《りんぷん》をまくなり雷撃を虚空へ放った。

迸《ほとばし》るのは、耳をつんざくような轟《とどろ》きと目が眩《くら》むような閃光《せんこう》だ。

後続の五機の羽蟻型に対する最後の警告だ。これでだめなら実力行使になる。

「繰り返す。これより先は西の地の領域だ。客人の礼を示すか、そうでなければ引き返せ！」

五機の羽蟻型は怯《ひる》まない。

ソレオレノの頭部前胸装甲から、いびつな雨音が聞こえてきた。ソレオレノの目を通し、礼を示した羽蟻型の腹から水が滴っているのを、リョウはしかと見た。羽蟻型の横腹に裂傷がある。水袋を損傷している。水は虫樹を含め、古代遺物の動力源だ。

リョウが見て取るなり、礼を示した羽蟻型がゆっくりと高度を下げていった。

水切れだろう。翅を広げて落下していく。

後続の五機が落下していく先頭の一機目掛けて蒸気噴流を噴かした。

(そんなにそいつを、西の地に行かせたくないのか)

リョウはソレオレノを操り、殺到しようとする後続の五機の前方を塞《ふさ》いだ。

空中接触一歩手前のソレオレノの進路妨害に対して、リョウが再三求めた客人の礼を示すどころか、五機の羽蟻型はいきりたって顎《あご》をガチガチと鳴らした。

二機の羽蟻型の敵虫樹が後脚の花粉団子をぱしゅっと切り離し、尻の先から禍々《まがまが》しい針を露出させるなり、リョウの真上からソレオレノへと急降下してくる。

リョウは寸でのところでひらりと避け、肩を怒らせた。

ソレオレノ対する羽蟻型の明確な敵対行為だ。

敵虫樹だ。

「そうかい。今のは一線を越えたぜ」

「リョウ！」

センの鋭い一声に、リョウは苦い顔で応じた。

「なんだ、王女様。まだ我慢しろってか？」

しびれを切らしてリョウは後部座席を振り返るも、苛立《いらだ》ちのぶつけどころを失った。

センの瞳《ひとみ》の奥が静かに燃えている。

あの時と同じだ。ユーロの多脚要塞《ようさい》に乗り込むと言い出した、あの時と。

リョウの思い違いを解きほぐし、その背中を押すようにセンはゆっくりと首を横に振った。

「いいえ。ここはもう、西の地の領域。あの者たちは客人の礼をわきまえず、この地に挨拶《あいさつ》もなく踏み入った不届き者です。灸を据えておやりなさい」

センの声音は雄々しい。

リョウは待ってましたと頷《うなず》いた。

「ああ、とびきりきついのにしてやるさ」

リョウは不敵な笑みを浮かべて上唇を一舐《な》めし、羽蟻型の五機の虫樹を睨《にら》みつけた。

センが念を押すように身を乗り出してくる。

「リョウ、客人の礼を示した虫樹を救うための介入です」

「わかってる。座席にしがみ付け、荒れるぞ！」

リョウは推力ペダルを踏み、首に力を込めて加速した。

礼を示した羽蟻型が機首を下に向けすぎている。水切れで操舵が利かないのだろう。このままでは危険な角度で地面に突っ込むことになる。五機の敵虫樹がやられて嫌なことをやるためには、まず、あの墜落していく羽蟻型を押さえておきたい。

(雷の翅《はね》はまだ本調子じゃない……)

ルイアンでの決戦の時にユーロが過酷な使い方をしたせいか、それともユーロが十年酷使してきたからか、ソレオレノの雷の翅の使用感に変な癖のようなものがついてしまっている。十年前のように繊細に扱えない。雷の翅による雷撃は水の消費量が多い。

加えて威嚇《いかく》の際、五機の敵虫樹に雷の翅の仕組みを見せてしまっている。ソレオレノの雷撃の肝が鱗粉《りんぷん》であることを、敵に見抜かれていると考えておいたほうがよいだろう。

雷の翅を使う際、一工夫必要だ。

リョウは墜落していく羽蟻型に追いつき、その背部装甲を摑《つか》んだ。ソレオレノの前脚と中脚を軋《きし》ませて地表すれすれで機首を起こすと、リョウの後ろに敵虫樹の顎《あご》が迫っていた。

いくらソレオレノでも虫樹を一機抱えたまま五機の敵虫樹とは戦えない。

リョウが抱えていた羽蟻型を手放すと、水切れの弱々しさのまま砂を巻き上げて滑り砂丘へと突っ込んだ。墜落の衝撃は激しそうだが、気にかける暇などリョウには無い。ソレオレノの脚部や腹部を狙って次々と飛び掛かってくる五機の敵虫樹を避けるので手一杯だ。

五機の敵虫樹による五連撃だ。

リョウは四撃目まで辛くも避け、五撃目を背に受けた。

五撃目は体当たりだった。やってきたのは五機の敵虫樹の中で一番の手練《てだ》れだ。四撃目を避けるソレオレノの動作を読まれたのだろう、五撃目は間髪を入れずにきた。

地表近くでソレオレノの姿勢を乱され、リョウは前脚で砂を掻《か》きながら着地した。がつんとくる衝撃と揺れにセンのくぐもった悲鳴が聞こえる。砂地を削る機体の揺れの長さは巻き上がる砂煙の激しさと比例し、墜落した水切れの羽蟻型よりも酷《ひど》かった。

着地と言えば着地だが、墜落と言われてリョウに返す言葉はない。

風に流された砂煙がリョウを励ますように、ソレオレノの四方を囲っている。

揺れのおさまった操縦桿《そうじゆうかん》を指でひと撫《な》でし、リョウはにやりと犬歯を剝《む》き出した。ソレオレノの墜落する姿が、五機の敵虫樹の目にはさぞ無様に映ったことだろう。リョウがソレオレノを身震いさせて背中の砂を払うと、前と左右を敵虫樹に囲まれていた。ソレオレノのすぐ後ろには、墜落した水切れの羽蟻型が砂丘にめり込んでいる。

五対一だ。

五機の敵虫樹は己の優位を疑わず、ソレオレノの巻き上げた砂煙の中にいる。

(もらった！)

リョウは操縦桿を握り込み、雷の翅《はね》を威嚇《いかく》するように大きく広げた。

鱗粉《りんぷん》はもう撒《ま》いてある。

リョウは砂煙をわざと巻き上げ、その中に鱗粉を紛れ込ませておいたのだ。

予兆すら気取らせない雷撃が、轟音《ごうおん》とともに敵虫樹を打ち据えた。五機の敵虫樹が訳も分からず怯《ひる》んでいる様子が見える。雷の翅の最大の利点だ。着地して瞬く間もない。五機の羽蟻型の内、三機の脚と一機の翅を吹っ飛ばしてやった。

（一丁あがり）

リョウはソレオレノの角を怒らせ、雷撃を辛くも避けた無傷の一機へと向けた。

羽蟻型の敵虫樹はいずれも砂に脚をついている。

地上戦に誘い込めた。

地上戦は、ソレオレノが得意とする領分だ。

敵虫使いは腕の立つ者ばかりのようだ。無傷の一機を中心にして、翅や脚を失いながらも二機の羽蟻型がソレオレノを挟み込むように左右に陣取り、じりじりと脚で砂をするように近づいてくる。リョウが前に対応すれば左右から、左右のどちらかに対応しようとすれば別方向から襲い掛かるつもりだろう。数の利を活かす立ち回りだ。

三対一だ。

リョウは負ける気がしなかった。闘志のせいか、体が熱い。

敵虫樹の尻の先から針が露出している。

（あの針の模様、どこかで……）

溶解液を注入してくる遺物か、可燃性の液体を噴射するタイプのものか、あるいは凝固剤を維管束に注入して虫樹のパーツの動きを阻害してくるものか。

リョウはソレオレノの前脚で針の一撃を摑《つか》み取ってへし折ろうと身構えた。

だがソレオレノが身構えるなり、羽蟻型は三機とも示し合わせたように針を仕舞った。

強力な装備であるはずの針を使おうとしてこない。

（なんだ？　なぜ使うのをやめた……？）

リョウは訝《いぶか》しんだ。

羽蟻型の針は明らかに特殊な古代遺物だ。リョウは一目でわかった。

ディナールが冒険者時代に発見しベニシダレに搭載していた古代遺物の針も、似たような形状と模様をしていた。ディナールがベニシダレに搭載していた古代遺物の針は、虫樹の精霊を誑《たぶら》かして制御を奪う強力なものだった。ベニシダレのあの針と同じ効能かどうかはまだ判別できないが、リョウにとっては油断ならない古代遺物の針に違いない。

それを使おうとしない理由を想像し、リョウは目を吊り上げた。

（……使うまでもない、とでも？）

なめんじゃねぇとリョウは燃えた。

相手をぶちのめす時に全力を出さないなど、侮辱行為に等しい。

（――来い！）

待ち構えるリョウへと、砂を蹴立《けた》てて三時方向から敵虫樹が突っ込んでくる。リョウは真正面へと砂を蹴り上げつつ、三時方向の敵虫樹へソレオレノの切っ先を定めた。

突っ込んでくる敵虫樹よりも、ソレオレノの姿勢をさらに低く。

胸部装甲を砂に掠《かす》らせながらリョウは踏み込んだ。

破裂するような衝撃がリョウの骨と内臓を突き抜ける。背と尻が操縦席に吸い付く感触を手掛かりに、羽蟻型の顎《あご》をソレオレノの頭部装甲で受けるなり、リョウは渾身《こんしん》だ。敵虫樹の足元に差し込んだソレオレノの角を振るい、リョウは唸《うな》りながら九時方向へと投げ飛ばした。

投げ飛ばされた敵虫樹は九時方向から飛び掛かってきていた別の敵虫樹と激突し、装飾植物の真っ赤な花びらが爆発するように四散した。

瞬き一つの攻防は砂と消え、その余韻をリョウの耳に残すのみ。

十二時方向にいた無傷の一機は、僚機にあわせて突っ込んでこられなかったようだ。

それも仕方ないだろう。

リョウがソレオレノの前脚でひょいと砂煙を上げたのだから、雷撃の二の舞を恐れて相手は踏み込んでこられない。雷の翅《はね》は装備しているだけで相手の行動を縛るのだ。

「さっきの威勢はどうした!?」

リョウは相手の気を飲まんと、腹から怒声を浴びせた。

羽蟻型の五機の内、無傷の一機だけ頭抜けて腕がいい。挙動の一つ一つが用心深い。触角の形状も華やかで立派だ。この一機の虫使いが、羽蟻型の敵虫樹を束ねているのだろう。

（こいつは相当の手練《てだ》れだ）

リョウはそう見て取っていたからこそ、相手の気勢を制するため声に力を込めた。

「ドゥンヤの虫使いはその程度かっ」

リョウの挑発が利いたのか、それとも悪化していく状況に焦ったか。姿勢を立て直そうとしている僚機を待たず、無傷の一機が低い姿勢で突進してくる。

リョウの思う壺《つぼ》だ。

ぶつかり合いでソレオレノが負けるものか。

真正面から激突し、リョウは羽蟻型の敵虫樹を難なく跳ね飛ばした。

リョウの骨と耳にくる手応えと音は鋭い。もんどりうって背中から落ちた敵虫樹は、しかし砂埃《すなぼこり》の中から辛うじて起き上がってきた。ぶちかましの威力が足らなかったのだ。

リョウは不満げに自身の腕を見た。

（まだ調子がおぼつかない……）

ユーロと戦ったルイアンの一線で完璧に戻ったと思っていたのに、ソレオレノに宿る精霊と繋《つな》がる感覚がふとした拍子にあやふやになってしまう。

リョウの体と同じだ。どれだけ食べて鍛えても、十年前の艶《つや》やかさには及ばない。元の体へは戻らない。何度か服を新調してみたものの、結局、しっくりくるのは着古した服だ。振り切ったはずだというのに、懐かしささえ憎くなる。

リョウは五機の敵虫樹をざっと見回して、舌打ちした。

彼我の力量差は明白だ。

勝敗はもう決している。ソレオレノの勝ちだ。

だが、羽蟻型の五機の敵虫樹はいずれも戦意を失っていない。

羽蟻型の敵虫樹は三機が脚を欠損し、別の一機が翅《はね》を失っている。その上、国境城塞《じょうさい》から駆けつけてくるリョウの味方の機影が見えている。リョウは勝負を急ぐ必要がない。

時間をかければかけるほど、ソレオレノが有利になるだけだ。

一方、敵虫使いは不利になっていく。

敵虫使いがとるべき行動は、すぐさま南の地へと逃げること一択だ。

（素人ってわけじゃねぇだろうに、なぜだ……？）

絶望的な状況でも退《ひ》こうとしない。

不気味だ。少なくとも目の前の虫使いどもは、玄人の傭兵《ようへい》や冒険者といった類《たぐ》いではないようだ。状況を読めないズブの素人でもあるまい。リョウは警戒した。

（手練《てだ》れの一機は、なぜ僚機に退けと命じない……？）

おそらく隊長機のはずだ。僚機が逃げる時間を稼ぐ役目——殿《しんがり》を担いながら退く。そうせねば全滅だ。その決断が遅れれば遅れるほど、抜き差しならなくなる。

（早く退け、後ろをみせろっ……）

攻めの手を緩めて虎視眈々と狙うリョウの眼前で、三機の羽蟻型が後ろを見せた。脚を欠損した二機が、翅を失った一機を抱えて飛び去ろうとしている。

隊長機ともう一機はまだ戦う構えを解いてはいないが、リョウはほくそ笑んだ。

敵虫使いたちの逃げ腰だ。

戦いで最も楽に相手を仕留められるのは、逃げている者を狙う時だ。リョウの予想通り、戦う構えを見せていた二機の羽蟻型も、朦々と煙幕を張るなり背を見せた。

リョウはこれを待っていた。

「逃がすかよ、くそったれども！」

敵虫使いは一人たりとも逃さない。ディナールに一泡吹かせてやる。

リョウは暗い激憤で推力ペダルを踏み込もうとしたが、背後からセンの鋭い一声がきた。

「リョウ、あの墜落した虫樹が先です」

リョウの気勢をくじくように、センは語気を強めた。

「あの虫樹には、なにかあります！」

センの指摘にリョウははっとした。

あの墜落した一機には、五機の敵虫樹が引き際を見誤りかけるほどの何かがある。ドゥンヤの羽蟻型が警告を無視してまで西の地に踏み込んでくるほどの、何かが。

センの言う通りだ。

リョウは鼻息荒く、敵意をぐっと飲み込んだ。

敵影はもはや遠い。

墜落した虫樹は動く気配がなかった。赤い装飾植物が乾き、前胸部が砂にめり込むほど脚部が深く埋まっている。あの状態からではすんなりと身動きはとれないだろう。

おもむろに、墜落した虫樹の背中側の装甲が開いた。

だが乗り手が出てこない。

「リョウ、開けてください。無事かどうか確かめたい」

「味方がくるまで待つ」

「リョウっ！」

センが声を荒らげた。

医療の心得があるセンは、墜落した虫使いの怪我《けが》の有無が心配なのだろう。応急処置は早いに越したことはない。リョウとしても、助けた相手に万が一でも死なれては困る。

リョウは少し勘案して、センに条件を出すことにした。

「セン王女。俺があの虫樹の操縦席を検《あらた》めるまで、あの虫樹の半径六メートル以内に絶対に入らないように。あの虫樹が動き出す仕草をしたら、一目散にソレオレノへ戻ってくれ。あの虫樹から一人出てきたとしても、もう一人が操縦席にいることもある」

「あの羽蟻型は水切れです、リョウ」

「そう装っているだけかもしれない。油断は厳禁だ」

「……わかりました」

だから早く開けて欲しいとセンが目で訴えてくる。

ボールコックピットを開くと、日差しがリョウの肌を突き刺した。青空が眩《まぶ》しい。リョウは目を細めて胸部装甲から熱い砂へと降り立ち、乾いた風にふんすと鼻息を混じらせた。

南の地の虫樹だ。

追われていたが、ディナールの関係者かもしれない。

リョウが腹の帯ベルトから短刀を抜いて墜落した虫樹へ向かうと、センが立ち塞《ふさ》がった。

「なぜ刃を抜くのです、リョウ?」

「敵の敵が味方とは限らない」

「周囲を敵だらけだと思い込むと、敵でも味方でもなかったものまで敵に変えてしまいます」

センの言葉に承服しかね、リョウは刃を納めなかった。

センが目をギラリと細め、腕を開いてすっと腰を落としている。王家の武道の構えだ。リョウは慌てて刃を鞘《さや》へと仕舞い、まってくれとセンに手のひらで示した。

「わかった、わかった。あの反り投げはもう勘弁してくれ」

リョウはそう言いつつも、いつでも抜けるように短刀の柄の近くに手を置いておいた。センの身に何か起こるくらいなら、起こそうとする相手は生かしておけない。

歩み寄っていくセンの背中越しに、墜落した虫樹の上に人影が見えた。

赤衣に身を包んでいる。

婦人のようだ。

赤衣の婦人は虫樹の背中の砂に足を滑らせたのか、わっと大きくふらついたかと思うと、センが「あっ」っと声を上げる間もなく真っ逆さまに落ちた。かとリョウは思ったが、赤衣の婦人は墜落した虫樹の中脚を摑《つか》んで体勢をひょいと立て直し、足から砂にすたっと降り立ってしまった。長い赤衣に身を包んでいるというのに、鮮やかな身のこなしだ。

頭がふらついたのか、赤衣の婦人は砂にしりもちをついている。

とっさに駆け寄ろうとしたセンの腕を引き留め、リョウは赤衣の婦人へと歩み寄った。

センがまとう乳香の香りとはまた違う、良い香りが風に運ばれてくる。

深く澄んだ瞳《ひとみ》をした、物憂げで優しそうな妙齢の婦人だった。年の頃は二十を過ぎたあたりか。今にも燃えだしそうなほど紅い長衣を縁取るように、黒い糸で古《いにしえ》の文字模様が施されている。飾り気と言えばその程度で、指輪一つ身に帯びていない。

帯びる必要があるとも思えない。

一目見ただけでリョウは感じた。麗しい、の質が違う。

対面するだけで柔らかく包み込まれてしまうかのようなこの感覚をリョウは知っている。

「……ドゥンヤの、巫女《みこ》……？」

「リョウ。今、なんと？」

リョウの呟《つぶや》きを聞き返したセンの声に、赤衣の婦人が鋭く反応した。

「リョウ様？」

発した声すら美しい。聞いているだけで心が穏やかになるような響きがある。赤衣の婦人は大きく目を見開き、リョウを食い入るように見つめていた。

「リョウ様？　本当に、あのリョウ様なのですか？」

「あ、ああ……」

リョウはぎこちなく頷《うなず》いたが、「あのリョウ」が自分かどうかは分からない。

赤衣の婦人も半信半疑のようだ。

赤衣の婦人は「妙案を思いついた」とでもいうような顔をして、リョウの足元へと屈《かが》み込むなり、綺麗《きれい》な鼻筋を何のためらいもなくリョウの靴へと近づけた。

意表を突かれてリョウには退《ひ》く暇もない。

赤衣の婦人は鼻を押さえてのけ反った。

「ふみゃっ!?　……こ、このにおいは、間違いなくリョウ様……」

出会っていきなり足を嗅《か》いできた変わり者は、リョウの知る限りたった一人だ。

唖然《あぜん》とするリョウを前に、赤衣の婦人は慌ただしく居住まいを正した。その深く澄んだ瞳《ひとみ》には、星一つない砂漠のただ中で街の光を見つけた旅人のような高揚があった。

「申し遅れました。私はリヤル。リヤル・アルライラ・アルドゥンヤです」

「ドゥ、ドゥンヤ……の、巫女《みこ》様……？」

センの声が上ずっている。

アルライラ・アルドゥンヤを名乗るのは巫女か元巫女のみだ。

（リヤル……？）

目の前で名乗られてなお、リョウはぴんとこなかった。

リヤル。リヤル・アルライラ・アルドゥンヤ。その名も、顔も、声も知っている。

その面影も見て取れる。

だが目の前の女性と重ならない。

リヤルと初めて会ったのは十三年前か。まだリヤルが小巫女だった時だ。

本当に、リョウの知っているリヤルなのだろうか？　巫女修行を抜け出しては木登りや虫取りや虫樹いじりに駆けずり回り、年上のガキ大将と取っ組み合いの喧嘩《けんか》になってすら一歩も退かず、聖都中の悪ガキどもから一目置かれていた、少年のようなあの少女だというのか。

そもそも、ドゥンヤの巫女が西の地へ単身でくるとは、どういうことか。

南の地で何が起こっているのか。起ころうとしているのか。

ただ事ではない。

これはとてつもない吉兆か、それとも破滅の足音か。センも感じているのだろう、深刻な顔をして「リヤル様。ひとまず城へ」と言うのが精いっぱいのようだった。

2

「ディナールは東の地シャハラザードの王都の民を殺戮《さつりく》するつもりです。古代遺物を用いて、シャハラザードの王都に恐ろしい瘴気《しょうき》をまくつもりなのです」

リヤルが鬱々《うつうつ》と語ったことは、国境城塞《じょうさい》の応接間を張り詰めさせた。

リョウとセンはもちろん、同席しているマナトの顔も硬い。

出された水やナツメヤシにすら一切手を付けず窮状を語るリヤルの姿に、リョウはずきずきと胸に痛みが走った。リヤルはドゥンヤの巫女《みこ》であり、南の地の最高指導者だ。ドゥンヤの民にとっては精神的支柱でもある。

リヤルがセンと会うために亡命の真似事をせねばならないなど、なんたることか。リョウはリヤルの話を聞いているだけで、拳《こぶし》にぎりぎりと力が籠《こも》った。

「王都に瘴気をまく準備は一週間もかからず整うとディナールは言っていました。私はなんとしてもディナールを止めたい。どうか力をお貸しください、セン様」

センへと向けられたリヤルの瞳《ひとみ》は懸命だった。

リヤルの口から語られる南の地の内情は、十年前とは違う。

もたらされたアフラージの一枚により農業と経済が活発になり、ディナールの力によって宗教法解釈の柔軟性を取り戻した南の地は、リヤルの読解力によって古文書を紐解《ひもと》き、ドゥンヤの地に眠る古代遺跡の発掘を進め、虫樹の軍勢を急速に整えつつあるそうだ。ただそれは「南の地に根強い宗教法の束縛による古代遺物利用への忌避」を破る進歩的な手法でもあり、南の地の保守派からの反発をディナールは強権的に押さえつけているそうだ。

リヤルの抵抗虚しく、投獄された法学者や学徒は数知れないらしい。

身の危険を感じて東の地へ逃れる民もいるそうだ。

十三年前にディナールは最高指導者である巫女の座をリヤルに譲ってこそいたが、十年前に『民の守り手』の座について守護学徒を束ね、徐々にカンナギ教団の実権を掌握していったらしい。南の地の治安を司る守護学徒たちをドゥンヤの虫使いとして訓練し、虫樹の軍団を意のままにし、もはやドゥンヤの巫女であるリヤルの制止すら聞き入れないそうだ。

（ディナール……）

リヨウは溢《あふ》れそうになる苛立《いらだ》ちを軽蔑《けいべつ》の鼻息で発散した。

（ドゥンヤの巫女をまるで傀儡《かいらい》のように……シャハラザードの王都へ瘴気攻撃だと？　元巫女だってのに、いったいどこまで墜ちようってんだっ……）

リヨウが腕を組んで見守る中、リヤルの顔には痛ましいほど血の気がない。

「ディナールは言っていました。ターレルはシャハラザードの覇権を確固たるものにすべく虎視眈々とアフラージ統一を狙っており、必ず南の地に攻め込んでくると。ドゥンヤを滅ぼすつもりだ、と。だから、やられる前にやるしかないのだ、と……」

　リヤルは時折、堪《こら》えきれずに声を震わせた。

「私は名ばかりの巫女《みこ》です……それでも、ドゥンヤの巫女なのです。このままでは東の地にも南の地にも、そして西の地にまで、無辜《むこ》の血が止めどなく流れることになってしまう……それが神の御意志であるなどとは、私には感じられません」

　リヤルは首をしかと横に振り、センを見つめた。

「かつてのディナールは、南の地を豊かにし、この大陸に平安をもたらそうと奔走していたのです。そのためのアフラージなのだと、私は長らく信じてきましたが……」

　リヤルは言葉を止めてリョウの目をちらと見た。

　王殺しの汚名を着せられたリョウが、三傑に討たれたとも失踪したとも噂《うわさ》されるリョウが、こうしてセンのすぐ横にいる。エン王唯一の子であるセンの横に。

　ディナールがどうやってアフラージの一枚を手中に収めたのか、リヤルはそれを察したようだ。リヤルがディナールから聞かされていた話とは、かなり違ったのだろう。

「私はディナールを止めたい。道を踏み外している今の彼女を止めたいのです」

　力を貸していただけませんかと、リヤルは重ねて願った。

　ドゥンヤの巫女を選ぶのは、前の巫女だ。リヤルの口振りに憤《いきどお》りはあっても憎しみはない。自らを巫女に選んだディナールへの深い愛と慈しみ、それ故の困惑と悲嘆が感じられた。

愛している相手に対して、弓を引かざるを得ない状況に立たされる。

その苦悩はいかばかりか。

センは他人事とは思えなかったのだろう、勇ましくリヤルの手を取った。

「リヤル様。私は、三つに別たれたアフラージを一つにすべく西の地へとやってきました。今は、ユーロによって荒《すさ》んでしまった西の地を立て直そうと動いています。皆を豊かにするためのものが、いつの間にか、ごく限られたものしかその恩恵を受けられないようになっている。その仕組みを変えたいのです。私なりに故郷の東の地を想っての行動ですが、故郷の者たちにはまだ伝わっておりません。私のこの行動が、東の地の者たちにとっては祖国に弓を引く行為に見えてしまうこともあるはずです。……本当に、もどかしい限りです」

センの声音に徳の香りを嗅《か》ぎ取ったのか、リヤルはセンの手を両手で包んだ。リヤルが俯《うつむ》いたのは、絨毯《じゅうたん》にぽとりと落とした涙を見られまいとしてか。

リヤルは目元を指で拭《ぬぐ》い、気丈にもリョウを見上げた。

「リョウ様、お聞かせ願えますか？　アフラージが三つに別たれた、その成り行きを」

引き抜いたばかりの矢傷に熱したナイフを押しあてようとするかのように、リヤルが尋ねてくる。リョウは話すことを少しためらい、リヤルの目に促されて頷《うなず》いた。

エンから依頼を受けて、極限環境の北の地で苦労してアフラージを見つけたこと。ディナールがエンに対する疑念を口にしていたこと。それでもリョウはディナールとなら分かり合えると信じていたこと。リョウがアフラージを東の地のエンに届けようと、北の地からシャハラザードの王都へ向かっていたこと。その道中でタールとディナールとユーロに裏切られ、岩《がん》窟牢《くつろう》へと閉じ込められてしまったこと。シャハラザードの王都でリョウに関する不穏な噂《うわさ》が流れるも、エンが最後までリョウを信じていたこと。タールがこの裏切りの首謀者らしいこと。リョウが十年も岩の牢に閉じ込められ、センに助けだされたこと。

アフラージ簒奪《さんだつ》の顛末《てんまつ》をリョウの口から聞かされると、リヤルは項垂《うなだ》れた。

「……ディナールは、言っていました。言っていたのです。リョウ様もエン王もアフラージの魔力に取りつかれ、道を外れてしまったと……」

「嘘《うそ》っぱちだ」

リョウは即答してリヤルの目を堂々と見た。

それでリヤルがひどく苦しむと分かっていながら、リョウは手を緩めなかった。

「セン王女が言うには、どうやらタールが仕組んだことらしいが、ユーロもディナールも乗りやがった。アフラージを手にして、北の地の古代遺跡から西の地へ帰る、その道中で俺は意識を飛ばされ、気付いたら岩窟牢の中にいた。そのまま十年過ぎた」

リョウはふとエンの顔が脳裏をよぎり、無性に心寂しくなった。

「エンも俺も、アフラージを使って大陸中を潤したかった……」

「そんな……それでは、そんな……」

「アフラージに目を曇らされちゃ、おしまいさ。もうあいつは――ディナールは力への渇望と信仰心の区別すらついちゃいねぇんだろう」

ドゥンヤの巫女《みこ》すら蔑《ないがし》ろにしはじめたディナールなど、どうしようもない。終わらせることが唯一の救いだ。ディナールは終わるまで、自らの道を汚し続けるだろう。

リョウが冷たく吐き捨てると、リヤルは胸の前でぎゅっと手を重ねた。

「……ディナールがリョウ様にしたことは決して許されることではありません……それでも、そうだとしてもリョウ様、リョウ様とディナールは――」

「わかってるさ」

「ディナールがリョウ様を裏切ったのは、きっとシャハラザードへの不信感ゆえです。そうせねば南の地やそこに生きる人々を守れないと、ディナールは思い込んでしまった。リョウ様もディナールのことは、よく存じておいでのはず」

「……昔のことは、どうとでも読み解けちまう」

「十年前から、ディナールは斎戒を強めています。そこまですべきではないと、私は何度も忠告しましたが、自らを痛めつけるようにやせ細ろうとするのです」

リヤルはリョウを一心に見詰め、縋《すが》りつかんばかりに懇願した。

「私はディナールを救いたいのです」

「俺もだ」

「本当ですか？」

「ああ」

目を逸《そ》らしてその言葉をさらりと吐いた自分に、リョウはぞっとした。

嘘《うそ》は言っていない。だが、誠実からは程遠い。

救いたい――とは、どういう意味か。リヤルの考えているその言葉の意味と、リョウが内心で煮えたぎらせたその言葉の意味とでは、かけ離れている。

リョウの心の内を鋭敏に感じたのだろう、リヤルが哀しそうな目をした。今にも倒れそうなほど弱々しいリヤルへ温《ぬく》もりを伝えるように、センが寄り添った。

「お力添えをいたします、リヤル様。私が動かせるだけの力を、あなたのために」

「セン様……ありがとう、ありがとうございます」

リヤルはやっと息が吸えたとばかりに肩を撫《な》でおろしている。センが大きなクッションを二つほど差し出すと、リヤルは一つを抱きかかえてもう一つに深々と身を預けた。

「マナト、食事の用意を。リヤル様に何か温かいものを」

「しかし、セン様……」

「なんです？」

「リヤル様は、お眠りになったご様子で……」

おずおずとしたマナトの指摘に、振り返ってセンは目をぱちぱちとさせている。

センが申し出た協力の一言に、リヤルはずっと張り詰めていた気をようやく休ませられたのだろう。今日にいたるまで、心安く眠ることが叶わなかったに違いない。

リヤルの無防備な寝顔を前に、リョウは声を潜《ひそ》めた。

「セン王女。ディナールとターレルが互いに潰《つぶ》し合うなら、漁夫の利を狙える」

リョウの目に暗い復讐《ふくしゅう》の色を見て取ったのか、センは鋭く見返した。

「リョウ、それを巫女《みこ》様の目を見て言えますか？」

「……」

リョウは言葉に詰まった。

言葉に詰まったリョウを、センがほっとしたような眼差《まなざ》しで見てくる。

「よかった。『言える』と言えないあなたで」

「『言えない』とも、言えなかった……」

リョウの悔恨をなだめるように、センは毅然と胸を張った。

「リヤル様は救いの手を求めてきたのです。こちらが無下にすれば、神の教えに反します」

「神の教えに関しちゃ、ドゥンヤのほうが一枚上手だ」

リョウのかたくなさを前に、センが少し思案して切り出した。

「東の地の国力は大陸随一です」

センはリヤルを一瞥《いちべつ》し、眠りを妨げぬようにしてか、声を落として続けた。

「モンメおばあ様の時代から続く古代遺跡発掘事業の促進政策によって投資が進み、北の地や西の地で得られた富は東の地――シャハラザードに集中しているのが現状です。シャハラザードの国力は盤石《ばんじやく》です。その盤石な国力を、南の地や西の地にも益があるように使い道を変えていく、それが肝要なのです。東の地シャハラザードの一強体制を築こうとしているタールの手からアフラージを取り戻し、シャハラザードの政治の仕組みを整えねばなりません。そのためにまず、西の地と南の地が手を取り合って豊かになることが必要です。西の地と南の地が豊かになれば防衛力が高まるだけではなく、東の地にとっても魅力的な市場となるのです。ターレルが軍事行動を取ってその市場を損ねようとした時、東の地の政治家や商人がそっぽをむくように仕向けられます。東の地の一強体制よりも儲かるとなればターレルは支持を失います。……これは、戦乱を極力避けてアフラージを統一するための方針です。ターレルの目的と東の地の民の利益が相反するものだと周知しない限り、ターレルの強大さは揺るがない。ターレルの支持基盤を揺るがすには、この西の地と南の地の協力が不可欠です」

「耳にタコができるほど聞いたさ、そいつは」

リョウが口を尖《とが》らせて腕組みするも、センはたおやかに頷《うなず》いた。

「そうでしたね。けれど伝わらないものなのです。想いというのは。言い続けていてすらなかなか伝わらないものなのですから、言うのを止めたらもっと伝わらない」

「どの道、荒事は避けられねぇんだぞ。話し合いが通じねぇから、リヤルはここへきたんだ」

「そうだとしても、荒事を最少で済まそうとする努力は必要です」

「相手にもそのつもりがなけりゃ話にならない」

リョウは腕を組んだままそう言った。センが困るとわかっていながら。

「……リョウ。あなたが憎いのはディナールであって、南の地の民ではないはず。憎しみを捨てろとは言いません。私はただあなたに、憎しみに身を委ねないでいて欲しいのです」

「努力はするさ。ただ……」

リョウは自らの内側に渦巻くものをどう述べればよいか、わからなかった。

「ディナールを目の前にしたら、自分がどうなっちまうのか分からないんだ」

ユーロに対して見せたものとは質の違うリョウの憤激に、センは少し戸惑っているようだった。リョウ自身も自分に戸惑っていたのだから、当然だろう。

「リヤル様が言うには、シャハラザードの王都に瘴気《しょうき》がまかれる準備は一週間もかからず整ってしまいます。……リョウ、あなたはドゥンヤの巫女《みこ》の下でディナールと研鑽《けんさん》を積んだと、お父様から聞いたことがあります。聞かせてください。ディナールがドゥンヤの巫女を捨て置いて、シャハラザードの王都を攻撃すると思いますか？」

「思わない。ディナールは巫女の身柄を最優先にする」

「今のディナールは明らかにリヤル様を傀儡《かいらい》としていますが、それでもですか？」

「次の巫女を選べるのは今の巫女だけだ。巫女なしでドゥンヤの民は納得しない。そもそもデイナールにはリヤルを傀儡《かいらい》としている自覚はないだろう。だから、たちが悪いんだ」

リョウの言葉に、センは少し考える素振りを見せて頷《うなず》いた。

「こちらからドゥンヤの聖都に使節を送ります。向こうからも使節がくることでしょう。まずは話し合いです。それで決着がつくのなら、それに越したことはありません」

「わかった」

リョウは頷いたが、話し合いなどで決着がつくはずがないことを確信していた。放置していればシャハラザードの王都に被害が出る以上、センも内心では気が気ではないだろう。

ディナールがこの国境城塞《じょうさい》を強襲してくることもありうる。

警戒を強めねばならない。即応するための防備を固めたい。不意を打たれるとまずい。

国境城塞の虫使いたちに話を通すのが最優先だ。

リョウは足早に応接間から出ようと、扉に手をかけた。

すると、扉の外から「あっ、来るぞ」「逃げなきゃ」「早くどけ」「押さないでよ」という押し殺した声と、どたどたと崩れるような音がした。

リョウが扉を開くと、侍女やら西の団の虫使いやら整備士やら桜騎士団の者やらが折り重なって不細工に倒れている。応接間の前で耳をそばだてていたらしい。

ドゥンヤの巫女《みこ》の来訪に好奇心を止められなかったのだろう。

倒れている者たちは誤魔化《ごまか》すような笑みを見せている。

リョウは脱力しかけたが、気を引き締めて声を鋭くした。

「主人と客人の話を盗み聞く奴があるかっ、まったく。……だがまぁ、聞いてたなら分かるだろう。巫女様がお休みだ。仕事に戻れ。国境城塞の警戒を強めるぞ」

リョウがそう言うと、虫使いたちは蜘蛛《くも》の子を散らすように逃げた。

逃げなかった侍女二人は白々しい顔で応接間の扉の近くに控えている。リョウがふんすと鼻を鳴らして応接間から出て歩き出すと、うしろからマナトに呼び止められた。

「セン様を乗せた状態で交戦するなど、どういうおつもりです？」

マナトの目には刺々《とげとげ》しさがある。小言をかわそうとリョウは素知らぬ顔をした。

「……セン王女の指示だ。俺が仕掛けたわけじゃない」

「大将が単機で多勢に突っ込もうとしたら、お諫《いさ》めするのがその道の玄人というものでは？」

「勝てると踏んだ相手だったら、多勢だろうが単機で蹴《け》散《ち》らすのも玄人ってもんだ」

「たとえそうであっても、セン様を単機で連れ出すべきではなかった」

「虫樹で空をかっとばしたら気分転換になる。王女だって、ただの人だ。臣下の前じゃ伸ばせない羽もあるだろうし、そういう羽を伸ばす時に多勢は邪魔だ」

「ソレオレノで遊覧飛行をしただけならば、私もその言い分に納得しましょう」

マナトは「けれど……」と顔を曇らせて続けた。

「あなたが歴戦の虫使いだということは、重々承知しています。しかし、万が一が起こるのが戦いというもの。言ってしまえば、私やあなたは替えがきく。セン様とは違うのです」

「大将を陣頭に立たせるな、って？」

「立たせるのなら、しかるべき手勢で周りを固めるまで待っていただきたかった」

マナトはどうしても言っておかねばと、退《ひ》く姿勢を見せない。

リョウは異を唱えた。

「ユーロとの一戦で勝てたのは、セン王女が真っ先に最前線に立ったからこそだ」

「一世一代の大博打《ばくち》なら、それも致し方ないでしょう。今回のような案件にまでセン様が御自ら陣頭に立つというのは、極力避けるべきことです」

「セン王女はこの一件の価値を、低くは見積もっていないはずだ。俺を岩窟牢《がんくつろう》から救い出してユーロとぶつけたあの手並みといい、アフラージを手に入れた後の政治手腕といい、西の地ならば『とれる』と踏んでの行動だ。下調べの丹念さもそうだが、なにより、セン王女は勘がいい。攻め時を逃さない。そうだろう？」

「……たしかに、今回のこの一件も大事でした。結果論に過ぎませんが」

「その結果のおかげで、南の地の巫女《みこ》がこうして今ここにいる。ドゥンヤの巫女は南の地の民にとって精神的、政治的支柱だ。セン王女が手を握りたがっている、南の地のな」

ディナールがこのまま黙っているわけはないが、という言葉をリョウは飲み込んだ。

マナトは不服そうに腕を組んだままだ。

リョウは自分の見解に固執することで、マナトの眉間《みけん》の皺《しわ》を増やす愚かさに気づいた。たしかに、マナトの言うことにも一理ある。リョウは根負けしたよと頷《うなず》いた。

「次からは気を付けるさ。遊覧飛行で終わるように」

「ぜひそうしていただきたい」

マナトが念を押すと、通路の先から慌ただしくオボルスがやってきた。

「リョウ、マナト、ちょうどよかった」

「どうしたオボルス？」

「ドゥンヤから使者がきた。セン王女に目通り願いたいそうだ」

オボルスの報告に、リョウはマナトへと目配せした。

マナトは頷いて「帯刀して応接間の武者隠しに集まるようにと、騎士たちへ」と侍女に命じると、そのままセンへと報告へ向かうべく応接間の中へと消えた。

「もう使者がくるとはな」

「話が穏便に運べばいいんだが……」

オボルスは不安そうだ。

話が拗《こじ》れろ、とリョウは願った。

だが、リョウの願いは虚しく消えた。

センとドゥンヤの使者の話し合いはつつがなく進み、センの「襲われていたドゥンヤの巫女様をお守りしただけです。巫女様《みこさま》は大変お疲れの御様子ですので、また日を改めて話し合いを重ねたい」という主張に、ドゥンヤの使者も異を唱えなかった。結果的に拗《こじ》れるほど踏み込んだ話にもならず、次の話し合いの場と日時を告げて別れることとなったそうだ。

使者に事を荒立てる様子はなかったらしい。

センからそう聞いたリョウが城内を憮然《ぶぜん》として歩いていると、虫樹の格納庫に人だかりができていた。その中にマナトの姿を認め、リョウは声をかけた。

「マナト、どうした?」

「ドゥンヤの使者から送られた品をあらためてもらおうと、彼に」

マナトがそう言って西の団の整備士を手で示した。

整備士は地面に腰を下ろし、黒い箱状のものを開いて中を確かめている。

どうやら古代遺物のようだ。

リョウは身を乗り出した。箱の中には、黄金色の金属製らしき円盤と細い管が見える。細い管が美しい曲線で張り巡らされ、シャンデリアのように箱の中で吊り下がっていた。

「なんだこりゃ?」

「ドゥンヤの使者が持参したそうで。巫女を保護してくれたことへの礼、だそうです。虫樹の古代パーツの状態を測定できる古代遺物で、外殻の強度から内部の維管束の具合まで、打音検査じゃ見落とすようなものまで見抜けました。団長、使えますよ、これ。仕事が楽になる」

「もう試したのか？」

「かなりの優れモノですよ、こいつは。南の連中、ずいぶん下手《したて》にでてきましたね」

整備士は無邪気に喜んでいたが、リョウは不安だった。

「この基地をまるごと吹っ飛ばしたりしないだろうな？」

「可燃性の物が仕込まれてると？」

「あるいはもっと質の悪いものかもしれない」

リョウが疑るも、整備士は首を傾げた。

「手が加えられたような形跡はないですよ、この古代遺物に」

「もう一度、調べてくれ。念入りに」

「団長がそう言うんならやりますが……考えすぎじゃありませんかね？　ドゥンヤの巫女がこの基地にいるんですよ？　そんな物騒なものを寄越したりしますかね？」

「頼む。便利なのはわかるが、どうにもきな臭くてな。こいつを多脚要塞《ようさい》に運び込んだり、国境城塞《じょうさい》の格納庫に置くのは少し待ってくれないか？」

リョウが頼むと、整備士はしぶしぶ頷《うなず》いてくれた。

ドゥンヤの使者はこの他にも、絹や宝飾品などを持参したらしい。

（今までセン王女の使者をさんざん袖にしてきながら、ずいぶん殊勝なもんだ……）

あまりにも神妙で大人しすぎる。嵐の前の静けさではなかろうか。

リョウはマナトをちらと見た。

「マナト、ディナールの急襲に備えたい」

「くるなら夜でしょう。私が相手ならそうします」

マナトは即答した。

リョウと同じ懸念を抱いていたようだ。

マナトは確信した口ぶりではない。だが、警戒していた。

「セン様にもそう伝えておきます。リヤル様共々、多脚要塞《ようさい》で就寝なされるように、と」

「俺だって確証があるわけじゃない。加減を誤って、虫使いたちの神経を悪戯《いたずら》に削るなよ」

長期戦になるかもしれない。

人の警戒心は長期間、保てるものではない。刺激しすぎればどこかで必ずダレる。

「騎士たちは問題ありません。備えて味わう徒労感は、備えず仲間の死を招いた時にはむしろ味わいたくなるものだと、常日頃から身に沁《し》み込ませてありますから」

マナトは即答し、リョウの目をまっすぐに見返した。

「……西の団の虫使いたちはどうです？　夜陰の中では敵味方の区別がつきにくく、備えていてすら混乱しやすくなるせいで、同士討ちが起きやすい」

「夜盗を警戒しない冒険者はいないさ。同士討ちの苦さだって知ってる」

リョウが言い切ると、マナトは得心してくれたようだった。

騎士の虫使いたちは問題ないだろう。マナトの実力は折り紙付きだ。ユーロとの決戦でも、多勢相手に最後まで持ちこたえていた。心強いが、今回の相手はディナールだ。ユーロのように幻覚装置に頼り切って、虫使いの勘を鈍らせるような下手は打たないだろう。

雀蜂型《すずめばち》の虫樹ベニシダレは強敵だ。

むしろ、ディナールは十年前よりもずっと腕に磨きをかけているはずだ。

南の地ドゥンヤのカンナギ教団には、古代遺物の研究部門があった。ディナールのことだ、虫樹に搭載する古代遺物のパーツなどに改良を加えている可能性が高い。

南の地は古代遺物の利用を忌避する傾向にあり、利用と研究が許される宗教法学者か学徒になるべく、知的好奇心に満ちた変わり者どもが南の各地から聖都へとやってくる。古代遺物への興味を幼少期から抑圧されてきたせいか、ドゥンヤの聖都で古代遺物の研究に携わる者たちは寝食を忘れて没頭していた。巫女《みこ》が「ちゃんと寝なさい。食べなさい。歯を磨いてお風呂に入りなさい」と何度も御触れを出さねばならないほどの猛者が多数在籍しているのだ。

ベニシダレは確実に十年前よりも強くなっているだろう。

リョウは今も、ふとした瞬間にソレオレノとの繋《つな》がりが弱くなる。精霊と繋がる感覚が不安定だ。雷の翅《はね》をもってしても、ディナール相手に立ち回れるかどうか……。

(ダメだ、ダメだ！　やりあう前から、縮こまるな)

リョウは首をぶんぶんと振り、自分の両頬《ほお》をぱんっと叩《たた》いた。

（いや、縮こまっていい。弱気になっていい。弱気になった分だけ、備えるんだ……）

リョウはそう決めるなり、センの執務室の前でオボルスをつかまえた。

「オボルス、話がしたい。二分で済む」

「どうした？」

「西の団の虫樹と虫使いを、今夜から城塞《じょうさい》外の砂原で野営させたい」

リョウの意図を摑《つか》みかねたか、オボルスが怪訝《けげん》な顔をした。

「整備施設や虫使いの宿舎はこの城塞の中だ。不便すぎるぞ」

「虫樹の待機場所を分散させたいんだ。整備が済んだものや、整備の必要がない虫樹を」

リョウの提案に剣呑《けんのん》なものを感じたのだろう、オボルスは表情を引き締めた。

「ディナールの手勢が攻めてくると？　……ドゥンヤの巫女《みこ》様がここにいる。向こうの使者がきたばかりだ。話し合いはまだ拗《こじ》れちゃいない。始まってすらいないんだぞ」

「用心に越したことはない。セン王女と巫女様に、今日は多脚要塞《ようさい》で寝泊まりしてもらう。マナトともさっき、そのことで話をつけておいた。カンナギ教団の信奉者はここ西の地にだっている。こっちの情報は筒抜けになると考えて、備えておいたほうがいい」

情報が筒抜けになるのなら、相手に渡る情報を古くしていくしかない。多脚要塞や国境城塞のどこでセンとリヤルが就寝するのか。虫樹の格納庫や、虫使いの詰め所はどこか。一か所に集めて固定化しておくと、不審火や爆発が起きて一網打尽にされかねない。

リョウの懸念にオボルスは頷《うなず》いてくれた。

「……わかった、リョウ。手配する。見張りも増やそう。夜の戦いなら同士討ちだけは避けなきゃな。精霊との繋《つな》がりが浅く、夜目が利かない虫使いは昼の警戒に回す。皆の虫樹の装飾植物にヒカリゴケを加えて、発光色を緑に統一しておく。夜でも敵味方の識別がしやすい」

「頼む、オボルス」

「ただな、リョウ。装飾植物のヒカリゴケが少し足りなくてな……」

「たしか、あの行商――ポンドの奴が持ってた。行ってくる」

「待て待て、リョウ。俺が行く。お前とやつじゃ、商いの相性が悪い」

オボルスに任せ、リョウは格納庫へと続く屋内の階段をウキウキしながら降りていった。日没後のお祈りはもうすぐだが、西の団の虫使いたちに話を通しておくなど、今やるべきことが沢山ある。手が離せないのなら、お祈りは夜にまとめてすればいい。

小さな明かり窓からさす光に、夜の兆しが混じり始めている。

足取りが軽かった。

どうしてこれほど、足取りが軽いのか。

敵が襲ってくるかもしれないと、感じているのに。戦いになるかもしれないと、感じているのに。戦いになれば、双方とも無事では済まないと分かりきっているのに。

階段の踊り場の鏡が、リョウの目にふと留まった。

灯りに照らされた自分の顔はぎらつき、隠しきれない喜びの色が見て取れる。明々と照らされるほどに、光源の揺らぎにあわせて喜びの暗さが浮かびあってくるかのよう。

リョウは鏡から目を逸《そ》らした。

そんな風に見えてしまったのは、きっと疲れているからだ。

ひと眠りすればいい。

今はとにかく、備えるべきだ。

リョウは二機の虫樹を伴って格納庫から東南の大砂丘へとソレオレノを移動させ、虫樹を砂の下へ潜り込ませた。蒸気噴流を噴かせば国境城塞《じょうさい》まで一分で駆けつけられる距離だ。リョウたちは天幕を張って砂で偽装すると、星空の下でお祈りを済ませて眠った。

心地のよい眠りだった。国境城塞から響く警笛に飛び起きるまでは。

第二章

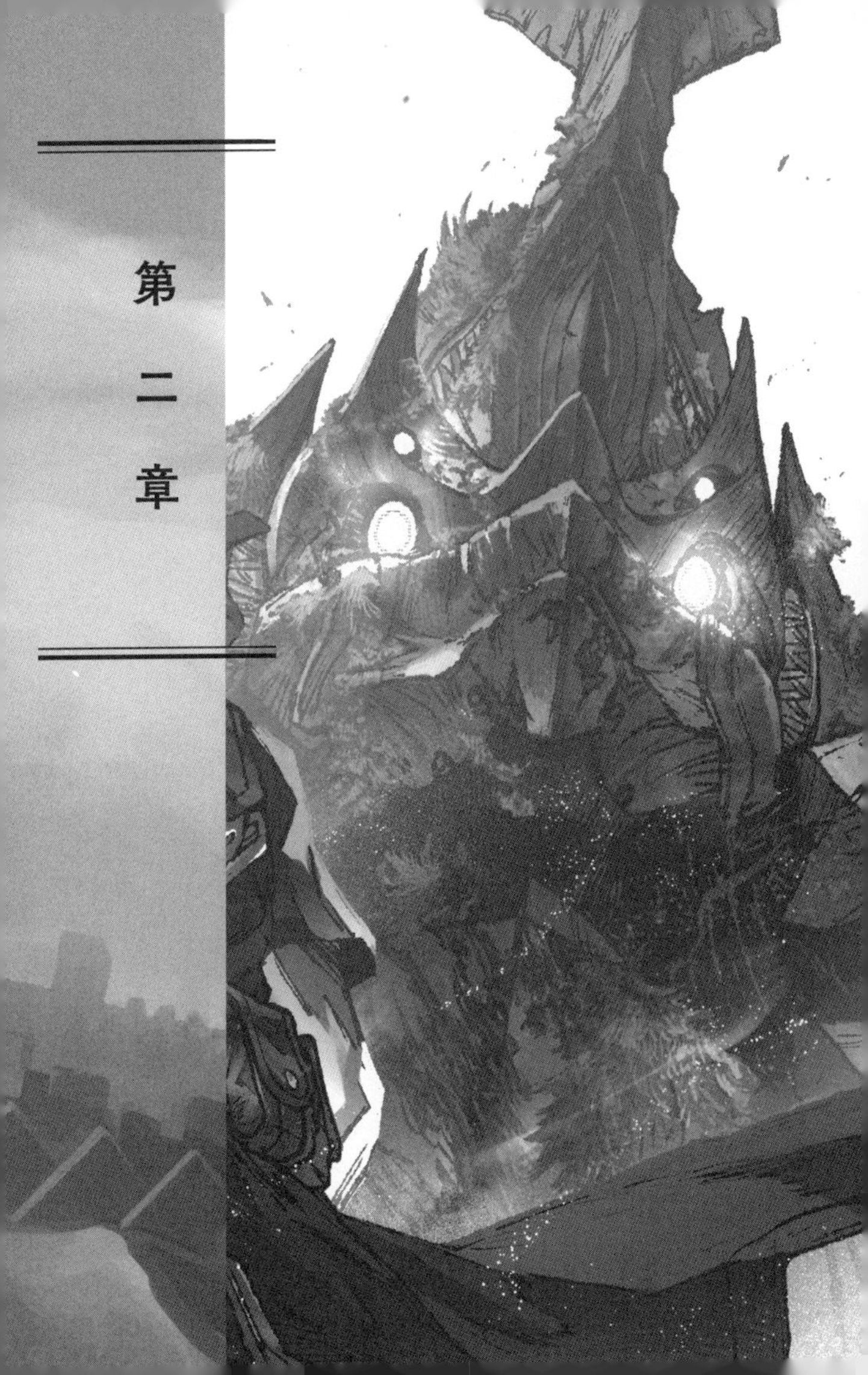

1

リョウが覚えている限り、ディレムは小巫女《こみこ》の中で一番優しかった。小巫女だったリョウがディナールに叱られていたら、よく取りなしてくれた。ディレムは虫が苦手でしょうがないのに、寝床に迷い込んだバッタを悲鳴をあげながらも捕まえて、逃がしてあげていた。

ディレムは一番優しくて、一番身体《からだ》が弱かった。

リョウが十二歳になる直前、南の地が深刻な飢饉《ききん》に見舞われた。

今までもカンナギ教団は蓄えを放出することで何とか飢饉を乗り切っていたが、聖都の小巫女たちまでもが斎戒を強めざるを得ず、ディレムがその煽《あお》りを真っ先に受けてしまった。

医者の手が及ばぬ速さで、ディレムは日に日に衰弱していった。

守護学徒のハララと共に、リョウは病床のディレムをずっと励まし続けた。

ディレムは何日も苦しんで、苦しんで、苦しんだ。

見ていることしかできずリョウがそわそわしていると、ディレムが微笑《ほほえ》んだ。リョウや他の小巫女たちを安心させようとしているのだと気付いて、リョウはたまらなく恥ずかしかった。

「……私ね、ほっとしてるの。ディナールがいるもの。リョウがいるもの。みんながきっと役目を果たす。私ね、ほっとしてるのよ。代わりがいてくれるから」

ディレムは嘘《うそ》みたいに安らかな顔で、そのまま息を引き取った。

ディレムがとても優しかったことを神様は知っている。神様はすべてを知っている。

ディレムは天国にいくだろう。

リョウも頑張れば、たぶん天国へいける。

だからまた会える。ディレムとまた会えると信じてはいても、いつ会えるか分からないからこんなに哀しくて苦しいのかなと、リョウはそう思った。

リョウを含めて十八に満たぬ小巫女たちがすすり泣き、二十代半ばの守護学徒のハララが沈痛な面持ちで慰めようとしている中、ディナールだけが憤然としていた。

「……代わりなんてない。誰かの代わりなんて、いない」

ディナールは目からぼたぼた涙を落としながら、奥歯を嚙《か》み締めていた。

「いるものかっ……！」

ディナールは怒りを絞り出すようにそう言った。

その怒りは、いろんなものに向けられていた。自分自身へも、ドゥンヤの地の民へも、カンナギ教団へも、もしかすると神へすら、向いていたのかもしれない。けれどディナールの怒りの大半は、シャハラザードとその商人たちへ向いているとリョウは感じた。

怒りを御せてこそ小巫女だと、巫女様が言っていた。

ディナールは自ら懸命に堪《こら》えようとしていたが、他の小巫女たちがみんな当惑してしまうほど、その時見せたディナールの激情は深く激しかった。いつも冷静で、真面目で、勤勉で、自分を律することに長けたディナールだからこそ、皆ぎょっとしていた。

きっと、みんなとは見えているものが違ったのだろう。

リョウには見えない何かが、ディナールには見えている。

十二歳のリョウはそんな気がした。


禍々《まがまが》しい警笛にリョウはばちっと目が覚めた。

（敵襲だ！）

リョウは低い天幕から星空の下へと這《は》い出し、ソレオレノへと駆け出していた。

事態を飲み込むより先に鼓動が早くなり、否応なく眠気が冷める。こうなるかもしれないと考えていたからこそ、考える前に身体《からだ》が動いていた。

（ディナールの差し金だっ）

間違いない。

リョウは確信していた。

（昨日今日で、仕掛けてくるとはなっ）

リョウは国境城塞《じょうさい》のほうを睨《にら》みつけ、眉間《みけん》に皺《しわ》を寄せた。

（なんだ、あれは……？）

国境城塞の一画が緑色の靄《もや》に包まれている。夜空の下、その緑色の靄は淡く輝き、砂埃《すなぼこり》のように対流していた。神々しくもあり、毒々しくもある。

（あれが……瘴気《しょうき》？）

リョウは背筋が冷たくなった。

リヤルが言っていたのは、あれなのか。シャハラザードの王都に撒《ま》く瘴気というのは。

リョウは手のひらで砂を叩《たた》いた。

ばしゅっという空気が溢《あふ》れる音がして、砂を押し上げて背中側の装甲が開いた。砂の下に潜り込ませておいたソレオレノは砂原と一体化している。真下にあるボールコックピットの操縦席へ飛び降り、リョウは操縦桿《そうじゅうかん》を握って装甲を閉じた。

涼やかな森の香りだ。

操縦桿の握り心地もしっくりくる。

推力ペダルを踏んでリョウが砂上へと躍り出ると、ソレオレノと同じく身震いして砂を払う虫樹が見えた。西の団の虫使いたちだ。リョウたちは国境城塞から東南にいる。

国境城塞へと、南側から羽蟻型の虫樹が襲い掛かっていた。

今なら羽蟻型の敵虫樹の背後をつける。リョウは伝声装置へと活を入れた。

「ドゥカート、ギルダー！　俺に続け！」

リョウは蒸気噴流を噴かして跳びあがり、矢のように敵虫樹へ向かって飛んだ。

眩《まばゆ》い月と星空に照らされ、砂漠に敵の影がくっきりと見える。

敵陣の背後を突きたかったが、すでに乱戦気味だ。

ディナールの指図に違いない。羽蟻型の敵虫樹が国境城塞《じょうさい》を襲撃している。城壁に肉薄されるまで見張り塔の者が警笛を鳴らせなかったなど、なんということか。

ドゥンヤの虫使いの完璧な不意打ちだ。

国境城塞の見張りの目と耳を、どうやって掻《か》い潜《くぐ》ったのか。リョウが城壁付近を見ると、穴があった。地中からきたのだろう。音も震動もなく、どれほど巧妙に穴を掘ったのか。

緑に光る装飾植物の印のおかげで、敵味方の区別が容易なのが救いだった。

敵は十四機ほどか。

(大軍で攻めてきてはいないっ)

リョウは確信した。

昨日今日での襲撃だ。大軍は準備できない。ディナールの目的はリヤルだ。ディナールならば機動力に優れた精鋭の虫使いを投入してくる。つまり敵に持久力はない。

この猛攻を凌《しの》げばいい。

味方を怯《ひる》ませてはいけない。

虫使いと虫樹の数でならば、リョウたちは倍以上だ。砂原に分散させておいた十機の虫樹が駆けつけ、国境城塞の城内に控えていた味方の虫樹に合流した。さらに、西側に聳《そび》え立つ多脚要塞《ようさい》からも、搭載されている二十機近い虫樹がすぐに駆けつけてくるだろう。

　リョウたちが圧倒的に有利だ。

　これは勝てる戦いだ。

　敵の背後を取ったリョウは急降下し、敵一機の翅《はね》と両脚を踏み潰《つぶ》して着地すると、荒々しい着地の衝撃で巻き上がった砂塵《さじん》へと雷の鱗粉《りんぷん》を混じらせるなり、稲妻を左右に走らせた。

　轟《とどろ》く雷鳴と相まって、ソレオレノの着地は落雷と見紛《みまが》うほどだ。左の敵の脚部が根こそぎ吹っ飛び、右の敵の腹部がざっくりと裂け、腹の水袋から飛沫《ひまつ》が上がっている。

　リョウは瞬く間に三機仕留め、下腹に力を込めて鼓舞した。

「敵の数は少ない！　すぐに多脚要塞から味方がくる！　迎え撃てっ！」

　リョウが伝声装置へと呼びかけるなり、ずんっと震動が操縦桿《そうじゅうかん》に伝わった。

（……爆発？）

　リョウが周囲を見回すと、ちかっと赤い光が瞬いた。

　かと思うと、ずんっと震動がまたきた。

　否が応でも、それはリョウの目を引いた。西の団の虫樹が火だるまになって桜騎士団の虫樹へと突っ込み、もつれ合うようにしてもがいている。

　リョウは素早く味方の虫樹へ駆け寄り、ソレオレノの角で大量の砂をぶっかけた。

（火だるまになったってのに、その挙動はなんだ？　混乱してるのか？）

味方の挙動が不自然だ。虫樹に火がつけば砂の上を転げまわるか、砂の下に潜ればいい。

リョウは正面を見据えた。

味方を火だるまにした雀蜂型《すずめばち》の敵虫樹が構えなおしている。中脚と後脚で立ちながら上体を起こし、腹部の先端を切っ先のようにソレオレノへと向けていた。

翅《はね》を広げた雀蜂型虫樹の機体は大きく見える。

敵虫樹の中でその機体だけ唯一、右前脚が火炎を摑《つか》んでいた。

右前脚から炎がちらつき、火の粉がぼっと噴き上がっている。その雀蜂型虫樹が中脚と後脚の四本で歩くたび、夜空にほうき星が舞うように火の粉が尾を引いていた。

格式高い一つ目の虫樹だ。

燃えるように赤い装飾植物を獣のように逆立てている。

四枚の透き通った翅と、胸部と腹部の合間にあるくびれ、しなやかな中脚と後脚。後脚に装着された外付けの水袋と思《おぼ》しき古代のパーツは、ミツバチの花粉団子を連想させた。

その佇《たたず》まいに流麗さと、禍々《まがまが》しいまでの荒々しさを併せ持っている。

その大顎《おおあご》は岩をも断ち、その右前脚は鉄をも溶かすだろう。リョウは知っている。腹部に内蔵した針を取り換えることで、大きな絨毯《じゅうたん》や緞帳《どんちょう》に刺繍《ししゅう》を施すこともできていた。金属加工から裁縫、高所作業から整地まで、何役でもこなせる虫樹だ。

（あれは……あの虫樹はっ、あの火の粉をしぶかせる右前脚は――）

間違いない。

十年前、ソレオレノが装着していた古代のパーツに違いない。

（ベニシダレ……ディナールっ！）

リョウは意外だった。

ディナールがこれほど早く乗り出してくるとは。ベニシダレがこの場にいる。その恐ろしさに背筋が震えるも、リョウの身体《からだ》の芯《しん》から湧《わ》き上がるどす黒い炎が震えを消した。

ベニシダレは泰然と構えたままだ。

ソレオレノの雷の翅による稲光と雷鳴をディナールは見ていたはずだ。リョウがユーロから雷の翅を取り戻したことくらい、ディナールも知っているだろう。白骨化するほど変貌《へんぼう》したソレオレノを前に半信半疑なのか、ベニシダレはこれといった反応を見せない。だが、ソレオレノの佇まいからその虫使いの力量をディナールは見抜いたのだろう。

ベニシダレの警戒心がリョウにはありありと見て取れた。

「南の地の巫女《みこ》をよくもかどわかしたわね、西の地の不信心者ども」

ディナールの声だ。

十年前と比べてやや張りと艶《つや》には欠けるが、一言一言が重い。声を聞いているだけで、肩の上に見えない重しを積み上げられている気になる。

味方の虫樹が火だるまにされながら身動きがつかなかった訳が分かった。ベニシダレの針の力によって精霊を誑《たぶら》かされ、虫樹の制御を奪われていたのだ。

リョウの逸《はや》る心が操縦桿越《そうじゅうかん》しに伝わり、ソレオレノが武者震いした。これは千載一遇の好機といっていい。逃してたまるか。今ここで、なんとしてもディナールをぶちのめすのだ。

(ベニシダレさえ仕留めりゃ、かたがつく)

リョウは直感していた。

ベニシダレが暴れ回るほど、味方の虫樹が敵に変えられていく。数の利をひっくり返されてしまう。

リョウがすうっと息を吸うと、ソレオレノの右前方に虫樹が着地した。上方へ反り返った鋏《はさみ》のような大顎《おおあご》をもつ甲虫型の虫樹だ。桜色の古代植物と緑の外套《がいとう》で外殻を彩っている。

桜の騎士――マナトの虫樹だ。

マナトとオボルスは多脚要塞《ようさい》でセンとリヤルの守りについていた。マナトがこの場へ来たということは、多脚要塞は襲われていないということだ。

騎士の嗅覚《きゆうかく》というやつか、マナトはリョウの加勢にきてくれたようだ。この戦いでどの敵虫樹を真っ先に排除すれば有効か、マナトも感じ取ったのだろう。

ベニシダレが一番邪魔だ。

リョウは周囲の虫樹にも聞こえるよう、力を込めて拡声した。

「ベニシダレの針に気をつけろ。一度刺されると虫樹の動きが鈍くなり、二度刺されると虫樹の操縦を乗っ取られるぞ！　あの針は精霊を誑かす！」

「わかりました、リョウ殿！」

マナトが拡声装置越しに答えるなり、ベニシダレの頭部がぎょろりとソレオレノへ向いた。

「リョウ？　リョウっ、やはり……まだ生きていたか、この裏切り者！」

ディナールの言い草に、リョウはかっと頭に血が上った。

「裏切り者はどっちだ、この裏切り者！」

リョウは罵倒《ばとう》しながらも、すんでのところで飛び掛かるのを堪《こら》えた。マナトの虫樹が気取られぬようゆっくりと、ベニシダレの側面へ回り込もうとしているのだ。

リョウは堪えた。

下唇に歯型をつけながら待った。

ベニシダレと対峙しただけでリョウは感じる。ディナールの虫使いとしての技量は十年前よりもずっと洗練されていた。ただ向かいあっているだけで、ひどく疲れていくのだ。

リョウの神経を削ってくる、ベニシダレの威圧感。

この底知れぬ不気味さは、達人の域にある虫使いと手合わせした時のそれに近い。

「リョウ、巫女《みこ》様をどこへやった？」

リョウの額にじっとりと汗が染み出してきていた。

「さぁな」

　リョウが嘲《あざけ》るようにとぼけると、ベニシダレの右前脚が横薙《な》ぎにひゅんっと音を鳴らした。火の粉をしぶかせる右前脚から棒状の固形物が排出され、砂埃《すなぼこり》を上げて転がっている。リョウは知っている。それが使用済みの砂質ペレットであることを。

「穏便に済まなくなるわよ、リョウ」

「これのどこが穏便だっ」

「まだ穏便なほうよ、これでも」

「十年前の辞書を引くこった。穏便って言葉の意味がまともだった頃のな」

　リョウがソレオレノの角を怒らせると、ベニシダレの頭が嘆息するように揺れた。

「十年経って、より救いがたくなったようね、リョウ」

「もっと救いがたい奴を知りたけりゃ鏡を見な、ディナール」

　リョウの挑発に、ベニシダレが右前脚を荒々しく砂に突き立てた。火の粉をしぶかせる右前脚は水の消費が極めて少ないものの、土や砂を取り込んで燃料にせねば火を操れない。

　ベニシダレが右前脚を砂から引き抜くと、ひと際激しく火の粉が吹いた。

「巫女《みこ》様を傀儡《かいらい》となそうとするシャハラザードの王女に手を貸すか、欲深き冒険者めっ」

「寝ぼけるな。リヤルを傀儡にしてるのはてめぇだろうが、民の守り手っ」

　リョウの舌鋒《ぜっぽう》の鋭さは、ディナールの怒りを搔《か》き立てるには充分だったらしい。

　ベニシダレから獣のような吐息が聞こえてきた。

「背信者め……真っ二つにしてでも、その口、割らせてやる！」

「かち割られるのはてめぇのど頭だ！」

リョウも、もう我慢ならなかった。

ソレオレノの角でベニシダレを刎《は》ね飛ばしてやる。

リョウが意気込みソレオレノで砂を蹴《け》立《た》てた刹那《せつな》、ベニシダレが右前脚を構えてソレオレノに向けたかと思うと、その前脚の先端から炎が弾けた。

リョウの視界を覆い隠すほどの火炎だ。

リョウが角先から水を噴き出すのがあと一歩遅れていたら、ソレオレノは火だるまにされていたろう。放水で火炎の矛先を逸《そ》らしただけで、湯気が白煙と化して視界を塞《ふさ》いでいる。

白煙の先に赤い光が揺らいだ。ベニシダレの腕に絡みついた残り火だろう。残り火の高さからして、ベニシダレは上体を起こしたままだ。

中脚と後脚で直立して戦うつもりなのだろう。

（――くる）

白煙を螺旋《らせん》状に穿《うが》ちながらベニシダレが突っ込んできた。

リョウは真っ二つにする勢いでソレオレノの角を打ち下ろしたが、ベニシダレは体を開いて紙一重で角を避けると、避ける動作にあわせて火の粉をしぶかせる右前脚を突きだした。

火の粉をしぶかせる右前脚の突きは、爆風を槍《やり》として放つ凶悪なものだ。

攻防一体の虫捌《むしさば》きだったが、それはリョウも同じだった。

リョウは角を打ち下ろすと同時にソレオレノを屈《かが》ませ、ソレオレノの頭部装甲すれすれを爆風の槍《やり》が突き抜けるなり、ベニシダレの腰のくびれ目掛けて角を払い上げた。しかしベニシダレは爆風の槍を放つなり、すでにソレオレノの脇をすり抜け距離をとっている。ソレオレノの一閃《いっせん》はベニシダレの赤い装飾植物を払ったのみで、虚しく空を切った。

ソレオレノの頭部装甲にちりちりと焼ける感触が残っている。

紙一重の攻防だ。

装飾植物のみが削がれる回避は、ディナールの技量の高さを物語っている。

リョウがディナールと打ちあった一瞬のうちに、マナトの虫樹が巧みに回り込んでいた。気付けばベニシダレを前後から挟み込む形になっている。

(さすが、マナトっ)

リョウはほくそ笑んだ。

ディナールの注意は完全にソレオレノが引いている。マナトの虫樹がベニシダレに摑《つか》みかかりさえすれば、動きの鈍ったベニシダレの腹部をソレオレノで貫くのは容易《たやす》い。

リョウがソレオレノの翅《はね》から雷光を迸《ほとばし》らせてディナールを威嚇《いかく》するや、マナトの虫樹がベニシダレのがら空きの背中へと飛び掛かった。

意識誘導からの不意打ちだ。

リョウは勝ったと思ったが、マナトの虫樹がベニシダレの背中に摑みかかった瞬間、ベニシダレの上体がすっと下がったかと思うと、態勢を崩されたマナトの虫樹がベニシダレの真ん前へ投げ転がされていた。なにをどうしたのか、リョウにも見抜けない投げ技だ。

ディナールの追撃は目にも留まらない。ひっくり返ったマナトの虫樹をベニシダレの腹部の針で一突きするなり、すぐさま大きく飛び退《と の》いた。

(もう一撃食らうと、マナトの虫樹がやられちまう……)

リョウの焦りに輪をかけるように、起き上がったマナトの虫樹がその鼻先をソレオレノへ向けた。ベニシダレの針に一度だけ刺されたマナトの虫樹が、ベニシダレの盾となるかのようにソレオレノの前に立ち塞《ふさ》がっている。リョウはマナトの意図をはかりかねた。

「マナト、どういうつもりだ!?」

「リョウ殿、乗っ取られた！」

マナトの声は切迫していた。

(なにっ!?)

リョウは愕然《がくぜん》としてベニシダレを見た。

どうして二度刺されていないのに、精霊が誑《たぶら》かされてしまうのか。

ベニシダレの腹部先端から飛び出していた鋭い針が引っ込んでいく。腹部に収納されていく一瞬だが、二種類の針が重なったような形状と赤く光る模様は、間違いない。

十年前もベニシダレは同じものを装備していた。

リョウは眉間《みけん》に皺《しわ》を寄せた。

（ベニシダレの針は十年前と同じもの。それなのに、針の力が増している……）

その意味するところは、一つだ。

古代遺物を改良している。それだけの技術力がある。

リョウは唾《つば》を飲み込んだ。

十年前とは違う。カンナギ教団の研究部門の力だろう。ディナールやリヤルの古文書解読の才を教団の研究部門が活かし、古代のパーツに改良を加えているのだ。

冒険者時代のディナールは実験好きだった。虫樹のボールコックピットを水で満たして溺《おぼ》れかけたり、貴重な古代遺物をやたらと分解したがって冒険団の面々を困らせていた。

ディナールの構想の結実が、ベニシダレの力となってリョウの眼前にあるらしい。

ベニシダレからくぐもった笑い声が聞こえてきた。

「哀れね、時の流れから取り残された亡霊というものは」

ベニシダレがマナトの虫樹を猟犬のように従え、ソレオレノへとにじり寄ってくる。

「昔とは違うのよ。精霊をより深く感じれば、ベニシダレの針は一度で済む」

ディナールは言い切った。

十年前よりもはるかに、ベニシダレの能力が洗練されている。ベニシダレだけではない。デイナールそのものの虫捌《むしさば》きすら、十年前のユーロを凌駕《りょうが》する領域に達している。

ディナールはマナトの虫樹を従え、左右からリョウへと飛び掛かってきた。

ベニシダレの一撃一撃が、重い。早い。

不自然な動きを自然に見せているからだろう、予備動作が読めない。

リョウがベニシダレの右前脚を警戒していると、左前脚の打撃を浴びた。その打撃の衝撃がまた不気味だ。ソレオレノの頭部装甲で受けたのに、機体の芯《しん》に爆裂《ばくれつ》するような衝撃がきて、ずんっと重い不快感が残り続けている。卓越した虫使いのみが繰り出せる打撃だった。

状況は悪い。

だが、まだ絶望的ではない。

マナトの虫樹が操縦を乗っ取られたとはいえ、その挙動はマナトの虫捌きからすれば児戯にも等しい。組み付かれて行動を制限されない限りは問題ない。

(精霊を誑《たぶら》かす能力そのものは、十年前とほとんど同じかっ)

それでもリョウは防戦一方だった。

ベニシダレは一対一で何とか張り合える強敵だというのに、それが二対一で攻められてリョウに反撃する糸口などつかめない。ディナールが反撃を許す立ち回りをしてこない。

ベニシダレの流れるような脚捌きに、リョウは翻弄《ほんろう》され続けた。

ソレオレノの間合いに引きずり込めない。

打ちこむたびにソレオレノの角がベニシダレの前脚で捌《さば》かれ、本来の威力をこれっぽっちもディナールに伝えられない。それどころか、ベニシダレの針がソレオレノを掠《かす》めた。

近づいて欲しくない時にベニシダレの接近を許してしまい、リョウが打ち込みたい時に近づけない。ソレオレノが撒《ま》いた雷の鱗粉《りんぷん》すらベニシダレの右前脚から放たれる爆風で弾き飛ばされ、リョウが牽制《けんせい》のために蹴り上げた砂煙をディナールはものともせず突っ込んでくる。

（くそっ、上手い）

リョウは脇の冷や汗に身じろぎした。

ディナールはかつてリョウの冒険団にいた。古代遺跡の探索にも同行し、リョウの虫捌きや雷の翅《はね》の特性も知り尽くしている。リョウの手の内を知る天敵の一人だ。

ベニシダレの威容がどんどんと増し、機体の相貌《そうぼう》が凶悪に見えてくる。

リョウは間合いを取ろうと、砂を蹴《け》立てて大きく飛《と》び退《の》いた。

飛び退きざま、蹴立てた砂煙に鱗粉を混ぜて雷撃の餌食《えじき》にしようと企むも、ベニシダレは突っ込んでこない。リョウは唾《つば》を飲み込み、確信せざるを得なかった。

（間違いない。砂埃《すなぼこり》に紛れ込ませた鱗粉を見切っている……）

並の眼力ではない。ベニシダレに宿る精霊とどれほど深く通じ合えば、そんなことができるのか。ベニシダレの勢いはソレオレノを今にも飲まんばかりだ。

飲まれ流されてなるものかと、リョウは負けん気で踏み止まった。

再び肉薄してきたベニシダレを、リョウはソレオレノの角で鋭く薙《な》いだ。だが、あるべき手応えがない。ソレオレノの一閃《いっせん》は、ベニシダレの両前脚で摑《つか》み止められてしまっていた。

鍔迫《つばぜ》り合いに近い形だ。

リョウは押し切ろうとしたが、ベニシダレはびくともしなかった。

ベニシダレの姿勢を崩せない。

ソレオレノの踏ん張りが利いていない。砂を踏みしめる感覚が弱い。六本脚で大地を摑んでいるソレオレノが、四本しか地に足をつけていないベニシダレを押し負かせない。

マナトの虫樹がすかさず、ソレオレノの横腹を狙って突っ込んでくる。

リョウは雷の鱗粉を駆使してベニシダレを振り払い、飛び退くので精一杯だった。

(くそ、精霊と繋《つな》がる感覚が、またっ……！)

リョウは舌打ちした。

ソレオレノに宿る精霊と通じ合う感覚がまた浅くなっている。

それほど激しく立ち回ったわけでもないのに息が切れ、疲労感がひどい。いつ息をしたらいいのか分からなくなるほどの圧力を、ベニシダレにかけ続けられているのだ。

ベニシダレを目の前にして、ソレオレノの全力を引き出せない。虫使いとしてこんなに腹立たしいことはない。リョウは弱みをディナールに悟られまいと、怒りを煮えたぎらせた。

マナトの虫樹が邪魔で仕方ない。

二対一の状況を打破するのが先決だ。

それは時間が解決する。だから解決されるまでの時間を稼ぐ。

リョウの防戦と目論見《もくろみ》は、すぐに結実した。

ソレオレノの右斜め後ろから着地音がした。リョウは音で分かる。ドゥカートの虫樹だ。西の団の虫使いだ。着地をやや仕損じたところからして、脚部を負傷しているのか。それでも心強い援軍だ。マナトの虫樹を惹《ひ》きつけてくれれば、リョウがディナールに集中できる。

ベニシダレの挙動に緊張が走ったのを、リョウは見逃さなかった。

ディナールが警戒している。

当然だろう。二対二の状況とはいえ、精霊を誑《たぶら》かされているマナトの虫樹の動きは精彩さに欠ける。リョウのほうが圧倒的に有利だ。この有利さを活かす立ち回りをすればいい。

リョウがそう算段を立てていると、後ろからがつんと衝撃がきた。

「——っ!?」

訳も分からずリョウが振り返ると、ドゥカートの虫樹がソレオレノに組み付いている。

ソレオレノの右側の脚が抱き固められて身動きがつかない。

リョウは目を剝《む》いた。

(なぜだ？　ベニシダレが刺していない虫樹までもがっ……)

ベニシダレを利するかのような行動を取っている。精霊を誑かされている。

リョウは愕然《がくぜん》とした。

それはなぜか。考え得るのは今のところ、一つ。

虫樹に宿る精霊を誑かすあの針が、他の羽蟻型にも装備されているからだ。

（あの針、そうかっ、前にも見ていたのにっ……！）

リヤルを助けた時の一戦で、五機の羽蟻型が装備していた。

今になって思いだしても、リョウにはどうにもならない。

もっと前だったなら、西の地の虫使いたちに警告することもできたろう。想像力が働いていれば、こうして組み付かれる事すらなかったかもしれない。

憤怒《ふんぬ》がリョウの目を曇らせていたのだろう。

リョウの失態だった。西の団の団長であり、虫使いたちを指揮する立場だというのに、ベニシダレの姿を見るなり、味方への指示も忘れて襲い掛かるなど、愚か極まる。

もはやベニシダレの佇《たたず》まいに、先ほどの緊張感はなかった。

さりとて油断もない。

ディナールの静かな声音がリョウの耳へとやってきた。

「やはり、時の流れに取り残された亡霊は哀れね。言ったでしょう、十年前とは違うと。火の粉をしぶかせる前脚も、精霊を誑かす針も、リョウ、あなたはその真価を知らなかった」

敵への憐《あわ》れみすら滲《にじ》ませるその声音に、リョウは臍《ほぞ》を噛《か》んだ。

リョウは必死に逃れようとしたが、再びがつんとソレオレノに衝撃が走った。マナトの虫樹だ。二機の虫樹にしがみ付かれ、ソレオレノはずり下がることしかできていない。

ディナールのくぐもった冷笑がベニシダレからあふれ出た。

「冒険者は愚かね。見つけることが上手なだけで、真価を引き出す知性に欠ける」

ベニシダレが悠然と迫ってくる。

リョウはもがいても焦りばかりが募り、ソレオレノは組み付かれたままだ。

ベニシダレが舞うような脚捌《あしさば》きで距離を詰めてきたかと思うと、あっという間だ。腹部の先端から針を覗かせるなりソレオレノを一突きし、大きく飛び退《との》いた。

一撃して離脱する。

ベニシダレのその挙動には一切の隙《すき》がなかった。

(刺されたっ!)

リョウは辛うじてそう感じ取れたが、どこを刺されたのかすら、もう分からなかった。

ソレオレノに宿る精霊との繋《つな》がりに薄気味悪い何かが介入してくる。リョウが抗《あらが》おうとすると、精霊との繋がりを強引に引っぺがされる感覚がした。

気色が悪い。全身の生皮を痛みもなく剝《は》ぎ取られたかのような不快感と喪失感だ。

はっとしてリョウは操縦桿《そうじゅうかん》を握り直したが、手遅れだった。

ソレオレノが踏みしめる砂の感触が分からない。ベニシダレの匂いを嗅《か》ぎ分けることはおろか、外殻を撫《な》でる夜風の冷たさすら感じ取れない。操縦桿を忙《せわ》しなく動かし、ペダルを乱雑に踏み、操作パネルを叩《たた》き鳴らすも、ソレオレノはリョウに応えてくれない。

精霊を誑《たぶら》かされている。

リョウは青ざめた。

西の団や桜騎士団の虫樹が次々と精霊を誑かされ、味方同士でぶつかり合っているのがリョウの横目に入ってくる。味方の虫樹が敵へと変貌《へんぼう》してゆき、ディナールの率いる羽蟻型によって数の優位が覆されようとしている。それが分かっているのにソレオレノを動かせない。

リョウの意志をソレオレノに伝えられない。

ソレオレノに抱きついていたマナトとドゥカートの虫樹が離れていく。ソレオレノは伏したままぴくりとも動かない。右前脚から火の粉を噴きながらベニシダレが近づいてくる。

リョウにはなす術《すべ》がなかった。

怒りで手が震える。操縦桿と座席すら震え出すほどだ。

(……なんだ、この震えは?)

はっとしてリョウは周囲を見回した。

一定のリズムで地響きが聞こえてくる。西側からだ。多脚要塞《ようさい》のものだ。ソレオレノへと近づいてきている。蒸気噴流の音もする。これは虫樹のものだ。

真上から聞こえる。

リョウが見上げた途端、ソレオレノとベニシダレの合間にオボルスの虫樹が荒々しく着地した。ベニシダレを大きく飛び退《と》《の》かせるほど、オボルスの虫樹には鬼気迫るものがあった。

ディナールが新手の横槍《よこやり》を受け、忌ま忌ましげに声を歪《ゆが》めた。

「すべてを灰にするまで続けるつもり？　ベニシダレの針の力がまだ分からないようね」

ベニシダレは右前脚からちろちろと火の粉を噴き上げたが、すぐに面食らったような仕草を見せた。オボルスの虫樹が頭部前胸装甲を開き、操縦席を露出させたのだ。

（オボルス⁉　いったいなにを——）

考えているのか。とてもオボルスの虫捌《むしさば》きとは思えない。

リョウまで面食らった。

敵虫樹の前で操縦席を開け放つなど正気の沙汰《さた》ではない。

オボルスの虫樹の露出した操縦席にはオボルスのほか、二人の乙女の姿があった。

「巫女《みこ》様の御前です！　控えなさい、ディナール‼」

そう大喝したセンの真横に、リヤルの姿もある。

リョウは気が気ではなかった。

（オボルスっ、バカ野郎！　どうしてここにセンとリヤルを……！）

センの指示か、あるいはリヤルの願いだろう。

そう分かっていても、リョウはオボルスに腹が立った。

（多脚要塞《ようさい》の幻覚装置は潰《つぶ》れたままだぞ……）

多脚要塞の幻覚発生装置はユーロとの一戦以来ずっと故障したままだ。幻覚装置はあまりに繊細で複雑な古代遺物で、西の地の技術者では全くお手上げの状況だ。

修理の目処《めど》すら立っていない。

今の多脚要塞にユーロが用いていた時ほどの猛威はない。

だがセンの一声はそんなことを露ほども感じさせないものだった。

「この多脚要塞にどんな力が備わっているか、分かっているはず！」

センはまったく物怖《ものお》じしていなかった。

むしろその声に憤怒《ふんぬ》の色を燃やし、勝利を確信しているほど気色ばんでいた。

そんなものセンのハッタリに決まっている。だがハッタリを仕掛ける時に一番必要なのは自信だ。自信に根拠なんてものは無ければ無いほどいい。

ハッタリの凄《すご》みが増すだけだ。

（……なんてクソ度胸だ）

リョウは感嘆した。

窮地におけるセンのこの凄みはなんなのか。多脚要塞の幻覚装置が故障していることをディナールが勘付いていたら、なすすべもなくやられてしまうというのに。

あれほど猛威を振るっていたベニシダレの動きが、ひたと止まっている。

「ディナールっ。そちらから使者を寄越しておきながら、話し合いの日程も定まらぬ内に襲い掛かってくるとは、これが聖典の深みを知る者たちの所業ですか？」

「ドゥンヤの巫女《みこ》をかどわかしておいて、随分な言い草ね」

「かどわかしてなどおりません。野盗に襲われていたリヤル様をお助けしたまでです」

「野盗？　巫女を守りし教団の虫使いたちを蔑《さげす》むとは、どういう了見か？」

「西の地に踏み入りながら、こちらが再三求めても客人の礼を示そうとしない。あまつさえ、リヤル様の虫樹に襲い掛かる。そのようなものたちが野盗でなくてなんでしょう？」

センは一歩も退《ひ》いていない。

この窮地のさ中でも取り乱すことなく、口から先に生まれてきたのかと思うほど達者だ。センの舌鋒《ぜっぽう》に手強《てごわ》さを見て取ったか、ディナールは不気味なほど声を和《やわ》らげた。

「……どうやら、誤解があったようね」

「誤解で済むか済まぬかは、これより先のあなたの行動次第です、ディナール」

「こちらの望みはただ一つ。巫女様の御身のみ」

ディナールのその要求に、センは眉《まゆ》一つ動かさなかった。

「承服しかねます」

「ドゥンヤの聖都こそ巫女様の家。帰りを阻まれるなど、なんの権限が？」

「客人が帰りたいと思えば、聖都へと私がお送りしましょう」

「巫女様が帰りたい時に、貴女が帰す保証がどこにある？」

「私はリヤル様の意志を尊重します」

「……いいでしょう」

ディナールはセンのその言葉を待っていたとばかりに、優しい声音で続けた。

「巫女様、どうかこちらへ」

まずい、とリョウは下唇を噛《か》んだ。

ディナールはリヤルの性格を知り尽くしている。どういう言葉がリヤルに一番響くのかを心得ている。ディナールに喋《しゃべ》らせれば喋らせるほど、事態は悪くなってしまう。

リョウの不安を裏付けるように、ディナールの声が耳朶《じだ》を震わせた。

「巫女様、あなたが私の元へきてくれなければ、退くに退けない。私は民の守り手として、ドウンヤの巫女を西の地に残していくことなどできない。たとえ、すべてを焼こうとも」

ディナールの声は柔らかく、小さく、そして無慈悲な決意に満ちていた。

脅しなどではない。

脅しであってくれたなら、まだ交渉の余地がある。

吐いた言葉通りのことをディナールは実行するだろう。リョウには分かる。

リヤルにも分かるのだろう。リヤルの瞳《ひとみ》と唇が震えている。

「このままだと、どういうことになるか分かるでしょう？」

ディナールは幼子を寝床へ促すように囁《ささや》いた。

ベニシダレへと一歩踏み出したリヤルに、センが血相を変えた。

「リヤル様っ、なりません！」

「これは異なことを!!」

ディナールは猛然と声を張り上げた。

「さきほど巫女《みこ》様の意志を尊重すると、そう言ったのはどの口かっ!? ……シャハラザードの姫君よ、巫女様の帰り路です。道を譲り、祝福の言葉を述べなさい」

ディナールの口調は勝者の余裕に満ちている。

「……っ！」

センが息を飲む音を、ソレオレノの聴覚が拾った。

リョウやユーロに対してすら一歩も退《ひ》かなかったあのセンが、言い負かされている。

あと十秒あれば違ったろう。

十秒あればセンは反撃の言葉をひねり出したはずだ。だがあと十秒を待たずして、リヤルが勢いよくオボルスの虫樹から飛び出し、ベニシダレへと駆け寄った。

「やめて、ディナール！」

リヤルはベニシダレの一つ目を見上げ、声を張り上げた。

「これ以上、西の地の方たちを傷つけないで」

リヤルがそう言うなり、ベニシダレの胸部装甲が開いた。

ベニシダレの操縦席から顔をのぞかせたディナールは、随分ほっそりとしている。リョウは

リヤルの言葉を思い出した。ディナールは斎戒を強めている、と。

ディナールは痩《や》せてこそいるが、その眼力は凄《すご》みを増していた。操縦席から立ち上がる仕草はもちろんのこと、リヤルへと差し出す腕にすら力強さがある。

ディナールの相貌《そうぼう》には清々《すがすが》しさすらあった。服は裾《すそ》にすら模様のない質素な赤衣で、装飾品といえば首元にきらりと光ったペンダントだけだ。首筋や手の甲に鮮やかなヘナタトゥーの古代の文字模様が見てとれる。シャハラザードの王都に瘴気《しょうき》をまき、無辜《むこ》の民を殺戮《さつりく》しようとしている者の顔としては、おぞましいほど清廉だった。

「さあ、こちらへ巫女様。ドゥンヤの聖都へ戻りましょう」

「約束しなさい、ディナール。西の地の者たちを傷つけないと」

「もちろんです、巫女様。約束します」

リヤルはセンとソレオレノを振り返り、ベニシダレへと乗り込んだ。ゆっくりと閉まっていくベニシダレの胸部装甲にディナールとリヤルが隠れ、節々から濛々《もうもう》と湯気が放たれた。

「巫女様が戻られた！　聖都へ退け！」

ディナールが命じるなり、羽蟻型の虫樹は南へ向けて次々と飛び去っていく。

ベニシダレは四枚の翅《はね》を大きく広げた。

羽ばたいて浮き上がるなり、ベニシダレの右前脚から火球が放たれた。火の玉は毬《まり》のように弾み、ころころとソレオレノの眼前に転がってくる。

ベニシダレは蒸気噴流を一吹きするなり、もう姿が見えない。

火球からバチバチと火花が散り始めたかと思うと、独楽《こま》のように激しく回転しはじめた。

火球がみるみるうちに膨らんでいく。

リョウは見ている事しかできず、罵《ののし》りすら声に出せなかった。

（――くそったれ！）

リョウの視界を覆いつくほどの炎が弾けた。

操縦桿《そうじゅうかん》をがちゃつかせ、ペダルを踏み鳴らしても、ソレオレノはびくともしない。ボールコックピットの内壁に映る景色は炎で包まれている。膨れ上がって弾けた火球から生み出された炎の大蛇が、ソレオレノに巻き付いて締め上げているかのようだ。

猛烈な火の音色がソレオレノの外殻を不気味に撫《な》でまわしていた。

このままでは蒸し焼きだ。

リョウが焦っていると、がつんと真横から衝撃がきた。ソレオレノが横転させられ、砂の上を転がされている。ソレオレノが腹ばいになって伏した途端、大量の砂が浴びせられた。

オボルスの虫樹だ。

ソレオレノを転がして火を弱め、砂を被《かぶ》せて消火してくれている。

砂で埋め尽くされて暗くなったボールコックピットの中、操縦桿《そうじゅうかん》や推力ペダルや操作パネルの輪郭が淡い光を発しはじめた。砂の下の静寂が、リョウに否応なく突き付けてくる。

（負けた……）

結局、リョウはベニシダレを前に手も足も出なかった。

有効打を一つもディナールに与えられなかった。

センが多脚要塞《ようさい》で見事なハッタリをかましてなお、まんまとリヤルを連れ去られてしまった。奇襲を受けたが体勢を立て直し、リョウたちは虫樹の数で勝っていたというのに……。あっという間に数の有利をディナールによってひっくり返されてしまった。

敗北だ。

リョウがベニシダレを早い段階で引きつけていなかったら、この国境城塞《じょうさい》はディナールによって制圧されていたろう。だが、リョウがベニシダレを狙ったのはその思惑あってのことではない。単純にディナールを見つけて頭に血が上っただけのこと。虫使いとしてあの場で冷静な判断を下して行動していたマナトやオボルスとは違う。

我を忘れた。

こんな無様な虫捌《むしさば》きなど、素人もいいところだ。

いや、無様でもいい。素人同然でもいい。我を忘れてもいい。

問題は、ベニシダレに完敗したことだ。

　リョウはあの場で、ソレオレノの力を引き出せていなかった。ソレオレノが、リョウの想いに応えてくれていなかった。ベニシダレの針の餌食《えじき》になる前に、ソレオレノに宿る精霊との繋《つな》がりが浅くなってしまっていた。リョウは裏切られた気がしてしかたない。

（くそっ、くそ！　くそったれがっ!!）

　リョウはボールコックピットの内壁を横薙《な》ぎに叩《たた》いた。小指がびりびりと痺《しび》れるほどの強さで殴りつけても、ボールコックピットはびくともしていない。

　ディナールに手も足も出なかった事実もまた、びくともしなかった。

（なぜだ、ソレオレノ……！）

　リョウは奥歯に力を込め、操縦桿を睨《にら》みつけた。

　ソレオレノに宿る精霊と通じ合う感覚が、ベニシダレと戦っている真っ最中にあやふやになるなど、ソレオレノにそっぽを向かれているような気になる。

（……どうして、力を貸してくれない）

　問いかけと同時に答えは浮かんでいる。

　けれどリョウは、薄々と気付いてはいる答えを受け入れられなかった。取り戻したはずのものがちっとも取り戻せていなかったなんて、どう噛《か》み砕けば飲み込めるのか。ユーロを倒して輝かしい何かを摑《つか》み取ったはずなのに、気付けばくすんでしまっている。

　リョウは力んだ顎《あご》を手で覆い、もみほぐした。

「リョウ！　リョウ!!　どうしたっ!?」

オボルスの大声が聞こえる。

なかなかリョウがボールコックピットを開けないからだろう。ベニシダレによってリョウが致命傷でも負わされたとでも思ったのか、オボルスが血相を変えて砂の上に立っていた。

リョウはソレオレノの背中側の胸部装甲を開いた。

月明かりが操縦席に差し込み、夜空の星が憎らしいほど輝いている。

「無事かっ、リョウ!?」

「……ああ、なんとかな」

リョウはボールコックピットから上半身を出して答えた。そのままボールコックピットから出ようとソレオレノの外殻に触れ、反射的にリョウは手をひっこめた。

熱い。

思わず顔を顰《しか》めてしまうほど、熱気がある。リョウの手の平には、赤い痕《あと》があった。ソレオレノが火だるまになったことを忘れていた。まだ冷めきっていないようだ。

あぶなかった。オボルスが砂をぶっかけてくれなければ、ボールコックピットの中で蒸し焼きにされていたろう。リョウがざっと見た限り、物的被害は軽微なもののようだ。

一度無力化されたとは思えないほど、ソレオレノの受けたダメージは少ない。

水さえ補給すれば、すぐにでも戦えるだろう。

砂の上に虫樹の千切れた脚部が三つ四つと転がってこそいるものの、精霊を誑《たぶら》かす針にやられた虫樹がほとんどらしく、西の団の虫樹も桜騎士団の虫樹も脚部や前翅《ぜんし》のパーツを取り換えさえすれば、半日もかからず戦える状態にまでもっていけるだろう。

千切れた脚部の一つに腰掛けているセンを、オボルスが手で示した。

「リョウ、セン王女の傍《そば》へ。俺は国境 城塞《じょうさい》を見てくる」

「わかった、オボルス」

リョウが頷《うなず》いて砂へ降り立つと、センが顔を曇らせて手紙に目を通していた。

「リョウ、これを」

センが差し出す手紙の文字を、眩《まばゆ》さすら感じさせる月明かりが照らしている。

リョウもそれに目を通した。

リヤルの手紙のようだ。

ディナールの目論見《もくろみ》をセンやリョウへ伝えるべく、多脚要塞《ようさい》で急ぎ書いたものか。癖のある字でしたためられている。書きかけであったが、内容を摑《つか》むには充分だった。

リヤルの手紙には「王都 瘴 気《しょうき》散布計画」がディナールの計画の第一段階でしかないと記されている。シャハラザード王都の民の虐殺は始まりにすぎず、王都襲撃に怒り狂った東の地の軍勢を南の地の聖都まであえて攻め込ませ、ドゥンヤの聖都地下に眠る古代精霊体を呼び起こして聖都ごとターレル配下の虫樹の軍勢を一掃した上で、隠していたドゥンヤの軍勢を率いて東の地を攻め滅ぼそうと画策しているのだそうだ。

ディナールらしからぬ浅はかな画策だ。なにか、ディナールの焦りのようなものすら感じ取れる。アフラージの魔力に魅入られて道を外れた者は、こうなってしまうものなのだろう。

リョウは鼻で笑った。

「ディナールはどうかしてる」

「ですが、ディナールはやるでしょう」

センは暗澹《あんたん》とした溜息《ためいき》をつき、腰を上げて責めるような目でリョウを見た。

「リョウ、なぜ言ってくれなかったのです？」

「なにを？」

「あなたとディナールの関係です。多脚要塞《ようさい》でリヤル様から聞きました」

「アフラージを奪った仇《かたき》だ。それで十分だ」

リョウが話を切り上げようとするも、センは否と首を振った。

「十分ではありません。あなたとディナールが血を分けた双子である以上」

あなたがディナールを前に冷静でいられない理由が分かった、とセンの目が言っている。

冷静さを失くしたリョウのあの失態を、センは見ていたのだろう。

怒りを御せない人間は危険だ。リョウもよく分かる。少なくとも、リョウは他の虫使いを導く立場にあった。導く者が冷静でなければ、導かれる者は無駄死にする。

「……この一件から、俺を外すのか？」

「外せないから困るのです。ディナール相手では、あなたは頭に血がのぼってしまう」

センは感情のもつれに感情をぶつける愚を避けようとしたのか、口に手を当てて俯《うつむ》きながら理屈をひねり出そうとしている。そんな思考のあがきが、何かを摑《つか》んだか。

センはすっと顔を上げ、リョウの目をじっと見た。

「リョウ、ディナールの去り際、ソレオレノは火だるまにされましたが、それ以上ベニシダレの追い討ちはなかった。それはディナールが撤退を優先したからです。そして、ディナールにそう判断させたのは巫女《みこ》様が身を挺《てい》したからです」

「……わかってる」

「巫女様はあなたとディナールが血を流し合うことを望んでいません。シャハラザードの無辜《むこ》の民が血を流すことも、ドゥンヤの民の苦難も、この大陸に戦乱が訪れてしまうことも」

「なにが言いたい？」

「そんなドゥンヤの巫女に、あなたは命を救われた。借りができたのです」

センはひねり出した理屈をリョウの前に差し出してくる。心があなたの足元を怒りと憎しみでふらつかせるのなら、今はこの理屈の杖を支えに立ってくれ、と。

「よいのですか、リョウ？　あなたの中からドゥンヤの巫女への信頼までも奪われたままで」

「……いいわけがない……ああ、わかってるさ。わかってるんだ、そんなことはっ……」

リョウは理屈の杖の持ち方にまごついた。

理屈の杖を嘲《あざけ》る悪意と、センとリヤルによって作られた理屈の杖をないがしろにしたくない想いの狭間で、リョウは杖の先を砂についてよいものか迷った。

センの目が言っている。

あなたがそれをへし折っても、私はいくらでも新しい理屈の杖を作り出す、と。

「リョウ、あなたが事前に警戒を欠かさなかったおかげで、国境城《じょう》塞《さい》がディナールに制圧される事態は防げました。私に反撃の機会が残されているのは、あなたの功績です。私はあなたの功績を重く見ます。あなたのしくじりよりも、ずっと重く」

リョウが答えを出せずにいると、マナトが駆け寄ってきた。

「セン様っ、国境城塞の格納庫が」

マナトの固い表情は吉報を予感させない。リョウはふと、ドゥンヤの使者から送られた古代遺物が脳裏をよぎった。内部に黄金色の細工が吊り下げられていた、黒い箱状の遺物だ。整備士は仕事を楽にしてくれると喜んでいたが、リョウは妙にきな臭さを感じた。

センが砂の上にひれ伏すソレオレノへと駆け寄り、リョウを急《せ》かすように振り返った。

「国境城塞に戻ります。リョウ、出してください」

センに続いてリョウはソレオレノへと乗り込み、操《そう》縦《じゅう》桿《かん》を握った。

ベニシダレの針の支配が消えたからだろう、ソレオレノはリョウの操縦に応えてぴょんっと跳びあがり、雷の翅《はね》を羽ばたかせてふわりと舞い上がると、国境城塞の城壁を飛び越えた。

　蒸気噴流を噴かすまでもない。

　空からリョウがざっと見た限り、国境城塞の城門や城壁や家屋や見張り塔の損害は軽微のようだ。オアシス周辺の市場や人家や宿も、遠目には無事なようだ。

どこからも火の手はおろか、煙のひとつすら立ち上ってはいない。

　ディナールの襲撃が一点に集中されていた証拠だろう。

　憎らしいほど眩《まばゆ》い月明かりが、ディナールの手際の良さをリョウへと見せつけてくる。機体の影を踏みながら、リョウたちは国境城塞の発着場に降り立った。リョウがソレオレノから飛び降りると、マナトが言っていたとおり、格納庫周辺が騒がしい。リョウがセンを連れて夜気を裂くように駆け足で向かうと、格納庫手前の広場に大勢の負傷者が寝かされていた。いずれも裂傷や火傷《やけど》の類《たぐ》いではないようだ。巻かれた包帯に添え木が見えるも、血は滲《にじ》んでいない。骨折するほどのダメージを受けながら、血生臭さがない。

　不気味だ。

　負傷者の一人に包帯を巻いていたオボルスをつかまえ、リョウは尋ねた。

「なにがあった……？」

「みな、瘴気《しょうき》にやられたらしい。緑色に光る靄《もや》だ。見ただろう？」

　顔を曇らせてそう言うオボルスに、リョウは頷《うなず》いた。

見た。

飛び起きて真っ先にリョウの目に入った。国境城塞《じょうさい》の一画を緑に光る靄《もや》が包んでいた。

「団長……！」

弱々しく呼びかけられ、格納庫の隅で上体を起こす整備士がリョウの目に入った。マナトに頼まれて、ドゥンヤの使者から送られた古代遺物を検査していた、あの整備士だ。

片腕と片足が添え木で固定されていた。手ひどくやられたようだ。

リョウは駆け寄った。

「大丈夫かっ!?」

「団長……すみません……あの古代遺物、便利だったもんで、つい……」

リョウの言いつけを守らず、整備士は格納庫に置いておいたらしい。

やはりあの黒い箱が元凶のようだ。

リョウは大丈夫だと整備士の肩を優しく叩《たた》いた。

「今は休め。体を治すことが先だ。雷は後でしこたま落とす」

「そう言う訳には……俺の責任だから……」

整備士の後悔に苛《さいな》まれている目を、リョウは無視できなかった。

「どうすべきだったか考えて次に備える時間は、後でいくらでもある。今は、なにがあったか話してくれ。それが役に立つ。知っておきたい」

「いきなり緑色の光が格納庫を貫通して、詰め所ごと、まるで靄みたいに包んで……かと思ったら、いきなり腕に模様が浮き上がって、手を動かした途端に折れちまったんです……」

整備士の証言に、センが食いついた。

「模様？　古代の模様ですか？」

「はい。ヘナタトゥーと似ていました……」

「あの古代遺物は今、どこにある？」

リョウが尋ねると、整備士は憎々しそうに格納庫の片隅を指さした。

黒い箱状の古代遺物の残骸《ざんがい》が、こんもりと積み上げられていた。筐体《きょうたい》部分だったと思《おぼ》しき黒い板はボコボコに凹《へこ》み、黄金色の内部が引き出されて寸断されている。

もう一度同じ手を食らっては叶わないと、徹底的に破壊したようだ。虫使いと整備士を狙うべく、格納庫へ運び込ませるため、整備道具として巧妙に偽装してあったのだ。

センが残骸の一つを拾い上げて眺めながら、リョウへと手渡してきた。

「リョウ、このような遺物を見たことがありますか？」

「ない。おおかた、リヤルの古文書を読み解く力を用いて、ディナールが新しく発掘したものだろう。整備道具に偽装してあったように、他の奴も偽装されているだろう」

それも、一つ二つではないはずだ。

かなりの数を発掘し、改造していると見ていい。センもそう思っているようだ。

「古代の模様が腕に浮かび上がった途端、少し腕を動かしただけで骨折した……古代の筆と薬液を用いたヘナタトゥーを描き損じた時に、似たような事態になることがあります。これはおそらく、光でヘナタトゥーを描く遺物……それを暴走させたのでしょう」

「瘴気攻撃《しょうき》ってのは……これのことか？」

リョウが尋ねると、センは痛みを堪《こら》えるように胸に手を当てて頷《うなず》いた。

「リヤル様への被害を恐れて、この遺物の威力や効果を及ぼす範囲は相当抑えていたはずです。それでも、これほど大勢の者が骨折した。これと同じようなものをいくつも、すでにディナールは王都へと運び込んでいるのでしょう……もし、これが一斉に起動されたら……」

悪夢だ。

センの声は震えていた。

「ディナールが考えているほどシャハラザードの国力は低くありません。このままではタールに大義名分を与えてしまい、ディナールが遊撃戦を行えば戦火が止めようもなく続き、大陸中に水を行き渡らせるどころか、おびただしい血が砂に消えてしまう……」

呟《つぶや》くようにそう言ったセンの顔からは、血の気が引いていた。

ディナールは実権を握っているものの、その立場はあくまで巫女《みこ》の配下だ。このままではシャハラザードの王都での殺戮《さつりく》がドゥンヤの巫女の仕業、ということになる。

リョウは歯嚙《はが》みした。

（ディナール……あの野郎っ……）

黙って見ていてはいけない。

動くしかない。

センもそう決心したようだ。

「いかねば、ドゥンヤの聖都に」

センは呟くなり、リョウたちへと振り向いた。

「リョウ、マナト。桜騎士団と西の団が受けた被害を調べ、国境城塞の態勢を整え、虫使い

たちを城塞の広間に集めてください。アブースクードもそこへ」

「アブースクードは俺が迎えにいく。国境城塞の格納庫と詰め所にいた整備士たちが怪我で動

けそうにない。イウナンから整備の心得がある者たちと虫樹のパーツを融通してもらう」

「ではリョウ殿。私が国境城塞の被害を調べておきます」

「頼む、マナト。セン王女についてくれ。手配の補佐は任せた」

「負傷者の手当てや夜食の準備を手伝ってもらえるよう、近隣住民に頼んでみます」

そう言うマナトにあとを任せ、オボルスに一声かけてから、リョウはアブースクードを迎え

にソレオレノで飛んだ。そうして、アブースクードと夜通し話し合っていたエキュドールの力

を借り、イウナンの職人組合長を叩き起こしてもらった。国境城塞への帰り道では、イウナン

の整備士と古代のパーツを抱えた虫樹を引き連れていくことができた。

2

「あなたはしゃべってはダメよ、リヤル」

リヤルは七歳になる前から、母にそう強く言い聞かせられていた。

資格もなく古代遺物に触れたり、それを用いることは悪行だ。父や母が言うには、お酒を飲んだり人を怪我《けが》させたりすることと同じくらい、悪い事らしい。

神様の言葉が書いてある聖典によって、禁じられているのだそうだ。古代遺物はその大小を問わずとても危ないものであり、世界を滅ぼしかねないほどらしく、聖典の深みを知る者でなければ古代遺物に触れてはならない。リヤルの生まれ育った辺境の村に、聖典の深みを知る者なんて誰もいなかった。村のみんなは真面目で、日に五回のお祈りを欠かす者はいない。

断食をする月も守り、豊かな村ではなかったのに寄付する者が多かった。旅人をもてなし、孤児を養育し、貧しき者を見捨てようとはしなかった。

聖典の教えを守れば、神を愛したことになり、天国にいけるのだそうだ。

父と母は、リヤルが歌を歌うことすら疎んだ。

リヤルが歌を歌うと、砂の下に埋まっていた虫樹が飛び出してきたことがあった。西の地の行商人が手にしていた古代遺物が、リヤルが一声かけただけでわっと動きはじめたこともあった。リヤルの周りで珍しいことが起こるたび、村の人たちは怯《おび》えた。

　気味が悪そうにリヤルを見た。

　村の子供たちも、リヤルと遊ぶことを嫌がった。

「悪い行いを止めるだけでいいの、リヤル。それが善い行いになる」

　母はいつも、兄や姉たちへ向けるものとは違う、恐れるような目でリヤルを注意した。

　悪行を断ち、取り除いていけば、善行となるらしい。悪行を悪行で断ち、取り除いても、それが善行と呼ばれるような気がして、リヤルはぴんとこなかった。

　善くあろうとすることは、七歳のリヤルにとってひどく冷たいものだった。村の中でリヤルだけ、善いことをするのが霜焼けのように辛かった。

　リヤルは古代遺物が好きだった。

　遺物や雑貨がどこに埋まっているのか、リヤルには面白いようにわかった。砂や土の下に埋まった古代遺物が「こっちだよ」とリヤルを呼んでいるような気がして、掘れば見つかる。

　村の誰にもできないことだ。

　リヤルには朝飯前だった。

　リヤルが掘り起こした遺物を持って帰ると、母は激怒した。

「そんなものは捨てなさい！　何度も言っているでしょう。聖典に背くことは悪よ、リヤル」

　リヤルは泣く泣く、捨てにいった。

泣きながら捨てに行き、また掘り出して持って帰り、また怒られて捨てに行った。

古代遺物や雑貨の不思議さが、不可解さが、面白かった。

水を注ぐだけで動き、擦り傷を癒やす光を生じ、砂漠に花を咲かせ、空気から糸を紡いで布を織り、塗ったり貼ったりすると書物と化し、火の上に雪を積もらせる。

こんなに面白いものを、どうして避けなければいけないのだろう？

ある日、村にやってきた偉い宗教法学者ですら読めない球形の書物を、リヤルはすらすらと読んだ。古代文字を一文字読むだけで、映像だろうと匂いだろうと味だろうと音だろうと手触りだろうと思念だろうと、古代文明を築いた者たちがその文字に込めたことが、リヤルへと鮮明に伝わってきた。その球形の書物は、宇宙を漂う塵《ちり》が集って巨大な天体が生み出されていく過程から、天体が衝突し月が生まれる瞬間まで、宇宙の躍動をありありとリヤルに見せてくれた。リヤルが見たものを述べると、宗教法学者は仰天していた。

古代遺物に触れてよいのは聖典に対して深い知識を有するものだけだ。

皆には読めない書物が読めてリヤルは鼻高々だったが、村の皆はおろか、祖父母も兄も姉も両親ですら、リヤルを見るその眼差《まなざ》しには恐怖しかなかった。

その夜、リヤルが寝ぼけ眼をこすりながらトイレへ向かおうとした時だったか、ひそひそとした父と母の思いつめたような声が聞こえてきた。

「あの子はきっと悪魔に魅入られているんだ……」

「……悪魔なんて、いったい、どうしたらいいの……」

何かいいことがあれば神さまに感謝し、何か悪いことがあれば神さまに謝るか、悪魔のせいにして神様に祈る。リヤルの父と母もそうだった。神様が全知全能なおかげで、リヤルの悪行は悪魔のせいということになったが、神様が全知全能なせいで、悪魔に魅入られて悪行を重ねる者はもう村の手に負えるものではない、ということになってしまった。

それが父と母の、そして村人たちの判断だった。

折よくドゥンヤの聖都から直々に申し出があり、リヤルは奉公に出されることになった。ハララという守護学徒を伴い、羽蟻型の虫樹に乗って十九歳のディナールがやってきた。

直々にドゥンヤの巫女《みこ》がやってくるなんて、村の誰も予想していなかった。

村はお祭り騒ぎになった。

皆、ドゥンヤの巫女の来訪を喜んでいた。

リヤルは不思議で仕方なかった。ドゥンヤの巫女は古代遺物に触れ、古《いにしえ》の文書を読み解き、欠けてしまった聖典の復活を目指す選ばれし人だと父が言っていた。

それなのに、村の誰もドゥンヤの巫女を悪魔に魅入られた者だなんて思っていない。ディナールがリヤルの才覚を褒《ほ》めると、村長は白々しくも「リヤルは村の誇り」だと言った。

リヤルはわけがわからなかった。

ただ、無性に腹が立った。

宴の翌日、リヤルの出立を前に父と母はほっとしていた。リヤルが遠くへいくことに、兄も、二人の姉も、祖父も、祖母も、叔父さんも、叔母さんも、村の皆が安堵《あんど》していた。いなくなって、ほっとされる。

今までそこにいたことを、誰も喜んでくれていなかった。

自分がどういう存在なのか、リヤルは痛感した。

こんなところから出ていけるなんて、清々すると思った。それなのに、虫樹の補助座席に座って村が遠ざかっていくのを眺めていると、そこに戻りたいと思っている自分がいた。

そんな自分にむしゃくしゃして、リヤルは自分の太ももをつねった。

「お父さんとお母さんのこと、好き?」

並んで腰かけていたディナールに尋ねられ、リヤルは否と首を振った。

「離れる時に寂しくなってしまうのが好きということよ、リヤル」

リヤルの心の中が見透かせるのか、ディナールはそう言ってきた。

「ねぇ、リヤル。大切なことなの。……お父さんとお母さんのこと、好き?」

リヤルは俯《うつむ》いたまま黙りこくって、村が砂の向こうへ消えてようやく、小さく頷《うなず》いた。

頷く気持ちがあることが悔しかった。

嫌いになり切れない自分の弱さが恥ずかしかった。

気付くとリヤルは、ぎゅっとディナールに抱きしめられていた。ドゥンヤの巫女《みこ》というものが何なのか分かっていなかったけれど、とびきりいい匂いがする人なのだと、リヤルは虫樹の座席で知った。ディナールの瞳《ひとみ》は優しくて、その声はとにかく綺麗《きれい》だった。

「誰かに自分を認めてもらえない苦しさよりも、誰かを認められる貴女の素晴らしさに目を向けてほしい。この世のすべては神がお創りになったもの。光や風の音すら、神の印。あなたの力も、あなた自身もそう。リヤル、私はあなたが輝いて見える」

ディナールは温かかった。

朝日より心地よい温《ぬく》もりを放てる人間がいるなんて、リヤルは知らなかった。

「あなたとこうして出会えたこと、私は嬉《うれ》しい。嬉しいのよ、リヤル」

リヤルはずっと、善くあろうとすることは冷たいものだと思っていた。

善くあるために、自分は冷たい思いをし続けなければいけないように定められて生まれてきたのだと。神様がそうあるべきだと自分に課したのだと、思い続けてきた。

そうではないことを、ドゥンヤの聖都でディナールが何度も教えてくれた。

善が温もりに満ちたものだということを。

ディナールやカンナギ教団が目指しているものは、とてつもなかった。

古代文書を紐解《ひもと》いて在りし日の聖典を蘇らせ、誰もが飢えや渇きや戦火に翻弄《ほんろう》されることなく、一人でも多くの者たちが現世で善行を重ねて来たる審判の日に楽園へと行きやすくなる世界。そんな世界へ変えていくのだと、ディナールは決意していた。

ドゥンヤの聖都はびっくりするほど家があって、人が沢山いて、お風呂屋さんや市場があって、尖塔《せんとう》の模様が動き、飾られた絵から匂いを感じ、伏した巨塔は見上げるほど高かった。

小巫女《こみこ》の修業は楽しかった。

聖典は難しかったけれど、知らないことを沢山知れた。

修行を抜け出すのは、もっと楽しかった。聖都のガキ大将と取っ組み合いの喧嘩《けんか》をしたり、神聖な大樹の上に登って下りられなくなったり、採った虫を巫女の書斎でばらまいてしまったりして、ディナールからたくさん叱られた。ディナールはリヤルを叱りながらも、とても懐かしそうな目をしていた。ディナールの懐かしそうな目の奥にいる誰かが、リヤルは少し妬ましかった。思い出すだけで楽しくも寂しくもなる日々だ。

リヤルは十歳で次なる巫女になるよう、ディナールに指名された。あまりに若すぎた。

ディナールの周囲の者たちは口々に反対した。

だがディナールは譲らなかった。

「皆にリヤルを支えてほしい。この子はいずれ、私を越える巫女になる」と。

リヤルが古文書を読み解くと、ディナールは喜んでくれた。

ドゥンヤの民のためになる、と。

リヤルはドゥンヤの巫女たろうと、それまでの振る舞いを改めた。木登りは週に七回から三回に減らし、さらに月に一回へと変え、支えてくれる法学者の話に耳を傾けた。

いずれ、自分の生まれ故郷も変わるだろう。

リヤルが巫女としてなすべきことをなしていけば、かつての自分のように善くあろうとすることが冷たく感じてどうしようもない者たちへも、温《ぬく》もりを届けられるだろう。聖典がもたらす光が温もりに満ちていることを、感じてもらえるだろう。

リヤルはドゥンヤの巫女だ。

ディナールが選んでくれた巫女なのだ。

リヤルは、なってみせると決めた。朝日より心地よい温もりを放てる人間に。

リヤルが目覚めると見知った執務室だった。

黒檀《こくたん》の文机《ふづくえ》や古文書の本棚、クッションや座布団、鏡や格子の衝立《ついたて》がある。聖都の街並みが格子窓の先に広がっていた。絨毯《じゅうたん》に黒い模様を描く格子窓の影からして、朝だろう。空調に役立つ壺《つぼ》状の古代遺物から、群鳥や魚群の形をした水の煙がぽっぽっと出ては消えていく。

伏した巨塔の最上階だ。

ソレオレノを火だるまにしたディナールの所業が、リヤルの脳裏にこびりついている。思い返すだけでリヤルの胸は締め付けられ、恐ろしさに手足が冷たくなってしまう。あの時、リヤルは操縦席のディナールに飛び掛かったが、懐から小瓶を取り出したディナールによってリヤルの鼻先に何かが吹きかけられた途端、猛烈な眠気に襲われて気を失ってしまったのだ。気を失う寸前に見たディナールの愛でるような目を思い出し、リヤルは胸が痛かった。

リヤルはローベッドの上に寝かされていた。ローベッドが執務室へと運び込まれているところからして、リヤルをこの部屋に閉じ込める腹積もりなのだろう。

扉の前には、手甲をつけた大柄の女性が控えている。守護学徒のハララだ。ディナールが小《こ》巫女《みこ》となる前から教団に仕えてきた古参の守護学徒であり、羽蟻型の虫樹を乗りこなす優れた虫使いだ。リヤルと目が合うと、ハララは気まずそうに俯《うつむ》いた。

ローベッドの横でくつろいでいたディナールが、読んでいた本から目を上げた。

「おはよう、リヤル。だるさや疲れはない？」

リヤルを気遣うディナールの口ぶりは、いつも通りだ。

ディナールの首元にはきらりとペンダントの紐《ひも》が光っている。

リヤルが送った紐のペンダントを、ディナールはずっと身に着けてくれていた。小巫女のリヤルが露店で買った拙《つたな》い造りのペンダントでしかないというのに、ディナールは紐が千切れると新しいチェーンを通してつけ、そのチェーンすら切れてしまうと、古代遺物と思《おぼ》しき金属で作られた細くて強靭《きょうじん》な紐を通した。「初めてリヤルがくれたものだから」と。ペンダントトップより古代遺物の紐のほうが立派になっているというのに、ディナールは着け続けている。

リヤルが押し黙っていると、ディナールも黙った。

ディナールは沈黙など苦ではないと、悠然と本に目を落としている。

沈黙ごときで仲がどうなるものではない。

意見の不一致などいつものことだと、ディナールは落ち着き払っていた。

（どうしたら……？）

ディナールを止められるのか。リヤルは皆目見当もつかなかった。

伝統と戒律に縛られるがあまり時代の変化に対する柔軟性を失っていたカンナギ教団を立ち直らせた功労はディナールにある。だがそのやり方があまりに先鋭的すぎている。

そもそも、ディナールは何のために時代の変化に対する柔軟性を求めたのか。

カンナギ教団を作り替えたのは、なぜか。

瘴気《しょうき》攻撃をシャハラザードに仕掛ければ、もっとも尊ぶべき理念を蔑《ないがし》ろにしてしまう。

リヤルにはそう思えてならなかった。

何度も言葉にしてディナールに伝えているのに、リヤルの想いは空ぶるばかりだった。

ディナールの心に響いたという、その手ごたえがない。「リヤル、あなたの懸念を無下にはしないわ」とディナールはいつも言うが、行動に移す気がないのは明白だった。

「シャハラザードの王都に瘴気をまく以外の手があるはずです、ディナール」

リヤルがそう切り出すと、ディナールはいつものように否と首を振った。

「ターレルは必ず攻めてくる。南の地にアフラージの一つがある限り、必ず」

「ターレルが攻めてきたとしても、西の地と手を結び、南の地をより豊かにしていけば、抗《あらが》えるはずです。無辜《むこ》の血を流さずとも決着の道が拓《ひら》けるかもしれません」

「それは手を握る相手が信頼に足るかどうかによるわ、リヤル」

「セン様は信じるに足る方です」

リヤルが訴えかけると、ディナールはたしなめるように溜息《ためいき》をついた。

「リヤル、あなたは騙《だま》されているのよ。あの王女はシャハラザードの者。南の地から富や人を奪い、蓄えた富を醜い贅肉《ぜいにく》としてぶら下げては口から悪臭を放ち、徳の無さを巧言令色で包み隠し、覇者を気取って南の地の者たちを押さえつけ、武力をかさに着て産業を蝕《むしば》み、南の地を貧しさのただ中に突き落とした東の地の、その王族の一人なのよ」

「セン様は……セン様はそんなシャハラザードを変えようとしています」

「たった半日会話を交わしただけで、何が分かるというの?」

「わかります」

リヤルはきっぱりと言った。

西の地の国境城塞《じょうさい》でセンと面会し、その手と声と目の温《ぬく》もりをリヤルは思い出した。重ねた言葉には少なくとも、セン・ビントエン・アルシャハラザードの人柄を感じた。

「……セン様は、シャハラザードを飛び出し、西の地でリョウ様を助け、ユーロの手からアフラージを取り戻しました。この大陸全てに水の恵みをもたらすため、アフラージを一つにしようとしています。あのユーロを生かし続けていることからも、セン様が本気でことをなそうとしているのは明白です。それは、私たちの目的とも重なるはずです。古代文書を紐解《ひもと》いて在りし日の聖典を蘇らせ、誰もが飢えや渇きや戦火に翻弄《ほんろう》されることなく、一人でも多くの者たちが現世で善行を重ねて、来たる審判の日に楽園へと行きやすくなる世界。ディナールはそんな世界をつくるためにアフラージを求めたはずっ」

リヤルはセンの温もりをディナールにも伝えたかった。

「セン様となら、手を取り合えるはずです」

「セン・ビントエン・アルシャハラザードは、シャハラザードの王女なのよ、リヤル。シャハラザードの者など、信用に足る者ではない」

ディナールはにべもなく言い捨て、不信の声色を隠す素振りすら見せなかった。

「リヤル、シャハラザードは神の敵よ」

「神の敵か否かを知っているのは、神だけです。我々がどれほど神について学び、敬い、感じ取ったとしても、誰が神の敵か否かを判別する力など、人に過ぎない私やあなたが持っているはずがない。神の名のもとに誰かを滅ぼそうとするなど、神への不敬です」

「不敬？　この私が神を敬っていないですって？」

「誰かを傷つけたいのなら、自分の名前を使いなさい。いずれその報いを受ける時、まちがっても神を恨んだりせずに済むように。――そう教えてくれたのは、貴女だった」

リヤルはリョウを思い浮かべた。

十年前とはまるで変わってしまった、リョウの相貌《そうぼう》や声色を。かつては陽気でどこか楽天的だったあのリョウの胸の内で渦巻いていた、涙を禁じ得ないほど禍々《まがまが》しい猛《たけ》りを。苛《さいな》まれ続けてきたリョウの苦しみを。

それが誰の手によって生み出されたものなのか。

リヤルは過剰に帯びていく言葉の熱を冷ませなかった。

「神は嘘《うそ》偽りを戒めていますっ。それなのにディナール、あなたは……リョウ様がアフラージの魔力に屈して道を踏み外したと、あなたは十年前、私にそう言いましたね？　エン王の掲げる怪しげな理想ではなく、アフラージを用いて大陸中に水をもたらす本当の理想を成し遂げるため、必要なことだったのだと。……けれど本当は、あなたとターレルとユーロが、エン王とリョウ様をっ――あなたが十年前から斎戒をひどく強めたのも、リョウ様にしたことへの罪滅ぼしだったのでしょう？　答えて、ディナールっ」

リヤルが詰め寄ると、ディナールの眉《まゆ》が動いた。

ディナールの目がぎらついている。その激しさに、リヤルはたじろいだ。

「……先に裏切ったのはリョウのほうよ、リヤル。リョウはエン王を信じすぎていた。アフラージをエン王に委ねる気でいた。あのシャハラザードの王にっ。……小巫女《こみこ》の修業を途中で投げ出しただけでは飽き足らず、リョウは南の地や教団のことなど眼中になかったっ」

ディナールが口にするリョウへの不信感が、リヤルはただただ哀しかった。

リヤルは必死で頭を否と振った。

「そんなことないっ。リョウ様は大陸中に水をもたらしたいと、そう言っていました」

「口答えが多いわね、リヤル……なぜそうまでして、私に歯向かうの?」

「……十三年前!!」

リヤルは荒らげた声を律しようと一呼吸した。

自らを律してこその巫女だと分かっていても、荒ぶる心は治められない。

「十三年前、私に巫女の座を譲った時のあなたは……そんなことを言う人ではなかった。思い出して、ディナールっ。十三年前、あなたが私を巫女に指名した時、何と言ったのか。あの時の言葉を、ディナール……あなたはもう、忘れてしまったのですか……?」

「過去よりも見るべきは明日よ」

ディナールは立ち上がり、扉の手前で控えていた守護学徒のハララへと目配せした。

「リヤル、あなたは頭を冷やしなさい。ハララ、巫女様を守りなさい。外の世界は、巫女様の目を曇らせてしまう。落ち着くまで、ここから出してはなりません」

執務室から半歩踏み出したディナールをリヤルは追いかけようとしたが、守護学徒のハララに阻まれた。ハララは山のような巨体をかがめて、申し訳なさそうに背を丸めていた。

「ハララ! ディナールを止めなければ!」

「巫女様……」

ためらう素振りを見せたハララの背中へと、ディナールが厳かに命じた。

「ハララ、守護学徒としての役目を果たし、巫女《みこ》を守りなさい」

「ハララ!!」

リヤルの呼びかけにも、ハララは扉の前からその身をどかさなかった。

ディナールの足音が遠ざかっていく。

詰め寄ろうとするリヤルから逃れるように、ハララは扉の外へと下がった。

「巫女様……ご容赦ください。これはきっと、あなたのためでもあるのです」

「違うっ。違います」

リヤルは懸命に訴えた。

「私は、ハララっ……ドゥンヤの巫女として背負うべきものを背負いたいのです……!」

「……巫女様、どうか今はお部屋に……」

「ハララ……」

リヤルの前で、無情にも扉は固く閉ざされた。

リヤルは急いで執務室中を引っ掻《か》き回し、誰かに連絡を取る方法を探した。

何一つなかった。すべて取り除かれてしまっていた。

監禁されている。聖都の民や小巫女はもちろん、聖都を守る虫使いたちとも面会謝絶とされた上、話はおろか手紙すら出せない状態にされてしまっている。

リヤルはドゥンヤの巫女だ。

最高指導者であるはずなのに、リヤルの願いと声はもはや、ドゥンヤの民には届かない。ただ『民の守り手』たるディナールの意向のみが、聖都を覆いつくしてしまっている。

手を貸してくれそうな者の顔が浮かんでも、次々と消えていく。

リヤルが頼れる者のほとんどは、ディナールによって牢に入れられてしまっていた。

ディナールがシャハラザード王都に潜入させていた信者たちは、すでに瘴気《しょうき》を発生させる古代遺物を王都中に設置している。あとはディナールが「王都瘴気散布計画」の起動装置を使うのみ。シャハラザード王都を瘴気で包み込んで大打撃を与える「王都瘴気散布計画」が刻刻と迫ってくるも、リヤルは指を咥《くわ》えて見ているしかない。

リヤルが古文書を読み解いてきたせいだ。瘴気を生み出す遺物も、精霊を誑《たぶら》かす針も、その他にもたくさん、ディナールに与えることになってしまった。

リヤルは誰かを打ちのめすために古文書を読み解いたのではない。

守り育むために、リヤルは古代の遺産を求めたのだ。

リヤルは果たしたかった。

古文書を読み解いた責任を。古代遺物を見つけた責任を。使うことを認めた責任を。

その責任を何一つ負えないまま、ことが進もうとしている。

王都瘴気散布計画などという愚かな行為を目前に、阻止することができない。聖典が説くもっとも大切にすべきことをないがしろにする行為であることは明白であるのに。

南の地の最高指導者である、ドゥンヤの巫女《みこ》であるというのに。

もっと経験があれば。

もっと人望があれば。

もっと自分に徳があれば、ディナールを説き伏せることができるはずなのに。

足りていない。何もかもが。

足りないものを補う時間すら、残されていない。

汚してしまう。聖典の教えも、人々の心も、歴代の巫女たちが積み上げてきたもの全てを、台無しにしてしまう。どうにかしたい。どうすればいいのか。

誰も教えてなどくれない。

見いだすこともできない。神も古文書もリヤルに語り掛けてはくれない。

「リョウ様……セン様っ……」

歯がゆさの中でリヤルは神に祈り、リョウとセンの顔を何度も思い浮かべた。

3

リョウがアブースクードを伴って国境城塞《じょうさい》の広間に入ると、人の熱気で満ちていた。

ディナールの襲撃を受けてからまだ夜は明けておらず、虫使いたちは興奮がまだ冷めないのだろう。広間に集まった者たちの放つ熱は、廊下の夜気すら蹴散《けち》らさんばかりだ。

厚い絨毯《じゅうたん》が敷かれた下座に五十名以上、広間の真ん中を通り道として開け、左右に人が詰めて腰を下ろしている。右手にはオボルスを先頭にして西の団の虫使いが二十名近く座り、左手にはマナトを先頭にして桜騎士団の虫使いや白兵が三十名近く控えていた。

これからどうするのかと、各々、盛んに話し合っている。

八角天井のこの広間でこれから、それが議論されるのだ。

上座にセンが現れると、異様な緊張感と共に話し声はひたと止んだ。センはリョウとアブースクードに目礼して座椅子に着座すると、リヤル救出の必要性を手短に述べた。

センが示した戦う意志に、オボルスが悲鳴にも似た声を上げた。

「ま、待ってください、セン王女。ドゥンヤの聖都に攻め込むと？」

「我らが城を襲われ、客人をさらわれて黙っている訳にはいきません」

「ほ、報復だとしてもドゥンヤの聖都を襲うのは過剰です！　西の地の立て直しに今は力を注ぐと、セン王女はおっしゃっていたではありませんか！」

下座の絨毯の上でオボルスが冷や汗を流していた。

上座の座椅子に腰掛けるセンは、下座の右手に腰を下ろす西の団の虫使いたちを見回した。

「アフラージを統一するためには南の地との協力関係が必須です。そのためにはリヤル様を何としても手助けせねばなりません。ディナールを止めねば、前に進めません」

センの決意を前に、オボルスを含む西の団の者たちは顔を見合わせた。西の団の者たちはそのほとんどがシャフリヤール出身だ。「これは東の地と南の地の問題であり、西の地の我々が介入すべき事案ではないのではないか」という疑問がありありとその顔に見て取れる。

報復ならば南の地の国境の砦《とりで》を襲えばいい、と。

西の団の虫使いたちが消極的である理由は、リョウにも想像がつく。

ドゥンヤの聖都に攻め込めば、強烈な反撃を受けることは明白だ。

西の地で生産していかねばならぬこの時に、人命も時間も食べ物も虫樹も金も消費することになる。立て直しを急ぐはずの西の地に負荷がかかり、通商路は不安定になるだろう。

アフラージを持つ者同士の戦いになる。

長引けば悲惨だ。生産に用いられるべき水が、人の血が流れることに消費される。

ユーロの苛政は猛威をふるったが、少なくともディナールと真っ向からやりあうことはしなかった。ドゥンヤの聖都に攻め込んでリヤルの救出を失敗したら、ディナールのさらなる攻撃を受けることになり、西の地の都市や町村が立ち直れないほどの状況になるかもしれない。

その危険を冒してまで、ドゥンヤの聖都に攻め込む価値があるか。

ディナールの狙いは今のところ、シャハラザードの王都なのだ。

西の団の虫使いたちからしてみれば、そう感じるのは当然だろう。彼ら彼女らは各々の都市や町村の安定を図るため、セン王女の命令に従っているのだ。アフラージ統一の過程で自らの都市や町村が崩壊するかもしれない事態を前に、素直に頷《うなず》けないのは当たり前だ。

押し黙るオボルスに代わり、西の団の虫使いたちがわっと立ち上がった。

「巫女《みこ》様の救出を仕損じれば、西の地がディナールの報復を受けてしまう！　二度三度と救出作戦を繰り返そうものなら、どれほどの労力がかかるか計り知れない」

「どうしたって血と銭が流れる！」

「それは西の地が得るものと本当に割りが合うのか!?」

西の団の虫使いたちは口々に不安をぶちまけ、その口振りは熱を帯びて一線を越えた。

「やはりセン王女は、シャハラザードの者なのだ。この戦いでまた西の地の我々に同胞の血と銭を流せというのかっ!?　これではユーロと同じではないか！」

「なにを言うか!!」

黙っていたマナトが一喝するなり立ち上がり、毛を逆立てて二の句を発した。

「セン様が王都を捨て、身一つでこの地にやってきたのを忘れたか！　親類や学友とも袂《たもと》を分かち、アフラージを一つにするため、フィルス殿の件すら不問に処したっ。そうまでしてユーロを倒したのは誰か!?　今、西の地を懸命に立て直そうと官吏を探し、田畑や交易路を蘇らせているのは誰かっ。そなたらが今使う水は、誰がもたらしたものか忘れたか！」

マナトに続き、左手に座っていた桜騎士団の虫使いや白兵たちも憤然と立ちあがっている。

セン王女に対する不義理ともとれる西の団の虫使いの発言は看過できないのだろう。騎士たちはシャハラザードの出身者がほとんどだ。王都には血縁者や友人がいるのだろう。

「まってくれ、マナトっ」

　オボルスが慌てて抑えようとしたが、マナトは怒声に拍車をかけた。

「オボルスっ、そなたまでどういうつもりだ!?　セン様の意に背くつもりか！」

「セン王女の働きと情けに感謝している！　その理想にも賛同しようっ。だがいま我らが同胞の血を搾り取られれば、我らはユーロの治世を否応なく思い出さざるを得なくなる！」

「ユーロの治世を思い出す!?　喉元《のどもと》過ぎれば熱さを忘れるとは――」

「やめなさい!!　双方ともっ、腰を下ろしなさい！」

　センの一声によって、騎士たちも西の地の虫使いたちも非難の声を飲み込みはした。着座はしても、互いに不満と不審の目を向け合い、もはやそこに結束などありはしなかった。

　仲間割れは、している場合ではない時にするものだ。

　悪化していく一方の状況を前に、どうしたものかとリョウは腕を組んだ。

　センが目をつぶって座椅子の肘掛けに身を預け、細く長い吐息を漏らしている。センは自分の呼吸を整えたかったのだろう、ゆっくりと目を開いてぐるりと見回した。

「シャハラザードの王都が瘴気《しょうき》で覆われれば、大義名分を得たタ―レルは必ず南の地へ侵攻します。東と南の戦力差からして、ディナールは遊撃戦を行うつもりです。このままでは、おびただしい無辜《むこ》の血が流れてしまうのです。戦火に覆われるのは南の地だけではありません。シャハラザードの一強体制を築こうとしているタールは、その戦火に乗じて南の地だけではなく西の地へも攻めてきます。対岸の火事を消す努力を怠れば、自らの岸辺にも火は移ります。この西の地にアフラージの一つが存在する限り、無関係ではいられません」

そう言って、センが少し考えるように目を伏している。

すっと上げた時には、その目に決意の光があった。

「……私はドゥンヤへ参ります」

センがそう言った途端、広間にどよめきが走った。先程まで睨《にら》み合っていた騎士たちと西の地の虫使いたちは、動揺しつつ「なんとかしてくれ」と互いに顔を見合わせている。

なかでもマナトとオボルスの狼狽《ろうばい》は著しかった。

「セン様っ、それは！　聖都では激しい戦いになりますっ」

「そうです、セン王女！　貴女の身に何かあれば――」

マナトとオボルスが血相を変えて詰め寄ろうとするも、センは右手で制した。制した右手にセンは視線を落とし、手の平を見ながらぐっと握りしめた。

「私は南の地の聖都へ参ります。ドゥンヤの巫女《みこ》の手は、この手で握らねばなりません。ディナールはアフラージを身に着けているでしょう。ユーロと戦った時のように、あなたたちを水切れにしたくありません。いいですか、私は決めたのです。リヤル様の元へ行く、と」

センの宣言に、広間は静まり返った。

先程まで言い争っていたマナトとオボルスが、「しかし、それはあまりにもセン様の御身が危うく……」「西の地は今、センを王女を失う訳にはいきません……」と口を揃《そろ》えている。

リョウは舌を巻いた。

（アフラージごと攻め入る、か……西の地の都市も虫使いを割かざるをえない……）

センは策士だ。

つい先ほどまで怒号を交わしていた連中を、仲良くおろおろさせている。

セン自身にそういう思惑があるのかは分からないが、直感的に決断できるのだろう。シャハラザードの王族の血によるものか、前線に立ちたがる。エン王もそういう気質だった。

リョウとしては、この展開は望むところだ。

ディナールと再戦できるならなんだっていい。

（だが、西の地から今すぐ虫使いをかき集めても、烏合《うごう》の衆だぞ……）

なにより、シャハラザードの王都に瘴気《しょうき》がまかれるまで、時間がない。それが阻止できなければリヤルを解放したとしても、センが望む状況に持ち込めない。むしろディナールの思惑どおりとなり、大義名分を得たターレルの思う壺《つぼ》となるだろう。

疲れ果てても止まらない。民衆と言う鍋を一度でも戦火にかければ、薪《まき》は勝手に集まってくもめにもめる。

る。ぐつぐつと焦げ始めた鍋底から火が吹きあがってくるのも、時間の問題だ。

(それはそれでいいか……)

「セン王女、お待ちを」

リョウの未必の故意を切り裂くように、毅然とした一声が割って入った。

皆の視線が小さな老人へと注がれている。

アブースクードは背筋をぴんっと伸ばし、泰然と絨毯《じゅうたん》の上に腰をおろしていた。

「行動の前に、自らの力量を把握することが肝要です。買い物をする前に有り金を確かめておくのは物事の基本。今、セン王女が動かせる力がどれほどのものか、お考えいただきたい。行動してから無いものねだりをせずに済むようにしておきたいのです」

「訳を話せば西の地の各都市が協力してくれるはずです。シャフリヤールに今いる虫使いや虫樹は、桜騎士団や西の団の者たちだけではありません」

センの答えの甘さに対して、アブースクードはリョウへと鼻先を向けた。

「……リョウさん、西の地で活動されてきた虫使いとして、どう思われますかな?」

アブースクードがリョウの目をじっと見てくる。

老獪《ろうかい》な宗教法学者にして大臣だ。

リョウの言葉をセンが信じると分かっていて、あえてそう聞いてきている。おそらくリョウの内に燻《くすぶ》る暗い復讐《ふくしゅう》心すら、見越してのことだろう。

「リョウさん。どうか、冒険者としての経験と矜持《きょうじ》をもってお答えいただきたい」

アブースクードに求められ、リョウは口を引き結んで深呼吸した。アブースクードの目が突き付けてくる。私を大臣に引きずり込んだその責任を今ここで果たせ、と。

吸って吐くこと二回、リョウは観念した。

「……西の地は個々の都市の自治権が強い。都市からしてみれば、その時々の王や支配者なんぞ、立派な帽子みたいなもんだ。シャハラザードの強い影響下にあった時はモンメ女王やエン王に、ユーロの強い影響下にあった時はユーロに、その時々にあわせて従ってきた。そのおかげで、統治者がユーロからセン王女に変わっても、さほどの混乱はまだ生じていない。役に立ちそうな帽子なら被《かぶ》り続けるが、そうでなさそうなら風に飛ばされても放っておく。それが西の地、シャフリヤールだ。仮に今、西の地から虫使いと虫樹をかき集めても数が揃《そろ》うだけだ。セン王女の命令を聞くかどうかも怪しい連中を揃えて、南の地の聖都に攻め込んでみろ。餌付けと訓練がなされていない猛犬を、鶏小屋の中に放すようなことになりかねない。そういう猛犬は、新しい帽子にだって噛《か》みついてくる」

リョウが淡々《たんたん》と考えを述べると、アブースクードが頷《うなず》いた。

「私も同意見です。シャフリヤールの虫使いを、躾《しつけ》のなっていない猛犬扱いするのには賛同しかねますが……ユーロの治世下で深まった分断と不信感は、まだ拭《ぬぐ》えておりません」

アブースクードはセンへと説くように続けた。

「西の地に今負担をかけると、ディナールを捕縛しリヤル様を救出できたとしても、西の地で反乱が続発するでしょう。反乱を鎮めるために我々は人や時間や水や糧や虫樹をいたずらに消費し、西の地は弱体化します。ターレルは武力行使を躊躇《ちゅうちょ》しなくなるでしょう」

アブースクードの言葉に、センは口を引き結んで頷いた。

「……その通りです」

「さりとて、西の地独力で東の地と対峙はできない。センの目的がアフラージ統一である以上、南の地との協力関係なしには、ターレルの目論見《もくろみ》を阻止できないでしょう」

「はい。南の地は古代遺物の利用を解禁し始めたと聞きます。西の地の新たな取引相手になります。西の地で得た古代遺物や雑貨を、東の地に買い叩《たた》かれにくくなるはず。西の地と南の地が手を取り合って豊かになれば、それは東の地にとっても大切な市場となるのです。ターレルが軍事行動を取ってその市場を損ねようとした時、東の地の商人がそっぽをむくように仕向けられます。東の地の一強体制よりも儲かる、となればターレルは支持を失います」

センは構想を述べながら、アブースクードに向かって続けた。

「戦乱を極力避けつつアフラージを統一するための方針です。ターレルの目的と東の地の民の利益が相反するものだと周知しない限り、ターレルの強大さは揺るがない」

「すべての鍵はドゥンヤの巫女《みこ》――リヤル様が握っておられる、と?」

「そうです。リヤル様を解放せねば、我々は南の地との協力関係を築けず、ターレルと対峙できなくなります。ターレルを交渉の場に引きずり出すためにも、相応の力が必要です……」

「しかし南の地ドゥンヤの聖都へ攻め込み、巫女《みこ》様の解放に失敗したとなれば、事態は悪化します。ディナールを討ち漏らせば、西の地は遠からず反撃を受けることになるでしょう。そうなれば東の地を利するばかりとなり、ターレルとの交渉も遠のきます」

「……」

息を呑《の》むセンへと、アブースクードは重ねて問うた。

「セン王女。この一件、捨て置く決断はできませぬか？」

「ディナールの手によって奪われようとしている無辜《むこ》の民の命を救い、この大陸が悲惨な戦乱の地と化すことを防ぎ、ドゥンヤの巫女と固く手を握る、千載一遇の機会です」

「そもそも、ドゥンヤの巫女の罠《わな》かもしれません。あるいは、ディナールの策略やも」

「そうですね。そういうことも、十二分にありうるでしょう」

覚悟の上だと滲《にじ》ませるセンに、アブースクードは瞑目《めいもく》して頷《うなず》いた。

「それでも、おやりになられますか……すべてを失うかもしれませんぞ」

「……人を信じて託された力です。人を信じて失うのなら、それも定めでしょう」

センは広間の者たち一人一人の目に訴えかけた。

「私は、リヤル・アルライラ・アルドゥンヤが信頼に足る巫女だと感じます。ディナールへ反旗を掲げようとした、彼女の目と声に偽りはありませんでした」

センがそう言うも、広間の沈黙は重いままだ。

重い静けさの中、アブースクードが切り出した。

「ドゥンヤの巫女様を助けるためにドゥンヤの聖都へと投入できる力は、マナトさん率いる桜騎士団の虫樹十七機、リョウさんやオボルスさんたちが鍛えた西の団の虫樹二十機、あわせて虫樹三十七機。これが今、セン王女が用いられる力の限度とお考えください」

「……もう少し、加えられませんか？」

「そうなると二週間は必要です。今は一刻を争う時のはず。国境城塞《じょうさい》に兵站《へいたん》を集めておきましょう。虫樹のパーツや整備の者、医療者や医薬品、食料や塩や水袋……西の地の都市も、物資輸送にならば虫使いの派遣を嫌がることはありますまい。作戦が失敗して撤退することになろうとも、態勢を立て直せる手はずを整えておきます」

センが精鋭を連れてドゥンヤに行く以上、西の地には軍事力の空白が生じてしまうが、アフラージをセンが持っている限り、西の地の都市はやすやすとセンを裏切れない。裏切れないどころか、センが撤退を躊躇《ちゅうちょ》してドゥンヤの地で囚《とら》われの身となってしまえば、アフラージの恩恵を失う。西の地の者たちも、物資の輸送や援助を惜しむことはないだろう。センがアフラージごと南の地に攻め入る、という事を逆手にとってもいるのだ。

この宗教法学者の官僚としての老獪《ろうかい》な牙《きば》は、監獄生活でも抜け落ちてはいなかったようだ。

「わかりました」

センの了解を得るなり、アブースクードはリョウとマナトに目で問うた。

「リョウさんとマナトさんも、これでご納得いただけましたかな？」

リョウとマナトが頷《うなず》くと、アブースクードはオボルスを始めとする西の団の虫使いたちの前にゆっくりと進み出て、その声を穏やかにした。

「西の団の者たち。そなたらは各都市から参じた者だと聞いています。かつてユーロに与していた者も、そうでない者も、我らは皆、セン王女に大恩ある身のはず。セン王女の志に救われた一人であり、救われつつある誰かの家族であり、友であり、恋人であるはず。どうか、そなたたちの力をセン王女のもとに今一度、束ねてほしい。今、ドゥンヤの巫女《みこ》様をお助けすることが、西の地の遠い明日を救うのだと信じて」

アブースクードは西の団の虫使いたち一人一人の目を見て丁寧に述べると、反対側に控えていた桜の騎士たちへと同じように丁寧に向き合った。

「桜騎士団の方々も、先ほど西の団の者が発した過ぎた言葉をご容赦願えませぬか。西の地の者は、ドゥンヤの聖都へ行くことでこの西の地にセン王女がもたらしてくれた希望が潰《つい》えてしまうかもしれないと、不安でしかたなかったのです。十年越しに芽生えた幼木が砂嵐に晒《さら》されてしまうような気になって、どうにか守らねばと焦ってしまったのです」

小さな体を曲げながら説くアブースクードの大きな意志を前に、西の団の者たちも騎士たちも矛を収めた。アブースクードの気遣いの賜物《たまもの》だ。両者の溝を瞬く間に埋めてしまった。

重く張り詰めていたものが、気付けば、適度に軽く柔らかいものになっている。

この人がいてくれてよかった。リョウはそう思った。

センも同じだったのだろう、ほっとしたような眼差《まなざ》しで虫使いたちを見ている。

「では、リョウ、マナト、オボルス。一刻も早く作戦の子細をお願いします。リヤル様を助け出すことが最優先です。ディナールとアフラージの確保がその次です。聖都への被害を極力少なくしてください。これは南の地との協力関係を築くための作戦です」

センはそう言って、力強い目でリョウを貫いた。

「この作戦の指揮はリョウ、あなたに預けます。ディナールの急襲に備えた功績に加え、ドゥンヤの聖都にあなたは詳しい。西の団と桜騎士団の虫使いたちを、あなたに委ねます」

攻め続けるか退《ひ》くかの判断を、リョウがする。

センの凛《りん》とした命令に、リョウたちはすぐに取り掛かった。

用件があると言って通信室へ向かったセンと、西の地の各都市との交渉へ向かうアブースクードを見送り、リョウは他の虫使いたちを虫樹の整備へと向かわせた。イウナンから呼び寄せた整備士たちに、虫使いの意見を伝えて整備の質を高める必要がある。どのような作戦になろうとも、配下の虫樹を一秒でも早く万全にしておきたい。夜通しの仕事になる。夜食の準備も必要だ。広間にいた者たちが各々の持ち場へ向かうと、熱気を残しつつも広間は閑散とした。

リヤルの救出には策が必要だ。

リョウとマナトとオボルスの三人で策を描き、具体化するのだ。

リョウがローテーブルを広間の中央に引きずり出すと、オボルスが文具やナツメヤシの実をローテーブルの上に揃《そろ》えてドゥンヤの聖都の地図を広げた。妙に詳細な地図で、居住区や礼拝施設や市場や水路、聖都を守る虫樹の基地などが記されている。大門の位置や大通り、伏した巨塔の形状などもリョウの記憶と合致することから、正確な地図のようだ。リョウが「この地図、どこで手に入れた?」と問うと、オボルスは目で通信室のほうを示した。

シャハラザードの姫君の周到さに、リョウは時々頼もしいより怖いが勝る。

三人分のコーヒーを持ってきたマナトが、カップを置くなり口火を切った。

「リョウ殿。ドゥンヤの聖都を攻めるには寡兵ですが、ルイアンの時よりは多い」

マナトの前向きな眼差《まなざ》しに、リョウも頷《うなず》いた。

「たしかに。あの時は敵だった者が、今は味方だ。なにより、ドゥンヤの聖都に攻め込んでくるなんて、ディナールでも予想できないはずだ」

「我々ですら予想してなかったセン様のご決断ですから」

マナトが誇らしそうに言うと、オボルスも感心するように頷いた。

「リョウ、マナト。セン王女が同行してくださるのだから、アフラージの恩恵をその場で得られる。補給隊に手数を割くことなく、三十七機をほぼ丸々使えるのもでかい」

「ああ、そうだな。西の団は二十機すべて戦闘可能だが、マナト、桜騎士団はどうだ? そっちは役割分担がはっきりしてるだろう。十七機の内、切った張ったができるのは何機だ？」

「十三……いえ、十五機です。もう二機は輸送に特化していて敵虫樹の撃破となると難しい。前線に立たせても、逃げ回るか自分の身を守るので精一杯でしょう」

まずやるべきことを整理しましょう、とマナトが仕切り直すようにペンを手にした。マナトはすらすらとペンを走らせ、紙に作戦目標を書き出した。

「ドゥンヤの聖都を急襲してリヤル様をお救いし、リヤル様から聖都中に停戦命令を出してもらい、聖都を守るディナールの軍勢を機能不全にした上で、ディナールを捕縛。教団の実権をリヤル様の手に戻して『王都瘴気《しょうき》散布計画』を破棄し、捕らえたディナールをリヤル様とセン様で説得する。……これが今回、セン様が達成を望まれていることです」

「針の穴に糸を通すような作戦になりそうだ……」

オボルスのぼやきに、リョウも頷いた。

リヤルがセンの味方であること以外、リョウたちの側に有利な要素がほぼ見当たらない。

「ああ、ルイアンでユーロとやり合った時よりも、針の穴が小さくみえる」

リョウが暗澹《あんたん》たる面持ちでそう言うと、オボルスもしかめっ面で頭を掻《か》いた。

「リョウ、ベニシダレが必ず立ち塞《ふさ》がってくるぞ」

「リョウ殿、精霊を誑《たぶら》かす針はどうします？　あれは厄介です」

オボルスとマナトが顔を曇らせている。

リョウは唸《うな》った。

「ああ。装備していたのがベニシダレだけじゃなかった。単純に虫樹を撃破されるだけでも痛手だってのに、こっちの味方を敵に変えちまう古代遺物だからな……」

しかめっ面でリョウが首をぼりぼり掻《か》くと、オボルスが顔をさらに険しくした。

「巫女《みこ》様を助け出したとして、そこからどうする？　巫女様の意志をどうやって聖都の者たちに伝えるんだ？　ディナールの指揮下から、どうやって解き放つんだ？」

オボルスの提示した問題に、マナトもリョウも気圧《けお》されてしまう。

準備期間が短すぎる上、相手が相手だ。

広間がどんどんと重苦しくなっていく。オボルスもマナトも俯《うつむ》きが深くなるばかりで、互いの息遣いのみが広間の八角天井や幾何学模様の柱へとしみ入るばかりだ。

これではいけない。リョウは「うがぁあああ！」と吠えた。

「ディナールの思う壺《つぼ》だ。俺たちの考えに蓋《ふた》をしてきやがるっ。ユーロに仕掛ける時もそうだった。幻覚装置を前にして、俺は諦めちまってた」

リョウはそう言いながら、その時の事を思い出した。幻覚装置を前にしてその攻略の糸口となるものを見つけられたのは、たしか──。

「センだ……セン王女が口にした、ちょっとした疑問だった。突破口になったのは」

なぜ、ユーロがシモフリでソレオレノを追撃してこなかったか。それは、鈍重な多脚要塞《ようさい》に搭載された強力な古代遺物である幻覚装置の効果範囲から出てしまうことを、ユーロが恐れたからだ。それはつまり、幻覚装置には発生装置と制御装置があることを意味し、ルイアンの決戦では発生装置を潰《つぶ》したことによってシモフリの力を激減させた。

ちょっとした疑問を足掛かりにすることで、突破口になるものを見いだしたのだ。ルイアンの決戦においては、それが勝敗を分ける決定的なことへと繋《つな》がった。

「マナト、オボルス。大それた考えでなくていい。ちょっとした取っ掛かりでいい。ふとした疑問でいい。ちょっと気になったことでいい。関係なく思えることでもいいんだ。なにか探そう。何か見つけよう。戦う前から負けるのなんて、俺は嫌だ」

リョウが自分自身を諭すように言うと、オボルスがふと顔を上げた。

「精霊を誑《たぶら》かされた虫樹は、どうやって敵味方を識別してたんだ？」

「……たしかに、精霊を誑かされた虫樹の挙動は単純なものばかりでした。あんな単純な挙動しかできないというのに、敵と味方の識別だけはしっかりできていた……」

マナトが唇に指を当て、眉間《みけん》に深い皺《しわ》を刻んでいる。

「リョウ、ベニシダレや羽蟻型が後脚に着けていた、花粉団子みたいな装備はどうだ？」

オボルスに問われて、リョウは自身の顎《あご》に手を当てた。

「たしかに、花粉団子のようなものを後脚につけていたが……」

リョウが納得できずにいると、マナトも首を傾げた。

「リョウ殿、あれは外付けの水袋では？」

「……そうだな。リヤルを助けた時の一戦でも、ドゥンヤの虫樹はつけていた。交戦状態に入る直前に二機の羽蟻型だけが切り離していたから、やはり単なる水袋か……」

リョウの中にふと、疑問が生まれた。

（そういえば、あの時……センと一緒にリヤルを助けたあの一戦……）

ドゥンヤの羽蟻型虫樹が針を使おうとして、なぜか使わなかったタイミングがあった。針を使おうとしてこなかったあの時、連中に欠けていたものといえば……。

リョウはそこまで考えて、疑問がほどけていくような気配を嗅《か》ぎ取った。

「そうだ、最初……リヤルを助けた時だ。やつら、精霊を誑《たぶら》かす針を装備していたのに、使おうとしてこなかった。あの時、ベニシダレがいなかった。精霊を誑かされたソレオレノが見境なく襲い掛かって、リヤルの乗っていた虫樹に被害が及ぶのを恐れたんだとしたら……敵味方の識別や、精霊を誑かされた虫樹の制御を行うには、ベニシダレに搭載しているなにがしかの装備が必要なのかもしれない。羽蟻型に搭載されている針には弱点がありそうだ」

リョウの言葉にマナトが頷《うなず》き、何かを思いついたのか眉根《まゆね》の皺《しわ》を解いた。

「そう、たしか……ディナールが撤退する時です。ベニシダレの針から赤い光が消えた途端、精霊との繋《つな》がりが戻った。あの時、羽蟻型に刺されて精霊を誑かされていた虫樹まで、動きに精彩さが戻っていました。ベニシダレの針が、誑かした精霊を操っているのでは？」

マナトの推察に、オボルスが「そういえば」と目を輝かせた。

「リョウ、確かディナールが言っていたぞ。『すべてを灰にするつもり？　ベニシダレの針の力がまだ分からないようね』と。ベニシダレの針の力だ、と。精霊を誑かす針は他の羽蟻型にも装備されていたし、こっちの虫樹のほとんどはそれでやられていたってのに」

オボルスがマナトの推察を後押しした。

言われてみると、それで説明がつく。

ベニシダレの針から赤い光が消えた途端に精霊との繋がりが戻ったということに、リョウはまったく気付かなかった。周りの虫樹がどうだったのかということも、目を配る余裕がなかった。火だるまにされた上、敗北の怒りで視野が狭まっていたのだろう。

「信憑性《しんぴょうせい》はあるが、オボルス、マナト。敵味方識別の核がベニシダレの針とは限らない」

「しかし、リョウ殿。狙ってみる価値は十二分にあります」

マナトは勝機が見えたと言わんばかりの目をしている。

マナトの言う通りだ。

リョウ一人では見えなかった突破口になるかもしれないものが、見え始めている。

「マナト、オボルス。セン王女も言っていたが、ベニシダレの撃破やアフラージの確保より、リヤルの救出が大切だ。ドゥンヤの巫女《みこ》の呼びかけは、聖都の民にとって特別なものだ」

「リョウ殿。ディナールも元巫女なのでは？」

「そこは賭《か》けだ。かつての巫女《みこ》と、今の巫女。聖都の民や虫使いたちがどちらを選ぶか」

リヤルの停戦の呼びかけに聖都の虫使いが応じてくれるかどうか、わからない。リヤルがセンを頼るしかないほど追い詰められていた事実がある以上、分が悪い賭けであることに違いはない。だが、リヤルの想いの強さは本物だった。賭けてみる価値はあるだろう。

マナトが少し顔を明るくした。

「……聖都の虫使いが巫女様の指示に従えば、ディナールが孤立化して投降してくるか、ディナールに抵抗されてもベニシダレを数で攻めて身柄を確保できます」

「とはいえ、巫女様を助け出せなかったら、とっとと逃げたほうがいい」

オボルスの言葉に、マナトが重々しく相槌《あいづち》を打った。

「ユーロと雌雄を決したルイアンの戦いでは、結果として勝てはしましたが、我ら騎士はセン様の言いつけを破ってしまった。あのような勝利が二度続くとは思っておりません。リヤル様を奪還しても、聖都の虫使いたちがディナールに従った場合、逃げねば我らは全滅します」

オボルスやマナトが正論を述べていると分かっていても、リョウは頷《うなず》けなかった。

ディナールを前に逃げる。

そのことを想像しただけで、リョウの中で猛烈な反発心ががなり立てた。

押し黙るリョウの様子に、マナトとオボルスが怪訝《けげん》な顔をしている。退《ひ》き方を考えずに攻めるのはド素人か破滅願望を持つ者の所業だ。

「リョウ、そうしてください」

横手からそう呼びかけられ、リョウが振り向くとセンが絨毯《じゅうたん》の上に立っていた。いつの間に通信室から広間へと戻ってきていたのか。リョウは気付かなかった。作戦会議に集中しすぎていたからか、それとも、広間の絨毯が足音を消していたからか。あるいは、センがリョウたちの話し合いを見守るために気配を消していたからなのか。

センは丸めて持っていた地図を広間のローテーブルの上に広げた。

「ドゥンヤへ送った使節たちからです。ドゥンヤの聖都へ向かうまでの地形図で、最新のものです。作戦に参加する虫使いたちに見せておいてください」

「セン様、ドゥンヤの聖都にいる敵虫樹の数は？」

「最低でもこちらの三倍はいるようです。蜂型や羽蟻型のほか、四割は甲虫型だそうです。カンナギ第一防衛団という虫樹の軍団がドゥンヤの聖都を守っています。第一防衛団の中には〈巫女の盾〉と呼ばれる精鋭の即応部隊があり、ディナールが率いていた羽蟻型がそれです。精霊を誑《たぶら》かす針はどうやら、〈巫女の盾〉の虫樹のみに装備されているようです」

マナトの質問に答えたセンは、通信室で情報を仕入れてきたようだ。

リョウは『カンナギ第一防衛団』なるものも〈巫女の盾〉なる呼称も聞いたことがない。それらはすべて、この十年でディナールが組織したものだろう。

半数の敵相手に敗北したばかりだというのに、今度は三倍以上の敵虫樹がいる場所へ攻め込まねばならない。戦いが長引くほど囲まれやすくなる。精霊を誑《たぶら》かす針を装備しているのが精鋭部隊だけとはいえ、聖都を守るのはいずれも訓練された虫使いだろう。手強《てごわ》い相手だ。

腕を組んで口を引き結ぶリョウへと、センが重ねて乞うてきた。

「リョウ、引き際を見定めるのも冒険者の技量のはず」

「俺たちが退《ひ》いたらシャハラザードの民が瘴気《しょうき》を浴びることになるんだぞ、セン王女」

「私たちが全滅しても、王都の民は瘴気を浴びます」

「……ディナールを前にして、尻尾まいて逃げろってか？」

「退かずに全滅するくらいなら退いて次の機会を窺《うかが》う。そのほうがディナールは嫌がります。リヤル様の身柄さえ確保できれば、ディナールと交渉できます。巫女《みこ》の存在を重視しているディナール相手ならば、シャハラザードへの瘴気攻撃を引き延ばすことも可能でしょう」

センの理屈にリョウが返答を迷っていると、マナトが笑いかけてきた。

「ルイアンの時とはあべこべですね、リョウ殿」

「ああ。あん時のお前の気持ちがようやく分かったぜ、マナト」

「あの時、私は敵意を御せずに退けなかったのではありません。セン様をお救いしたい一心で退けなかった。……今のあなたも、そうなのですか？」

マナトにじっと見つめられ、リョウは目線を下に逸《そ》らした。

自分が今、何を望んでいるのか。マナトが問うているのは、そういうことだ。

「……リヤルを助けたいと思ってるさ」

「昔、我が師から口酸っぱく言われました。殺めるために刀を振るえば最善を尽くしても持ち手まで死に、守るために刀を振るい最善を尽くせば持ち手も死なずに済む、と。どういう意味かと私が尋ねても、師はついぞ教えてくれませんでした」

良い師だったのだろう。リョウはそう感じた。

師であれば分かりやすい答えなどいくらでも用意できるが、それを弟子に与えない。弟子の考える力を伸ばそうとする、そういう師だったに違いない。

「たとえ相手の命を奪うという結果が同じでも、それは同じに見えるだけでまったく違うことなのだと、そう伝えたかったのだと私は思っています」

マナトの意図を引き継ぐように、今度はオボルスが口を開いた。

「リョウ、ドゥンヤの聖都は古代遺跡の上に築かれた都だと聞いている。後世に語り継がれるべき貴重な聖典の断片や蔵書、古代の美術品や遺物が沢山ある、と。引き際を見誤って聖都を火の海にしてしまったら、そんな奴らは冒険者としてどうだ？　遺跡や遺物に敬意を払わず、ぐちゃぐちゃに荒らしまくって冒険者面をしてるような連中は、どんな虫使いだ？」

「三流のカス野郎だ」

「その通りだ、リョウ。……よい冒険者は宝の山を守ろうとする。優れた虫使いは引き際をわきまえる。大陸一の冒険者としてどうありたいのか、そいつを忘れちゃいけない」

「『大陸一』は昔の話だ。それも、ほぼ自称だしな」

「自称だったとしても、他人が言い始めたら立派なものさ。取り戻せばいい」

マナトやオボルスの助言はありたがい。

ありがたいが、リョウはすっぱりと気持ちを切り替えられずにぼやいた。

「リヤルが聖都のどこにいるのか、分からない」

「わかります」

そう断言したセンは、訝《いぶか》しむリョウへと確信に満ちた目を向けてくる。

「ドゥンヤの聖都に使節を送ったのは、現地に協力者を作るためでもあります。聖都の皆が、ディナールのやり方を支持しているわけではありません。支持する者と支持しないものが混在し、揺らいでせめぎあいつつ形作られる。それが人の集団です」

毎度のことながら、センの抜け目のなさにリョウは舌を巻いた。

「リヤルの居場所は？」

「巫女《みこ》の執務室です。ディナールがリヤル様を監禁したそうです。これは朗報です」

センの不可解な発言に、リョウは眉《まゆ》をひそめた。

「朗報？　どこが？」

「リヤル様は自らを名ばかりの巫女だと思い込んでいましたが、決してそんなことはないのです。リヤル様が本当に無力であるのなら、ディナールは監禁などしません」

センの言葉は理に適《かな》っている。

一筋の光明が強まったような気がして、リョウは地図をひっくり返し、その背面に聖都の伏した巨塔を描いた。巫女の執務室は伏した巨塔の天辺《てっぺん》、その南の端にある。

思い出せる限りリョウは内部の通路などを詳細に描いた。

「執務室はここだ。この近くに、巫女専用の礼拝所がある。礼拝所には拡声装置がある。巫女の祈りの声を聖都中に伝えられる、とびきり優れモノの古代遺物が」

「リョウ殿。その拡声装置、人の手で運びだせる重さですか？」

「いや。解体しないと部屋から出せないくらい大きい上に、重い。だが、耳が聞こえない者にまで聞こえる一級品だ。使うなら礼拝所にこもる必要がある」

「礼拝所を押さえられれば、リヤル様の声で停戦を聖都中に呼びかけられる……」

マナトが呟《つぶや》き、続けた。

「リヤル様をお救いし、礼拝所に立てこもるのも手です。白兵戦となるでしょうから、輸送に特化した二機を別動隊とし、桜騎士団の白兵がその役目を担ったほうがよいかと。三十五機の本隊を丸々囮《おとり》に使い、ディナールの目とドゥンヤの虫樹を伏した巨塔から逸《そ》らすのです」

マナトの申し出には、訓練に裏打ちされた自信が滲《にじ》んでいる。マナトが率いる桜騎士団には虫使いのほかに、刀剣を用いて切り結ぶ白兵戦に特化した訓練を積んだ者たちが多数在籍している。桜騎士団には虫樹を用いた家屋への突入と白兵戦の心得もあるのだろう。

リョウは頷《うなず》いた。

「伏した巨塔への突入は騎士に任せたい。だが立てこもれば囲まれて、逃げられなくなる危険が増す。リヤルの声に聖都の虫使いたちが従わない場合に備えて、逃げ道が欲しい」

「でもな、リョウ。こちらの虫樹に積んでいる拡声装置じゃ、巫女《みこ》様の声を聖都中に響かせるなんて無理だぞ。戦いの真っ最中はただでさえ騒がしいし、ディナールに大きな音を出されるだけで妨害されちまう。礼拝所の拡声装置を利用しないと、巫女様の肉声を聖都中に届けられない。聖都の虫使いたちが全員、ディナールに従ったままになってしまう」

オボルスの懸念に、リョウは顔をしかめた。

「そいつはまずい。戦いが長引けば被害が増す。リヤルを虫樹で救い出し、ボールコックピットの中から礼拝所の拡声装置を利用できれば、一番いいんだが……」

「そのような都合のよい遺物は手元にありませんし、技術者もいません」

そう言ってマナトが伏した巨塔の図を見ながら下唇を嚙《か》んでいる。

難題だ。マナトが意を決したように口を開いた。

「第一目標はリヤル様の解放と、その肉声による停戦命令の発出。第二目標はベニシダレの撃破とディナールの拘束です。リョウ殿、我らの手勢は少数。戦いが長引けば負けます。巫女様の礼拝所に立てこもるか否かは、勝負所です」

桜騎士団の白兵なら包囲されても突破してみせる、とマナトが言外に滲《にじ》ませた。最高の結果を求めるなら、巫女の礼拝所にある拡声装置の利用は絶対だ。だが白兵全滅のおそれはもちろん、囲まれればリヤルすら助け出せなくなるかもしれない。

悩みどころだ。

リョウはマナトを見た。「桜騎士団の白兵たちに任せてほしい」とその目が言っている。リョウは頷き、「わかった。礼拝所を死守してくれ。ただし、ドゥンヤの虫樹がリヤルの呼びかけに従わなかった時は、すぐ礼拝所から撤退するよう白兵に伝えてくれ」とマナトに頼んだ。

「いずれにせよ、リョウ殿。ディナールが最大の障害です。ベニシダレをお願いします」

マナトに任され、リョウは力強く頷いた。

「やってやるさ」

ディナールの手の内はもう見た。

極めて手強《てごわ》い相手だが、今度は勝負になる。ディナールのリョウへの殺意は激しかった。ソレオレノで聖都に突っ込めば、ディナールは真っ先にリョウを狙ってくる。

ディナールにとっても、ソレオレノの存在は看過できないはずだ。早飯ぐらいの水喰虫であるソレオレノの弱点を突くため、ディナールは一対一に乗ってくるだろう。

あの夜の襲撃の時、リョウが冷静さを欠いたように、ディナールも感情を露《あら》わにしていた。

(ディナールに考える時間を与えないことが、何よりも大切だ)

戦闘継続か退《ひ》くかの判断と同じくらい、リョウの大切な役目がそれだ。

ソレオレノでベニシダレの注意を引き続ければ、状況を冷静に俯瞰《ふかん》する余裕をディナールから奪えるのだ。リョウたちの狙いを見抜かれて対策されてしまう確率を下げられる。

ソレオレノが撃破されない限りディナールはリョウに釘付けとなるだろう。リョウがベニシダレを撃破できれば勝敗が決すると言ってもいい。

リョウの責任は重大だ。

「俺はベニシダレに掛かりっきりになる。マナト、西の団の虫使いたちの指揮も頼む。聖都の北側に集中させて防御陣形をとり、地上でドゥンヤの虫樹を引きつけて欲しい」

「西の団はオボルスに任せた方がよいのでは？」

「オボルスは別働だ。桜騎士団の輸送に特化した二機を護衛し、伏した巨塔へ東南から忍び寄って突入と脱出を援護してもらう。目立たないよう、三機とも赤い装飾植物で偽装してな。助け出したリヤルを乗せるならオボルスの虫樹が最適だ。守りが堅い」

「……たしかに、別動隊は少数が望ましい。防戦の名手がついてくれるなら助かります」

リョウとマナトがそう言うと、オボルスは居心地悪そうに身をよじった。

「俺を買い被《かぶ》り過ぎじゃないか？　二人とも」

「買い被ってない。俺はお前と戦った時、攻めあぐねて冷や汗が止まらなかった」

リョウが明言すると、オボルスは嬉《うれ》しそうに疑義の言葉を呑《の》み込んだ。

マナトがセンへと向き直り、恭しく自らの胸に手を当てた。

「セン様はどうか、騎士の虫樹に乗って防御陣形の真ん中――」

「私はオボルスの虫樹に乗ります」

センの宣言にマナトよりも目を丸くしたのは、オボルスだった。

「セン王女、俺の虫樹に同乗するのは危険です。少数行動ですので」

「……そうでしょうか？　その作戦でなら、あなたの虫樹の操縦席が一番安全ではありませんか？　ドゥンヤの虫樹に紛れて、注意を引かないように行動するのですから」

「たしかに、そう言われると、そうですが……」

あっという間に言いくるめられたオボルスに代わり、マナトが念を押すように進み出た。

「セン様、オボルスの虫樹に同乗なされるのはよいですが、どうかお約束を。決して白兵と一緒に伏した巨塔の内部に踏み込んだりしない、と」

「……そんなこと、約束するまでもありませんよ、マナト」

約束するまでもないと言いながら約束しようとしていない、とリョウには聞き取れた。

マナトもそう聞き取ったようだ。

（いったいセン王女はどこのどいつから、こんなたちの悪い誤魔化《ごまか》し方を学んだんだ……）

リョウは閉口した。

センは言っていた。この手でドゥンヤの巫女《みこ》の手を握らねばならない、と。センは有言実行するつもりのようだ。リヤルと共に礼拝所に立てこもるつもりなのか。たしかにリヤルも見知った顔のセンがいれば、桜騎士団の殺伐とした白兵たちが来ても取り乱さないだろう。

しかしセンが囲まれると、西の団も桜騎士団も退路を断たれたも同然になる。

駄目だとリョウは首を振った。

「セン王女、さすがにそれは困る」

「そうです、セン様。せめてオボルスと共に操縦席にいてください」

リョウとマナトが口々に咎《とが》めるも、センはすいっと視線を逸《そ》らし続けている。

礼拝所に立てこもらずに済む方法を考えないと、まずい。

とてもまずい事態を招く。

センはリヤルの傍《そば》にいくつもりだ。リョウはマナトに耳打ちした。

「どうするマナト？」

「どうって、リョウ殿……セン様は言い出すとあれですから」

「オボルスの補助座席に縛り付けるか？」

「セン様なら引きちぎります。あるいはオボルスを言いくるめて解かせるかもしれません」

ごそごそとマナトと囁《ささや》き合い、リョウは身体《からだ》が火照《ほて》るほど頭を回した。

（なにかないか？　なにか——）

礼拝所に立てこもらずとも、礼拝所の拡声装置だけ使えるようにする、方法。オボルスの虫樹にリヤルを収容し、そのまま遠隔で礼拝所の拡声装置を扱う方法があれば……。

(待てよ、ある……あるぞ)

はっとしてリョウは虚空を見つめた。

方法がある。

というか、いる。

国境城塞《じょうさい》の拡声装置を乗っ取って店の宣伝をした者を、リョウは知っている。

「ポンドだ……！」

リョウは広間から飛び出した。

(たしかイウナンに向かうと言ってた)

慌てて駆け出したリョウの背後から、センの困惑した声が聞こえてきた。

「リョウっ、どこへいくのです!?」

「ポンドって行商人の助けがいるんだ！　礼拝所に立てこもらずに済むかもしれない」

虫樹で飛べばイウナンへ向かうポンドに追いつける。

ソレオレノは発着場だ。発着場へ続く中庭へとリョウが踏み込み、夜空の下で焚《た》き火を囲みながら夜食やコーヒーで一息ついている虫使いや整備士たちの間を横切っていると、ポンドが山盛りの大皿をもって料理を振る舞っているところに出くわした。

リョウはつんのめって、ポンドの前でずっこけた。

「どうだどうだ、このポンド様お手製の焼き飯は！　うまいだろう？」

いい匂いが漂っている。

具材は米とタマネギとピーマンとひき肉か。油とスパイスが香ばしい。トマトとヨーグルトのソースの酸味が効いているのか、虫使いや整備士たちがかっついていたようだ。

ずっこけたリョウに気づき、ポンドが大皿を差し出してきた。

「お、リョウの旦那もどうだい？　食わなきゃ体がもたねぇよ？」

「イウナンに向かったんじゃ？」

「向かってたさ。でもいきなり騒がしくなったから、戻ってきたんだ。そしたらオボルスの旦那が、調理人が腕の骨を折っちまって足りねぇ、っていうからな」

「……行商人じゃなかったのか？」

「このポンド様はな、そんじょそこらの行商人たぁ、扱う品の種類が違うのさ。光る装飾苔《ごり》から嵩張《かさば》る観賞用の古代雑貨まで、この目で見定めたものは何でも仕入れて、良心価格で何でも捌《さば》く。自分の腕だって、売れる時は売るのさ」

自信満々に二の腕を叩《たた》いたポンドへと、リョウは申し出た。

「なら、売ってくれ」

「なにを？」

「基地の拡声装置に割り込んで、店の宣伝を流した腕前を買いたい」

リョウの求めに、ポンドは釈然としていない。

買い手の意図が摑《つか》めずにためらうポンドへ、リョウはぐっと身を寄せた。

「実はな、これからドゥンヤの聖都に殴り込みをかける。ドゥンヤの巫女《みこ》をディナールから解放し、巫女の声を聖都の拡声装置で流したいんだ。ポンド、お前の技が役に立つ」

「じょ、冗談じゃねぇや！」

ポンドは顔を引きつらせ、体を震わせた。

「正気かよ。ドゥンヤの聖都を攻める？　あのディナールを相手に戦うだって？　このポンド様はなぁ、命を賭《か》けて商売するが、命を捨ててまで商売はしねぇって決めてんだ」

「なら、ついてこなくていい。拡声装置に割り込んだ、あの技のタネを教えてくれ」

「いや、しかしだな」

「何でも売るんだろう？　その目で見定めたものは。良心価格で」

リョウが詰め寄ると、ポンドは気圧《けお》されまいとどんと自身の胸を叩いた。

「お、おうよ。俺は一枚舌のポンドだ。だがな――」

尚も首をうんと振らないポンドの説得に、リョウを追いかけてきたセンも加わった。

「お願いします、ポンド。ドゥンヤの巫女様を救い出すためなのです」

「ありゃ、こりゃまた、そんな、王女様が、直々にっ……わ、わかりましたよ！」

手を貸しますよと、身を低くしてポンドは両手を上げた。

リョウもセンもほっと一息ついたが、しかし困ったとポンドは頭をがしがしと掻《か》いている。

「……実はな、リョウの旦那。あれは俺の仕事じゃないんだ」

ポンドの一言に、リョウは凍り付いた。

せっかく希望の糸が見えたというのに、手繰《たぐ》り寄せる間もなく切れてしまいそうだ。リョウは不安に胸を痛めながらも、追及するべく身を乗り出した。

「なら、誰の仕事だ？」

「あの日、城門前で仲良くなった奴にやってもらったことなんだ。なんだか身なりも風体もあんましよくない感じの連中だったが、話してみるとなかなか気のいい奴らで」

余計な話を始めようとするポンドを手で制し、リョウは首を傾げた。

「連中？　そいつら、どんな風体だった？」

「眼帯をしてた。ぼっさぼさの頭で……そういや、イウナンで運びの仕事をしてたら、西の団にスカウトされたとかなんとか言ってたな。旦那の知り合いじゃないのか？」

「……」

リョウはぽかんとした。ふと気配を感じて振り返ると、リョウと同じようにぽかんとした顔のオボルスが立っていた。ポンドの話を聞いたなら、驚いて当然だろう。

イウナンで運びの仕事をしていた、ボサボサ頭の眼帯をつけた虫使い。

ポンドの言う人物に心当たりがある。アブースクードの誘拐犯であり、リョウが西の団に招き入れた虫使いに特徴が合致している。ほぼ間違いない。

リョウはちっとも予想していなかった。こんな身近に、今もっとも困難な問題を解決できるかもしれない者たちがいたとは。人を見定めることの難しさを、まざまざと突き付けられているかのようだ。運命の糸を絡み合わせる神の御業を感じずにはいられない。

オボルスが感嘆している。

「ただの石ころかと思いきや、磨く前に光り出すとはな……」

「人間なんだ。磨かなくたって光るし、磨けばもっと光るさ」

リョウは胸をなでおろしながら言った。

桜騎士団の白兵たちを巫女《みこ》の礼拝所に立てこもらせずに済むかもしれない。リヤルを助け出すこの作戦の勝算を高められる。それがまさか、元誘拐犯のおかげとは。

リョウは眼帯の虫使いを中庭へと呼び寄せ、国境城塞《じょうさい》の拡声装置を乗っ取る方法を見せてもらった。スプレー状とイヤリング状の古代遺物を組み合わせたテクニックらしく、拡声装置にスプレー状の遺物を吹きかけて小さな模様を描くと、イヤリング状の遺物を通じて拡声装置に割り込むことができるようだった。鼓膜に作用するタイプの拡声装置は乗っ取れるようだ。

リョウは眼帯の虫使いに問うた。

「巫女の礼拝所にある拡声装置は、耳の聞こえない者にまで聞こえる一級品なんだが、それもこのやり方で遠隔操作できそうか？」

「できると思います。聖都の拡声装置みたいな一級品じゃありませんが、頭の中に直接声を響かせるタイプの拡声装置を二度、このやり方で操ったことがありますぜ」

「……輸送業の前はなにをやってたんだ？」

「興行師の真似事をして各地を回ってまして、見世物の宣伝をする時にこういう手をちょくちょく。まだいろいろとのんびりとした時代で、その、まあ、それからいろいろとありまして」

眼帯の虫使いはそう言って言葉を濁した。

興行は当たり外れが大きく、博打《ばくち》に近い。危ない連中との関わりも濃厚だ。おそらく他人の金を集めて下手を打ち、行方をくらまして輸送業に転身した、と言ったところか。

「桜騎士団の白兵と一緒に、巫女《みこ》の礼拝所へ踏み込んでくれないか？」

「……リョウの旦那、そいつは、危ない橋なんですよね？」

「ああ。のるかそるかの大博打だ」

リョウが正直にそう言うと、眼帯の虫使いはにやりと笑って頷《うなず》いた。

危ない橋を渡ってくれるらしい。昔の血が騒いだようだ。

それからリョウは桜騎士団と西の団の虫使いたちに作戦を伝え、話し合い、虫使いたちから寄せられたいくつかの懸念を踏まえ、準備に入った。桜騎士団の白兵たちは国境 城塞《じょうさい》の城壁を巨塔に見立て、輸送に特化した虫樹からの降下突入の練習を繰り返していた。

ソレオレノの整備を終え、センに古代の筆でヘナタトゥーを施してもらい、古代の薬液を夜明け前の風に晒《さら》して乾かしていると、なんだかリョウは急に不安になってきた。

もしも、西の団や桜騎士団の奇襲と陽動が上手くいかなかったら。別働するセンとオボルスたちの動きを敵に勘付かれてしまったら。ベニシダレを前に、ソレオレノがまたあっさりとやられてしまったら。桜騎士団の白兵が突入に失敗したら。リヤルが巫女の執務室にいなかったら。巫女の礼拝所の拡声装置を乗っ取ることができなかったら。

引き際を少しでも見誤ると、ドゥンヤの聖都で全滅することになってしまう。

身体《からだ》がなんだか冷たい。

しかも腹が減っている。

こりゃいけないとリョウは中庭の食事場へ行き、焚《た》き火に当たりながら焼き飯を頬張《ほおば》った。

うまい。トマトとヨーグルトのソースが口の中で香ばしい米粒と絡み合い、香辛料で膨らんだ香りが鼻へ抜け、一噛《か》みするたびに頬が幸せで盛り上がる。

ポンドは胡散臭い奴かと思っていたが、なかなか多芸な商人らしい。

リョウはコップの水を飲みほし、くうっと唸《うな》った。岩窟牢《がんくつろう》を出てからというもの、どれほど素晴らしい料理の後だろうと、水の美味《うま》さに唸らない日はない。不安に気分が沈み、困難が目の前に広がっている時ほど、まず腹を満たして喉《のど》を潤すことが大切だ。

腹が減って喉が渇いている時、リョウはろくでもない事しか思いつかなかった。寝ていない時がさらに危ない。自分の体が疲れていることを軽視するのは、まずい。

息を整えてリョウは目を閉じ、焚《た》き火の爆《は》ぜる音を聞きながら仮眠した。


「リョウ、来てくれ！　発見だ」

オボルスに呼ばれてリョウは目を覚ました。

風がやや湿っぽく、夜が白み始めている。

リョウが発着場へと駆けつけると、格納庫からはみ出してずらりと並んだ虫樹の合間に工具ワゴンが並んでいた。整備士たちが虫樹の背中に跨《また》ったり腹に潜り込んだりして点検作業をしている。オボルスが「彼だ、彼が見つけてくれたんだ」と手で示す先、鞘翅《しょうし》パーツの換装をしている虫樹の横に、見知った整備士の顔があった。

瘴気《しょうき》に巻き込まれて骨折した整備士だ。

片腕と片足に添え木と包帯を巻き、杖をつきながら虫樹を点検していたらしい。瘴気発生装置を格納庫に置いてしまったことに責任を感じて、じっとしていられなかったのだろう。

「なにを見つけた？」

「団長。精霊を誑《たぶら》かす針は、虫樹の頭部と胸部の合間を狙うようです」

「確かか？」

「はい。虫樹の損傷個所を調べました。精霊を誑かす針の刺し損じと思われる傷が、どの虫樹も頭部と胸部の合間に集中してるんです。虫樹の神経系を狙ってのものです」

　つまり、虫樹のどこを刺されても精霊を誑かされるわけではないのだ。

　刺す個所を選ばねば、針は効力を発揮しない。それが分かっていれば対応できる。少なくとも、訳も分からない内に虫樹の精霊を誑かされてしまうことはなくなる。

「でかしたっ。お手柄だぞ！」

「いぎっ⁉」

　リョウが勢いに任せて背中を叩《たた》いたせいで、整備士は半べそで悲鳴を上げた。折れた骨に響いたようだ。リョウは慌てて「わ、わるい、すまんっ」と謝った。

「とにかく、よくやった！　オボルス、西の団の虫使いに知らせてやってくれ」

　リョウは指図し、マナトを探した。

　桜騎士団の者たちにも伝えておいたほうがいい。桜騎士団の虫樹の列に目をやると、騎士たちと身振り手振りを交えて話し合うマナトの姿があった。

「マナト、朗報だ！」

　リョウは駆け寄り、手早く伝えた。

　精霊を誑かす針に対抗する手段の一つになると、マナトの目が猛《たけ》っている。

「リョウ殿、一つ、よろしいか？」

「ああ。なんだ？」

「ディナールが針で精霊を誑《たぶら》かす時、ディナールには精霊を誑かした感触が、精霊と通じ合う時のように鮮明に伝わるのでしょうか？　それともそこまで深い手応えがあるわけではなく、相手の精霊を誑かせたかどうかは、相手の虫樹の挙動で判断しているのでしょうか？」

「挙動で判断してるはずだ。十年前、本人の口からそう聞いた」

「十年前と比べて、針にも改良を加えているのでは？」

「いや、それに関しては十年前と同じだ。ベニシダレと対峙した時、ソレオレノがドゥカートの虫樹に組みつかれたろう？　あの直前、ドゥカートの虫樹がソレオレノの斜め後ろに着地した時、ベニシダレは明らかに警戒していた。ドゥカートの虫樹の精霊が誑かされているのかどうか、ディナールが判断できていなかったからだ。ってことは、ディナールは相手の挙動で精霊が誑かされているのか判断している。マナト、お前の虫樹が刺された時もそうだ。ベニシダレは針を刺すなり大きく飛び退《と》《の》いた。反撃を恐れたんだ。針を刺し損じたかどうかは刺した時ではなく、虫樹の挙動で判断しているからこその動きだ」

リョウの答えにマナトは深く頷《うなず》いている。

マナト自身の中で導きかけていた答えに自信を得られたのだろう。

「……そうですね。たしかに、そう考えたほうが理に適《かな》います」

「何か役に立ちそうか？」

「ええ。役に立つかと」

マナトは一計を案じたのか、頼もしい顔つきをしていた。

赤い朝日に照らされる桜騎士団の虫使いたちや白兵は、場数を踏んできた者が多そうだ。発着場でコーヒー片手に談笑していたり、中庭で冷めた揚げ菓子を美味しそうに頬張《ほおば》っていたり、焚《た》き火にあたりながら仮眠していたりと、困難な作戦を前にしても落ち着いている。

だが西の団の虫使いの中には、不安が肩に出てしまっている者がいた。

西の団の虫使いは冒険者出身が多い。盗賊との戦闘経験はあっても、こういった本格的な対人の集団戦に慣れていない者もいる。訓練はしてきたが、やはり実戦とは違う。

普段できていたことでも、上手くできなくなってしまう。それが実戦だ。

リョウは中庭で木製のお盆を受け取り、夜通しの仕事に感謝を述べながら一人一人にカップを配り、香辛料の効いたコーヒーの香りを届けつつ、不安そうな者に声をかけた。

敵虫樹を上手く倒せるかどうか、味方に迷惑をかけないか、自分はちゃんと戦えるのかどうか、コーヒーをちびちび飲みながら彼ら彼女らは不安な胸の内を口にしてくれた。

不安で弱気になる。当然だ。それでいい。相手を舐《な》めてかかるよりずっとマシだ。

「戦いで一番大切なことは、実は敵を倒すことじゃない」

リョウはコーヒー片手に呑気な口ぶりを心掛けた。

「虫樹が動ける状態で、戦う場所にまだいる。それが一番、相手にとって怖いことだ。だから相手をぶっ倒してやるとか余計なことは考えずに、その場に一秒でも長くいろ。その場で倒されることなく機会を狙い続ける虫使いほど、相手にとって恐ろしいものはない」

僚機と共に在り続ける。戦いの極意というのはおそらく、そういう単純なものだ。

「桜騎士団の虫樹の近くで、その動きを真似りゃいいんだ。この作戦なら、それが一番いい」

話し終えてリョウがカップの残りカスを焚《た》き火にひっかけると、話を聞いていた虫使いたちもコーヒーの残りカスを次々と焚き火にひっかけた。

そうする彼ら彼女らの顔に少し余裕が見てとれて、リョウは内心ほっとした。

中庭から発着場へ行くと、虫樹の合間にあった工具ワゴンが綺麗《きれい》に片付けられていた。整備が佳境に入ったのだ。いよいよだとリョウは肩をぐるぐると回した。

見張り塔の旗がはためいている。

朝の風だ。

においが凛《りん》としている。爽快《そうかい》ながらもどこか物悲しさを感じるのは、夜を共にしてくれた夜気が、陽と風に掃《はら》われて石畳の隙間《すきま》やアーチの影へと逃げ込んでいくからだろうか。

センがやってきて、発着場の虫樹を眺めつつリョウの横に並んだ。

「リョウ、砂が熱を帯びる前には出発できそうですね」

「ああ。ディナールはたまげるだろうな」

リョウがあくどい笑みを浮かべると、気遣うようにセンが声を潜《ひそ》めた。

「この作戦の目的はリヤル様に巫女《みこ》の実権を取り戻させ、シャハラザード王都への瘴気《しょうき》攻撃を阻止し、戦乱を回避することにあります。巫女の手にあるべきものを取りもどすのです」

「望むところだ。ベニシダレを叩《たた》き潰《つぶ》してやる」

未だ燻《くすぶ》るリョウの深い殺意を感じ取ったのだろう、センは苦しげに瞑目《めいもく》した。

「リョウ、私はリヤル様と約束したのです。ディナールを止める、と」

「止めるさ。俺が」

「止めるのは、ディナールを救うためです。巫女様はディナールを敬愛しています。リョウ、あなたも分かっているはず。あなたとディナールの確執が、リヤル様を苛《さいな》むと」

センが言葉を慎重に選んでいることは重々承知だが、リョウは頷《うなず》かなかった。

「相手はベニシダレだ。手加減できる相手じゃない」

「手加減しろなどと言っていません。約束して欲しいのです。憎悪に飲まれない、と」

「……したとしても、守れるかどうか分からない約束になる」

リョウは頑なだったが、センも負けず劣らず頑なだった。

「リョウ、冷静さを欠いたあなたでは、ディナールには敵《かな》わない。お父様やフィルスが言っていました。あなたの虫捌《むしさば》きには胸躍らせるような輝きがあった、と。虫使いの本質が敵を叩きのめし、命を奪うことにあるのだとしたら、そんな輝きが宿るはずはない。ユーロと戦った時のことを思い出してください。あなたは自分でどうしようと決めたのですか？」

センにそう問われても、リョウは「今は、とにかくリヤルを助け出すことが先決だ」と答えをはぐらかし、「出発用意！」と声を張り上げてソレオレノの元へ歩み寄った。

その時の気持ちなど、その時になるまでわかるものか。人間などという訳の分からない生き物を動かす心のことなんて、さも分かったような顔をしてどうこう言い切れてたまるか。

ましてや、これは戦いだ。

戦いは勝たねばならない。

整然とした戦いなどない。戦いは常に混乱する。

無秩序になっていく中で、相手よりも秩序を保てた者たちが勝つ。

古代遺跡の探索と同じだ。順調に古代遺物を回収できているうちはいいが、ひとたび古代精霊体に襲われれば人間の築き上げた秩序など小石のように蹴飛《けと》ばされていく。蹴飛ばされて木っ端微塵《みじん》にされるのか、それとも蹴飛ばされてもある程度形を保っていられるのか。

そこが分かれ目だ。

しかも古代精霊体と違って相手は人間だ。

リョウたちが戦いで混乱するのと同じように、ディナールたちも必ず混乱する。

そう考えるだけでリョウは幾分か肩の力を抜けた。

（……よし、いける）

リョウはソレオレノの周りをぐるりと歩きながら、点検した。

頭部にも、胸部にも、腹部にも、脚部にも、背部にも支障はない。ディナールに火だるまにされたが、オボルスによる鎮火が早く、見た目ほどの損害はなかった。

ソレオレノの機体には爛《ただ》れの痕跡《こんせき》が刻まれたままだ。蘇りかけていた新緑の装飾苔《ごけ》が、所々焼け焦げて黒くなっている。機体の維管束や気門に異常はない。雷の翅《はね》も鞘翅《しょうし》によって守られており、無傷だった。ユーロに対して仕掛けたルイアンでの一戦と比べれば、戦うための準備はずっと整っている。だがあの時より、敵はずっと強大だ。

ユーロさえ倒せばよかったあの時とは違う。

リヤルを解放し、ディナールを倒し、南の地の民を味方にせねばならない。

できるのか。

ディナールを前に、自分を抑えられるのか。

不確かなまま、リョウはソレオレノの胸部装甲を開いて操縦席へと腰をおろした。

操縦桿《そうじゅうかん》の新しいグリップの握り心地はいい。操縦桿のアナログスティックやその動き、推力ペダルの感触などもいつもどおりだ。問題なく動く。水筒や携行食、短刀や火打石や針や糸やトラップツールやブランケットといった道具も積み込んである。

ソレオレノの維管束に行き渡る水の音すら頼もしい。

朝霧に包まれた森の香りを胸いっぱいに吸い込んで、リョウはよしっと気合いを入れた。

ボールコックピットの内壁に映る国境城塞《じょうさい》は、出撃準備を整えて湯気を噴かす虫樹で溢《あふ》れている。ひときわ煌《きら》びやかな装飾植物や王冠の如き触角で彩られた虫樹が一機、桜騎士団の中央で漆黒の旗を背に纏《まと》っていた。一目見ただけで貴人が乗っていると、誰もが思うであろう虫樹だ。センがアフラージを携えて目の前にいる、とディナールに錯覚させて陽動の成功率を上げるための囮《おとり》だ。その隣では、輸送に特化した二機の赤い虫樹へと、刀剣や降下用具を携えた白兵たちが素早く乗り込んでいく。その中に、眼帯の虫使いの姿もあった。

西の団の虫樹も、桜騎士団の虫樹も、万全のようだ。

センは発着場を歩き回って虫樹の一機一機へと歩み寄り、虫使いや白兵の一人一人に声をかけている。騎士たちは背筋をぴんと伸ばし、西の団の虫使いたちは照れくさそうだった。センがあのユーロを打ち倒した闘志の持ち主であることを、知らぬ者はいない。困難な戦いを前にしても、センに声をかけられて奮い立たない虫使いは、この場にはいないだろう。

赤い装飾植物で偽装されたオボルスの虫樹へと乗り込むセンこそが、総大将だ。

オボルスの虫樹一機と桜騎士団の輸送用虫樹二機が、この作戦の肝だ。ドゥンヤの聖都の伏した巨塔に取りついて、白兵がリヤルの元まで行き、囲まれる前に離れねばならない。

リョウとマナトが率いる大軍は陽動だ。

この急襲で不意を打たれた相手方は動揺し、陽動に容易《たやす》くかかるだろう。リョウがベニシダレを引きつけ、陽動を見抜きかねないディナールの思考力を削ぐ。

上手くいきそうにないなら、とっとと逃げる。

まったくもって、とんでもない大博打《ばくち》だ。今日の夜、自分が祝杯をあげているのか、生きてすらいないのか、これっぽっちもわからない。リョウは背がぞくぞくとした。

操縦桿《そうじゆうかん》を持つ手が震えている。

自分がびびっている。リョウは大人しく認めた。上出来だ。なにせまだ、しょんべんは漏らしていない。しょんべんさえ漏らさなければ、これは武者震いだ。たとえ漏らしたとしても、漏らす量がちょびっとならば武者震いと言い張れる。世の中、そういうものだ。

そう思うと、リョウの手の震えは止まった。

リョウは伝声装置を通してオボルスの虫樹に呼びかけた。

「セン王女、命令を」

「ドゥンヤの聖都へ。巫女《みこ》様と、我らの未来のために……出発！」

オボルスの虫樹からセンの声が響くや否や、虫樹の羽音で国境城塞《じようさい》が満たされた。

さながら、総大将の決意に応じる鬨の声だ。

蒸気噴流の白煙が発着場を真っ白に染め、砂埃《すなぼこり》を蹴散《けち》らして、整備士や調理人や見張り塔の衛兵に見送られながら、次々と大空を目指して尾を引いた。リョウがふと横手に目を走らせると、西の山際を固める多脚要塞《ようさい》からも、続々と出撃する虫樹の姿が見えた。

空中で寄り集まり、渡り鳥のように編隊を組むのは三十七機だ。

ルイアンの決戦の時は、たった六機だった。

それが、今やセンの元に三十七機もの虫樹と虫使いが集っている。

やれる。リョウは昂《たかぶ》った。ディナールが相手でも、三倍の敵虫樹がいても、勝負になる。

進路は南西だ。

西の地の大編隊は追い風をつかまえて飛び、国境の緩衝地帯を越えて南の地へ踏み入ると、リョウは背筋がぞくぞくとした。眼下に見えるのは何の変哲もない、砂と岩だ。地図の上で人間が勝手に引いた境目でしかないが、引き際を見誤れば命を失う境目だ。

リョウが岩肌を隠《かく》れ蓑《みの》にしながら高度を低くすると、後続の虫樹もそれに倣った。

ドゥンヤの聖都まで目立つわけにはいかない。

砦《とりで》や集落の目につかないよう人里のないルートを進んでゆき、目印となる特徴的な岩山を見つけると、その麓《ふもと》にセンがアフラージを使って溜池を生み出していった。

給水地点だ。

尻尾をまいて逃げる時は重要になる。

見上げるほど巨大な風穴をくぐり抜け、涸《か》れ川の渓谷や峡谷の深い底をなぞるように飛びつづけ、ぱっくりと二つに割れた岩山の裂け目を抜けてほどなく、もうすぐ聖都だとリョウが編隊に伝えた。すると、オボルスの虫樹と輸送に特化した騎士の虫樹が編隊から離れていく。

リョウが編隊を率いてさらに進むと、開けた荒れ地の向こうに豊かな緑が見えた。

砂原の上にある舗装路が真っすぐに市街の緑へと伸びている。

東西七キロを超えて広がる巨大な円形の都市だ。真ん中にひと際大きな塔が伏している。倒れ伏していてなお、高さが二百メートルを超える巨大な塔だ。

リョウの胸に湧《わ》いた得体のしれない感覚が、懐かしさなのかすらわからない。

（ドゥンヤの聖都だ……）

リョウは不気味さを感じた。

もう聖都の北の大門は目と鼻の先だ。リョウたちの接近を受けて聖都から警報が聞こえてくるというのに、カンナギ第一防衛団と思《おぼ》しき虫樹が一機たりとも姿を見せていない。リョウたちが不意を打てているからなのか、それともディナールに誘い込まれているからなのか。

リョウは聖都の城壁と北の大門を飛び越した。

虫樹が何機もすれ違える大通りによって整然と区割りされた中を、くねくねとした細い街路が立体的に錯綜《さくそう》している。細い街路は高低差のある家屋の密集地だ。大きな区画ごとに一つほどの割合で建てられているのは、学校を兼ねた礼拝堂だ。二十メートルほどの尖塔《せんとう》が礼拝堂を挟むように立ち、礼拝堂を中心にして市場や隊商宿、公衆浴場の屋根などが見える。これは、市場や宿や公衆浴場の賃料などで、礼拝堂の運営費を捻出しているからこその景色だ。

大きな垂直軸風車や給水塔が点在し、伏した巨塔の傍《そば》には森すらあった。

伏した巨塔の外壁をくり抜いて作られた集団礼拝堂も遠くに見える。集団礼拝堂前の広場を彩る七つの尖塔や、尖塔の壁面に描かれた動く絵も変わらずにある。

西の地の大編隊は交戦を目前に、四機一組の八つの小編隊へと別れ始めていた。

「マナト、西の団を頼む！」

リョウはソレオレノの蒸気噴流を噴かし、編隊から突出して高度を稼いだ。

抜け駆けではない。事前の打ち合わせ通りだ。

（さあ、こいよディナールっ）

リョウは真っ先に雷の翅《はね》を用いて、激しい閃光《せんこう》をまき散らした。

ディナールはリョウを最も警戒しているはずだ。

ソレオレノを真っ先に潰《つぶ》しにくる。

だからこそ、リョウは位置を教えた。雷の翅の猛烈な閃光はディナールへの撒《ま》き餌だ。リョウの後ろに控える西の団と桜騎士団の編隊もすべて、囮《おとり》なのだ。

リョウが伏した巨塔へ迫ろうとすると、巨塔の壁面がちかと赤く光った。

雀蜂《すずめばち》型の虫樹だ。赤い。蒸気噴流に加えて火の粉をしぶかせる右前脚を噴射し、重力を忘れた流星のように飛び上がり、くるりと舞うようにして空中で静止した。その制動のかけ方の鮮やかで美しいこと。虫使いの飛び抜けた技量がひしひしとリョウに伝わってくる。

ディナールだ。

ベニシダレがソレオレノの進路を塞《ふさ》ぐように滞空していた。ベニシダレに続くように、伏した巨塔から赤々とした虫樹の軍勢がわらわらと飛び立っている。

「愚かね、ドゥンヤの聖都に攻め込んでくるなんて」

ベニシダレからディナールの声が響いた。

ベニシダレの一つ目が西の地の大編隊中央へと注がれていた。ひときわ煌《きら》びやかに装飾植物や王冠の如き触角で彩られた一機の虫樹が、編隊中央にいるのだ。漆黒の旗をひるがえすその虫樹は桜騎士団の虫樹に囲まれ、誰が見ても貴き身分の者が乗っているように見えた。センがアフラージを携えて目の前にいる、ディナールがそう思い込んでくれれば上出来だ。

「ここで王女の軍勢を打ち砕けば、西の地は烏合《うごう》の衆となろう。東の地を滅ぼしたあとは、西の地の教化はたやすいこと。こうしてわざわざ聖都にやってきてくれるなんて、お礼を言わなければならないわね、シャハラザードの王女様」

ディナールが歪《ゆが》んだ感謝を口にするなり、聖都の建物という建物から、赤く光る糸がしゅっとのび上がった。瞬く間もない。赤く光る無数の糸は、西の団や桜騎士団はもちろん、聖都を守るドゥンヤの虫樹たち、さらにはディナールの操るベニシダレにすら無差別に結びついた。ソレオレノやベニシダレの後脚と地表が、赤い糸にとって繋《つな》がれているかのようだ。

リョウは背中がぞわぞわとした。

（なんだ、この糸は？）

リョウは雷の翅から鱗粉《りんぷん》を放ち、赤い糸へと雷撃を見舞った。

雷撃で千切れはするものの、赤い糸はすぐに結び直されてしまう。ソレオレノの脚で糸を手繰《たぐ》り寄せようとしても空振りし、糸に触れている感触がない。物質的な糸とは違う。光に近い性質のものか。これはいったい、なんなのか。

なんの古代遺物による、なんのための赤い糸なのか。

ソレオレノの身動きは、なに不自由ない。

上昇も下降も横回転もできる。どんな動きをしても、赤い光の糸は絡んだりしていない。

そもそもこの赤い糸は西の団や桜騎士団の虫樹にだけではなく、ベニシダレやドゥンヤの虫樹にも絡みついている。どういった代物なのか。なんの効果があるのか。

リョウが警戒を深めると、ソレオレノの伝声装置に緊迫した声が走った。

「こちらドゥカートっ。団長、まずい！」

西の団の最後尾で退路の確保に動いていた虫使いからだ。

「どうした？」

「大門から外に出られない！　この赤い光の糸、大門に近づくと鎖みたいになりやがる！　くそっ、後脚を切り離したら糸が腹板にっ――」

その報告は氷の刃よりも冷たくリョウの心臓を刺した。

リョウの僚機たちはもちろん、ソレオレノの機体と大地を結ぶこの赤い糸はおそらく――。

(聖都の外に出られなくするためのものか！)

切っても切れず、ドゥンヤの聖都に縛り続ける赤い糸。こんなもの、リョウは見たこともなければ聞いたこともない。どのように扱っているのかも定かではない。

今、確かなことは一つ。退路が断たれてしまったということだ。

リョウたちの大切な選択肢の一つを、ディナールによってものの見事に潰《つぶ》されてしまった。

雌雄を決するしかない。

リョウはベニシダレを睨《にら》みつけた。

第三章

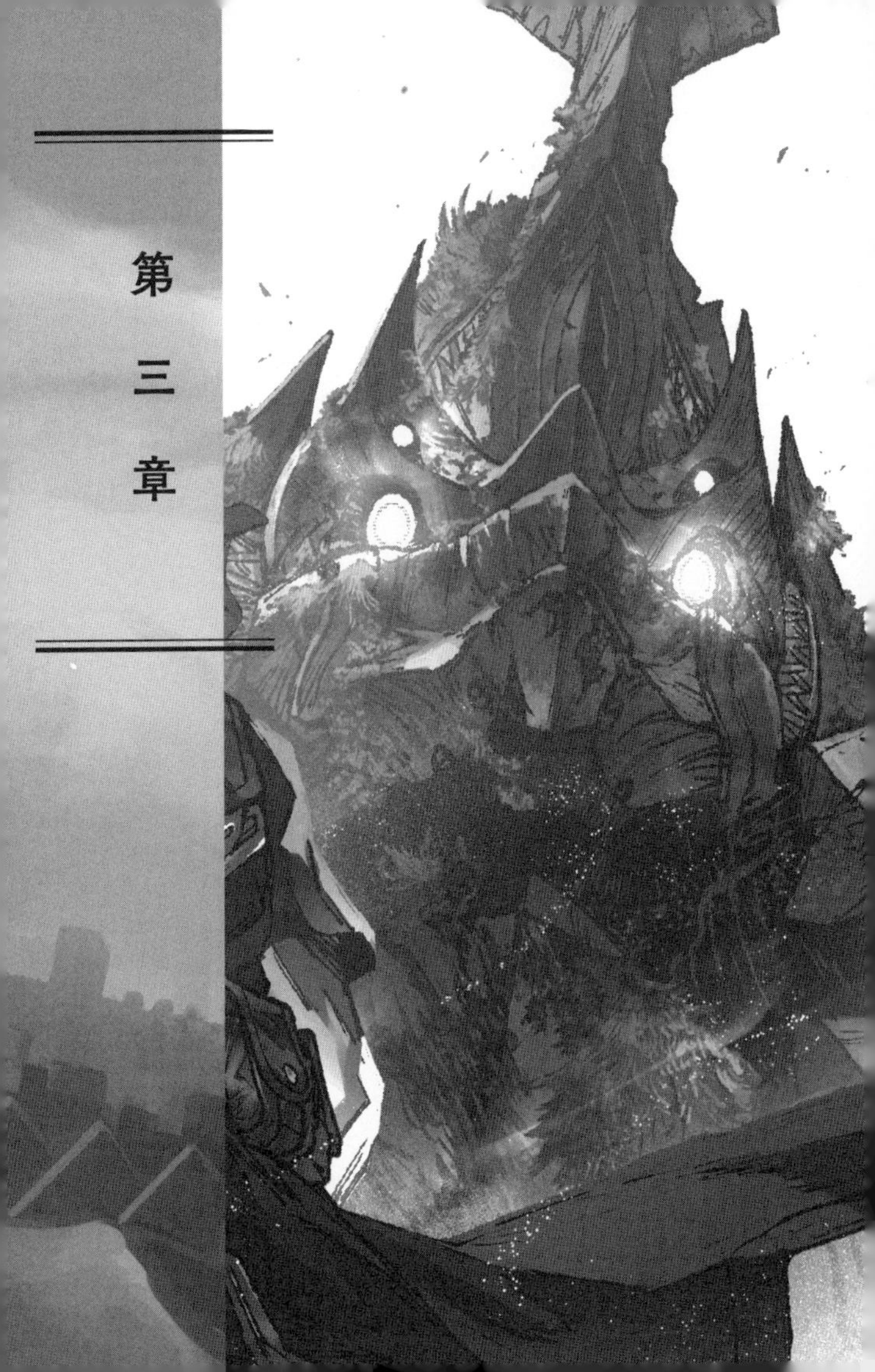

1

「その赤い糸は、聖都と虫樹を結び付けるもの。決して切れない」

ベニシダレから聞こえてきた声に、リョウは口を引き結んだ。

「リョウ。もう、どこへも行かせない」

ベニシダレは前脚を大きく広げ、ソレオレノの前を塞《ふさ》いでいた。

「ああ、待ち遠しい。これで、シャハラザードの軍勢をこの聖都で一掃できる。素晴らしい。素晴らしいわ、リヤル。ドゥンヤの古文書を紐《ひも》解《と》きあなたが見つけてくれた古代遺跡は、本当に素晴らしい遺物であふれていた。やはりあなたは私以上――」

ディナールはそう言いかけて、心底嬉《うれ》しそうに言い直した。

「いいえ、あのエン王にすら引けを取らぬ古文書解読の才を持っているわ」

ディナールの言葉に、リョウは胸がむかむかした。

かつて古文書解読の才を「大陸中の民を豊かにするため」に発揮していたエン王と同じく、リヤルもまたそのために才を発揮していたはずだ。ディナールはそんなリヤルの功績を「破壊と殺戮《さつりく》」のために使おうとしているのだ。

巫女《みこ》であるリヤルの苦しみは、どれほどのものか。

リョウは力んではいけないと分かっていても、操縦桿《そうじゅうかん》を握る手に否応なく力がこもった。

伏した巨塔へと進む西の団と桜騎士団の虫樹が、ドゥンヤの虫樹の軍勢と空中でぶつかり、騒々しい空中戦へと発展している。その様子を眼下に、ベニシダレは泰然としていた。

「狙いは巫女様か……」

そう言うベニシダレの一つ目は、ソレオレノを見据えたままだ。西の団や桜騎士団の虫樹はすべて、ドゥンヤの虫樹で塞ぎ止めて包囲できるとディナールは踏んでいるのだろう。

ディナールの注意を引けている。

リョウはひゅっと息を細く短く吐き、身体《からだ》の力みを和《やわ》らげた。

リョウがソレオレノの操縦桿を柔らかく握り直すと、ベニシダレが火の粉を噴いた。

「まったく度し難いわね、シャハラザードの王女は。巫女様の力を弄《もてあそ》ぼうとするとは！」

「弄んでいるのはどっちだ！」

「シャハラザードの王女め……どこまで巫女様をたぶらかし、苦しめるつもりか！」

「ドゥンヤの巫女が苦しんでるのは、てめぇのせいだろうが！」

冷静さが大事だと頭で分かっていても、身体の芯《しん》から迸《ほとばし》る熱さにリョウはかっとなった。

ディナールの言動がことごとくリョウの神経を逆撫《さかな》でしてくる。

リョウはソレオレノの蒸気噴流を唸《うな》らせ、ベニシダレへと突っ込んだ。

「仕えるべき巫女をないがしろにして、それでも民の守り手か！」

「薄汚く吠えるなっ、シャハラザードの犬め！」

おどろおどろしい怒声を放つベニシダレと、リョウは空中で真っ向から打ちあった。

ソレオレノの角でベニシダレの腹部を貫こうとするも、ディナールの薙《な》ぐような脚捌《あしさば》きで突きを逸《そ》らされてしまった。逸らされたその瞬間だ。ベニシダレが火の粉を噴き上げる右前脚から爆風の槍《やり》を放ち、避けきれなかったソレオレノの顎《あご》に掠《かす》らせた。

掠っただけとは思えない衝撃が、リョウの握る操縦桿《そうじゆうかん》を震わせた。

くらりときたリョウはソレオレノの自由落下に歯止めがかけられず、地面すれすれで機首を立て直すと、聖都の大通りの舗装を削りながら着地した。

ががっとくる細かい震動がリョウの肢体と視界を揺すり、ソレオレノが地を摑《つか》んで制止した途端だ。ソレオレノの角先へ、赤々とした火球がころころと転がってきた。

火球からバチバチと火花が散り始めている。

リョウが角を地面に差し込み、えぐり上げるように舗装ごと火球を空高く放り投げると、ソレオレノの真上で赤々と火球が弾け、おびただしい炎が渦を巻いて搔《か》き消えた。

油断も隙《すき》もあったものではない。

リョウは肝を冷やした。

ベニシダレが強者の風格を纏《まと》い、上体を起こしたまま腹部の先端を切っ先のようにリョウへ向けつつ、二本の後脚を伸ばして悠然と降り立とうとしている。

ベニシダレが降りたつや否や、その横手の路地から街路樹をへし折って猛然とマナトの虫樹が突っ込んだ。マナトの虫樹が大顎《おおあご》を開いてベニシダレのくびれを狙うも、ディナールは焦りもせずに大顎を両前脚で受け止め、マナトの低い突進の勢いを霧散させてしまった。

リョウも息を合わせて突っ込んでいたが、ベニシダレがくるりと自転したかと思うと、マナトの虫樹がソレオレノ目掛けて投げ飛ばされてきた。

リョウは辛くもマナトの虫樹を抱き留めたが、その勢いまでは抑えられない。

衝撃と共にソレオレノは無様に転がった。

ふらつきを堪《こら》えてリョウが慌ててソレオレノを立ち上がらせると、マナトの虫樹がゆらりとしていた。挙動が変だ。マナトの虫捌《むしさば》きにしては、その虫樹に精彩さがない。

悪い予感が掻き立てられ、リョウは喉《のど》を鳴らした。

(まさか……ベニシダレと組み合った、あの一瞬で？)

マナトの虫樹はまたもやベニシダレの針の餌食《えじき》にされてしまったようだ。起き上がったマナトの虫樹が大顎を開いて、威嚇《いかく》するようにリョウの前に立ち塞《ふさ》がった。

とてもまずい状況だ。

リョウは顎の先から冷や汗がしたたり落ちた。

直立するベニシダレは腹部の先から精霊を誑《たぶら》かす針を覗かせている。

「シャハラザードの騎士は学ばないようね？」

ディナールは呆れたとでも言うように、マナトの虫樹を盾にしてソレオレノへとにじり寄ってくる。二対一だ。一対一でもどうかという相手、それがベニシダレだというのに。

どうすればいいのか。

国境城塞《じょうさい》での悪夢の一戦が、リョウの脳裏をよぎった。

その途端、マナトの虫樹が振り向きざまに大顎《おおあご》を鳴らして閉じた。マナトの虫樹の大顎の一撃を避けきれず、ベニシダレの精霊を誑《たぶら》かす針がへし折れてしまっている。

マナトの奇襲だ。

マナトはどうやら、ベニシダレの針を寸でのところで逸《そ》らし、精霊を誑かされたフリをしていたのだろう。騎士らしからぬ戦いぶりだが、ディナールすら欺いてみせたのだ。

リョウはマナトの鮮やかな手並みに舌を巻いた。

「学び方が違うことを見抜けず、学んでいないと決めつけるとそうなる」

マナトは捨て台詞を残すと、自軍の加勢へと向かった。マナトはベニシダレの腹の水袋を裂くことができず不満そうだったが、精霊を誑かす針をへし折っただけでも大手柄だ。

敵陣営に与える影響が強い。

「おのれっ……」

ディナールが苛立《いらだ》ちの声を漏らした。

いい気味だとリョウは猛《たけ》った。ベニシダレの力が半減したにも等しい。

マナトの大手柄は、ベニシダレ撃破への弾みになる。

（畳みかけてやる！）

リョウは勢いに乗ろうとベニシダレの腹部を狙った。ソレオレノの角先を躍らせて三度四度と息もつかせぬ突きを放つも、ベニシダレの前脚で柔らかく捌《さば》かれてしまった。街路樹を両断するのが関の山で、ソレオレノの角がベニシダレの腹部を掠《かす》めることすらない。幽霊相手に殴りかかっているのかと思うほど、リョウの握る操縦桿《そうじゅうかん》に手応えがなかった。

ベニシダレの体裁きが紙一重であるからだろう。

（打撃の芯《しん》がことごとく外される……）

リョウは荒々しく鼻を鳴らした。

ベニシダレの力が落ちようとも、ディナールの虫捌きは健在だ。

精霊を誑かす針をへし折ったとしても、ディナールの軍勢はまだ多い。リョウたちを聖都に繋《つな》ぎ止める赤い糸も残ったままだ。オボルスとセンがリヤルを救い出すまで聖都の虫使いたちの注意を引き続けるしかなく、リョウたちの劣勢は変わっていない。退路を断たれている西の団や桜騎士団の虫使いたちも、多勢に無勢ではいずれ力尽きてしまう。

そうなる前に劣勢を覆さねばならない。

（こいつさえ仕留めりゃ、かたがつくんだ）

リョウは目をぎらつかせた。

ベニシダレの撃破はリヤルの救出に次ぐほど、戦況を一変させるものだ。

戦いの流れを変えたい。

リョウはさらにソレオレノで打ち込んだが、ベニシダレが上空へと跳び上がり、ソレオレノの突きは赤い装飾植物を散らすのみだった。すかさずリョウも跳び上がったが、空中で反転したベニシダレの後脚の爪先《つまさき》が目と鼻の先に待ち構えていた。

ベニシダレの飛び蹴りを食らい、リョウは大通りへと叩《たた》き落とされた。

ソレオレノの脚捌《あしさば》きで受け身を取るのが精いっぱいだ。息が詰まるほどの衝撃が操縦席を下からつきあげ、脚部関節の悲鳴がへし折れた街路樹の転がる音と交じりあう。大通り中央の街路樹が着地の衝撃を和《やわ》らげてくれてなお、鈍痛にリョウは歯を食いしばった。

大通りのど真ん中でリョウは這《は》いつくばるしかない。

公衆浴場の高い煙突にふわりと降りたったベニシダレが静かに見下してくる。

歯が立たない。

(……まずい……)

リョウには聞こえていた。戦いの喧騒《けんそう》が北の大門へと移動しつつある。

西の団も桜騎士団も徐々に押されつつあるのだ。

だがドゥンヤの虫樹の猛攻を受けても、未だに結束を崩されてはいない。赤い糸によって逃げ道を封じられてしまった、そのおかげでもあるのだろう。

精霊を誑《たぶら》かされる虫樹も極めて少ないようだ。

マナトの指揮によって西の地の虫樹は北の大門まで後退し、地上では聖都の分厚い城壁を背にして防御陣形を組み、空中では防御円陣を描いて時間を稼いでいる。ディナールが「囲んで捻《ひね》り潰《つぶ》せ！」と声を張り上げているが、西の団も桜騎士団もよく堪《こら》えていた。

ドゥンヤの虫樹はいずれも攻撃に熱心で、伏した巨塔への注意が疎かなようだ。

まだ起死回生の機会は残っている。

ディナールの注意を引き続けねば、その起死回生の機会すら潰されてしまう。

リョウはへし折れた街路樹の切り株をソレオレノの角で掬《すく》い上げ、土塊ごとベニシダレ目掛けてぶん投げた。ベニシダレから火の粉がぱっと噴き上がったのが見えると、放り投げた切り株が土塊もろとも木っ端微塵《みじん》に爆散してしまった。

リョウの投擲《とうてき》は防がれたようだ。

爆発の煙が煙突の上半分を覆い、ベニシダレの姿が見えない。

煙突を覆う煙が地面へ向かってひゅっと伸びたかと思うと、高い煙突の上にいたはずのベニシダレが地上を駆け、ソレオレノへと真っすぐに迫ってきていた。

至近距離での打ち合いになる。

リョウがそう身構えるなり、ベニシダレはひたと動きを止めて右前脚を突きだした。

火の粉が猛然と噴き上がっている。ベニシダレの右前脚から火炎が放射され、リョウの視界を覆いつくさんとした。目や肌が炙《あぶ》られるかのような放射だ。

リョウは操縦桿《そうじゆうかん》の引き金を引き、ソレオレノの角先から放水して火炎を押し留めた。リョウが放水をさらに強めて火炎を押し戻そうとした途端だ。

両脇からきらきらと橙色に光る粉塵《ふんじん》が漂ってきた。

ぱっと見は綺麗《きれい》な粉塵だが、ディナールが悪意のないものを使ってくるはずはない。

(こいつはやばいっ)

リョウが血相を変えてソレオレノの気門という気門から水を霧状に噴霧すると、橙色に光る粉塵が爆《は》ぜて紅蓮の火をソレオレノへと浴びせかけてきた。

派手な火炎放射への対処にリョウが気を取られてソレオレノを水のベールで覆っていなければ、あっというまに火だるまにされていたことだろう。

ソレオレノを焼き損ねた火は、大通りの舗装でじゅうじゅうと音を立てている。

リョウは目を怒らせた。

(――ったく)

油断も隙《すき》も無い。

ディナールの繰り出す攻めは多種多様だ。リョウが交差点までソレオレノを後退させるほんの十秒ほどの間に、火の粉の尾を引いたベニシダレの蹴り技が次々と飛んできた。

ベニシダレの爪先《つまさき》がソレオレノを掠《かす》めるたび、鋭い破裂音がする。

鞭《むち》と同じだ。足先が音速を超えている。

ベニシダレの頭部が僅《わず》かに低くなり、火の粉をしぶかせる右前脚がちかっと光ったかと思うと、ソレオレノの胸部装甲に異音が走りリョウは吹っ飛ばされていた。火の粉をしぶかせる右前脚の爆発力を回転力へと変化させた、ベニシダレの後ろ回し蹴りだ。ソレオレノの胸部装甲を彩っていた装飾苔《ごけ》が散り、大通りの上にぱらぱらと落ちている。リョウがとっさに動いて胸部装甲で受けていなければ、頭部と胸部の境目に蹴りが突き刺さっていたことだろう。

ソレオレノの頭部が刈り取られていたかもしれない一撃だ。

そんな一撃が、さらに二度三度とリョウを追い詰めた。

一秒を十秒と錯角させる圧迫感だ。

ベニシダレの猛攻は赤々として容赦がなかった。

ディナールの虫捌《むしさば》きは風のように流麗だが、その攻撃を受けるリョウには暴風に等しい。ディナールを倒すと意気込んだものの、リョウは辛くも防ぎ切るので手一杯だった。

(まだかっ、セン……リヤルの声は、まだなのか……)

ベニシダレの放つ爆風の槍《やり》がソレオレノの脇腹を掠め、リョウは願った。

手負いの獣ほど恐ろしい。

針を折られたベニシダレを前に、リョウはそう痛感した。

(間合いを外さねぇとっ)

ディナールの勢いを止めるべく、リョウは雷の翅《はね》から鱗粉《りんぷん》を放った。そのまま大きく飛《と》び退《の》いて、ベニシダレの連撃を阻害し、リョウの息を整え、仕切り直したかった。

リョウの誤算は、ディナールが雷の鱗粉を突っ切ってきたことだ。

雷撃を放てばリョウも自滅しかねない。そんな絶妙の間合いをディナールに見切られ、ソレオレノを飛び退かせる前に、ベニシダレにするりと間合いを詰められた。

それは振りかぶるような打撃ではなかった。ベニシダレは蒸気噴流を吹かしてすらいなかった。歩くような速さで近づいたまま、ぽんっと放たれた左前脚の軽やかな突きだ。嫌な予感がしてリョウは避けようとしたが、ソレオレノの頭部装甲を盾にするのがやっとだった。

「――ぐっ⁉」

リョウは呻《うめ》いた。

呻きながらも、大きく飛び退いて間合いを外した。

虫樹に宿る精霊との繋《つな》がりは、不愉快な感覚をも余すところなくリョウに伝えてくる。ソレオレノの頭部装甲で打撃を受けたのに、ソレオレノの内部を突き抜けている。極めて不快なこの感触は、ベニシダレの繰り出した打撃の衝撃がソレオレノの尻側が痛い。ベニシダレの突きの放ち方の不自然な軽やかさと、ベニシダレの繰り出す打撃の質の高さを物語っていた。ベニシダレの突きの放ち方の不自然な軽やかさと、繰り出される打撃の重さがまったく釣り合っていない。

これは『技』だ。

間合いの詰め方もそうだった。先ほどまでの嵐のような猛攻と打って変わって、ゆったりとしたものだった。ゆったりしているのに、リョウは避けられずに打撃を受けてしまった。一秒を十秒に感じさせたかと思えば、一秒をコンマ数秒に感じさせる。

才覚と修練によってディナールが潰《つぶ》してきた血豆の数は、どれほどのものか。

リョウの本能ががなり立てている。こういう打撃を操る虫使いと争ってはいけない、と。リョウは本能に蓋《ふた》をして、ソレオレノの角の切っ先を構えなおした。

(オボルス、まだかっ……)

リョウは伏した巨塔へ向けてまた願った。

切実なその願いが、ソレオレノの仕草にほんの少し出てしまったのだろう。ベニシダレの一つ目が、リョウの心を見透かすようにぎらついた。

「リョウ……何を狙っている?」

ベニシダレから発せられた一声に、リョウの心臓が痛いほど縮んだ。

ディナールが疑念を抱いている。疑念を抱けば思考し、ディナールの思考は瞬く間に、リョウたちの目論見《もくろみ》へとたどり着くに決まっている。

リョウたちが隠し続けている唯一の切り札が、ディナールによって暴かれてしまう。

(させるかっ!)

リョウはソレオレノで突っ込んだが、ベニシダレは打ちあわずにひらりと飛び退いた。リョウはなおもディナールに食らいつこうとしたが、給水塔へと飛び乗ったベニシダレに可燃性の粉塵《ふんじん》をマキビシのようにばら撒《ま》かれ、間合いを詰め切れなかった。

ベニシダレが周囲を見回している。

「……戦いが長引くほど不利だと分かり切っていながら、なぜ……なぜこれほどしぶとい？　なぜ崩れない？　シャフリヤールの虫使いどもの、この粘り強さはいったい……」

ディナールが独《ひと》り言《ご》ちた。

防戦一方になりながらもしぶとく耐え続けている桜騎士団と西の団の戦い方に、ディナールは抱いた疑念を深めたのだろう。これほど不利な状況下にありながら結束と秩序を保たせるものは一つ、希望だ。この状況をひっくり返す一手があるからこそだ。

それが何なのか、ディナールは思い至ったらしい。

リョウの不手際だ。ベニシダレへの圧力の掛け方が足りなかった。

ディナールに思考する余裕を与えてしまった。

(まずい)

リョウの嫌な予感を裏付けるように、ベニシダレから大音響が響いた。

「――ハララっ、巨塔に手勢を割け！」

ベニシダレの一つ目が伏した巨塔の天辺《てっぺん》を見つめている。

伏した巨塔の天辺に、赤い装飾植物を纏《まと》った三機の虫樹が取りついていた。オボルスの虫樹と輸送に特化した桜騎士団の虫樹だ。ディナールは気づいたのだろう。

　ベニシダレが給水塔の天辺から跳躍し、猛然と蒸気噴流を噴き上げた。

「巫女《みこ》様に近づくな、汚れし不信心者ども！」

　水平に飛ぶベニシダレの蒸気噴流の白い尾を、リョウは手繰《たぐ》り寄せるように猛追した。

　伏した巨塔の壁面がみるみる迫ってくる。

　ベニシダレが翼を広げて減速する、そのがら空きの背中こそが狙い目だ。ディナールの矢のような直線的な動きは、追うリョウにとって予測しやすかった。

　ベニシダレが伏した巨塔にたどり着いた途端、リョウはその背中へとのし掛かり、伏した巨塔の壁面へとベニシダレを押し込んだ。激突したといった方がいいかもしれない。壁面に放射状のヒビが走り、濛々《もうもう》とした埃《ほこり》の雲から、剝離《はくり》した破片が雨のように落ちた。

　リョウはがむしゃらだった。

　ディナールを伏した巨塔の天辺へ近づけるわけにはいかない。

　いかにオボルスが防戦の名手と言えど、ベニシダレ相手では蹴散《けち》らされてしまう。リヤルの救出とその肉声による停戦の呼びかけこそが唯一の希望なのだ。その希望が潰《つい》えれば、北の大門で懸命に防戦している西の団や桜騎士団の虫使いたちは総崩れになる。

　総崩れにさせて、なるものか。

「いかせねぇぞ、ディナール！」

リョウは壁面を利用してベニシダレを取り押さえようとしたが、あっという間もない。ベニシダレが素早く身じろぎしたかと思うと、その背中がソレオレノの胸部装甲をぐんっと突き上げた。ベニシダレの関節という関節を連動させ、力を集約させた巧みな虫捌《むしさば》きだ。ソレオレノの角と右前脚がベニシダレの両前脚によって摑《つか》まれていることに気付いた時には、もう遅い。リョウの視界がひっくり返り、背負い投げられてしまっていた。激突しつつもリョウはとっさに壁面に張り付き、ソレオレノでベニシダレの行く手を塞《ふさ》いだ。

ほぼ垂直の壁面での攻防ゆえか、ベニシダレの投げ技に必殺の威力はない。必殺の威力こそないが、投げ叩《たた》きつけられた衝撃はリョウの骨身に沁《し》みた。

ベニシダレもまた壁面に張り付いたまま、一つ目から怒気を放っている。

この戦いで初めてだろうか。リョウはディナールよりも高い位置を取っていた。

戦いはより高い位置にいる者が有利だ。

リョウが目を走らせると、伏した巨塔の天辺《てっぺん》から真っ青な信号煙がしゅるしゅると空に昇っている。リヤルの確保に成功した合図だ。オボルスの虫樹が上げた信号煙か。

オボルスの虫樹にはセンも乗っている。

突入は無事に済んだようだ。礼拝所の拡声装置への細工は、どうか。

上手くいっていれば、もう聞こえてきてもいいはずだ。

（……早くっ、早くしてくれ……）

リョウは待った。

気が気ではなかった。数秒のはずが無限にすら感じられた。

すると、リョウの頭の中に懐かしい感覚が響いた。

声だ。話し声が聞こえてくる。

間違いない。巫女《みこ》の礼拝所にある、耳の聞こえない者にまで聞こえる拡声装置による声だ。

「リヤル様っ」

「セン様！」

センとリヤルが互いに呼び合う声だった。

「さあ、これをっ。あなたの声を、聖都のみなに」

「みな、戦いを止めなさい！」

リヤルの声がリョウの頭の中に響いた。

「西の地の虫使いたちは、私が招いたのです。私の客人です。聖都を守る虫使いたちよ、聖典を思い出して。客人はもてなすもの。打ちのめすものではありません」

リヤルの呼びかけは胸に迫るものだった。

「赤い糸を操る者たちよ、どうかもう、自らの命を削らないで。その赤い糸は、あなたたちの血。血を流さないで！　あなたたちの血は私の血ですっ」

リヤルの必死の懇願に、リョウは唖然《あぜん》として赤い糸を見た。

赤く光る糸を操る古代遺物は、命を削るものだとリヤルが言っている。単なる水で動くものではないのだろう。リヤルの言葉通り、人の生き血を大量に吸うことでその効力を発揮する異質な古代遺物なのか。信者たちの自己犠牲なしには発動できないものなのだ。

（なんてものを、ディナール……）

リョウはソレオレノの角を震わせ、ベニシダレを睨《にら》みつけた。

ベニシダレが肩を怒らせ、赤い装飾植物を逆立てている。

巫女《みこ》であるリヤルの呼びかけと、ディナールの命令は相反するものだ。聖都を守る虫使いたちは混乱しているようだ。北の大門付近でも、マナトたちへの攻勢が緩んでいる。

聖都の虫使いたちの中にも、やはりいたのだ。最高指導者であるはずの巫女を差し置いて、民の守り手たるディナールが実権を握っているこの現状に悩んでいた者たちが。

リヤルの懸命な呼びかけのおかげだ。

「ドゥンヤの虫樹が……動きを止めていく」

リョウは呟《つぶや》いた。一機また一機と、ドゥンヤの虫樹が戦意を失っていくのが目に見える。

これぞ巫女の声の力だ。

マナトが率いる騎士の虫樹や西の団の虫樹も、防戦の陣形を崩していない。

「シャハラザードの小娘め！」

ベニシダレから怒声が溢《あふ》れた。

　リョウはベニシダレを取り押さえようと飛び掛かったが、力任せに振り払われてしまった。壁面に張り付いた状態での打ちあいですら、ディナールは巧みだ。

ディナールはリョウを振り払うなり、一足飛びだ。オボルスの虫樹の行く手を塞《ふさ》いだ。だがそんなディナールの眼前へと、ドゥンヤの虫樹が立ち塞がった。

　リョウはその羽蟻型の虫樹に見覚えがある。触角の形状の華やかさからして間違いない。緩衝地帯の近くで戦った、五機の羽蟻型の中の手練《てだ》れの一機だ。

「ハララっ！　そこをどきなさい！」

ベニシダレの行く手を塞いだ羽蟻型を、ディナールは叱責した。

ハララ。その名をリョウは知っている。

小巫女の時に世話になった、屈強な守護学徒の一人だ。

「巫女様の身をあの不信心者どもの手から奪い返しなさい、ハララ！」

「断る！」

ハララはディナールの命令を拒否し、羽蟻型の顎《あご》をがちんっと鳴らした。

ハララの威嚇《いかく》にディナールが虚を突かれている。

「断る……？　おのれハララ、〈巫女の盾〉でありながら身命を賭すことを恐れたか！」

「身命を賭す覚悟が決まったからこそよ！」

ハララの操る羽蟻型の虫樹は、オボルスの虫樹を背に庇《かば》ったままだ。

「己が弱さを恥じ入ります、巫女《みこ》様。もっと早く、こうするべきだったたっ……！」

「ハララ……！」

リヤルの安堵《あんど》したような声と吐息が頭の中に響いてくる。

リョウは目を見開いた。

（赤い糸が、消えていく……）

聖都の家屋のいたるところから伸びあがっていた赤い糸が次から次へと、虫樹との繋《つな》がりをなくしていく。ソレオレノの後脚に結ばれていた赤い糸も、もう見えない。

これほど劇的な変化があるだろうか。

リョウの胸にも希望が湧《わ》いた。

（リヤルの言葉が通じた）

ドゥンヤの巫女の力は健在だ。

センが最も理想としていた形、ディナールとベニシダレの孤立化に近づいている。

「──否！」

しかし、ディナールは止まっていなかった。ベニシダレは立ち塞《ふさ》がろうとするハララの虫樹へと爆風の槍《やり》を容赦なく見舞い、伏した巨塔の天辺《てっぺん》から弾き飛ばしてしまった。

「聖都を侵す西の地の不信心者どもを前に、矛を収めるとはどういうつもりか!?」

ディナールの大喝が聖都を駆け巡った。

ベニシダレにどれほど強力な拡声装置を積んでいるのか。鼓膜が破れてしまうのではないかという凄《すさ》まじい音が、北側に展開する虫使いたちを打ちのめした。

消えていた赤い糸が再び蘇りはじめている。その上、北の大門付近で防御陣形をとる西の団と桜騎士団の虫樹へと、聖都の虫使いたちがぽつぽつと攻撃を再開していた。

元巫女にして『民の守り手』であるカリスマ的指導者ディナールの影響力は、リヤルのそれと拮抗《きっこう》している。形勢は、まだどうなるか決していない。

危うい均衡だ。

リヤルに従うか、ディナールに従うか。

聖都の虫使いたちの迷いが、リョウにもありありと見てとれた。

すべての指示はディナールが発している。一刻も早くディナールの操るベニシダレを倒し、リヤルの戦闘停止命令を有効化する以外に方法がない。

(結局はこうだ)

リョウは冷笑を浮かべた。

淡い期待は、しょせん淡いものでしかない。ディナールは巫女の想いすら裏切った。

「巫女の声すら踏み躙《にじ》るのか！」

リョウはそう言い放つなりソレオレノを跳び上がらせ、ベニシダレへと襲い掛かった。

「――ディナールっ、この裏切り者！」

「黙れ、裏切り者！」

リョウとディナールは互いに面罵《めんば》しつつ、伏した巨塔の天辺《てっぺん》から転がり落ちるように地上へと、地上からまた空中へと、もつれては解けながら二度三度と打ちあった。

（崩せねぇっ）

リョウは顔を歪《ゆが》めて激突の痛みに耐えた。

ベニシダレは空中戦でも地上戦でも隙《すき》が無い、万能型の虫樹だ。精霊を誑《たぶら》かす針を失ってこそいるが、火の粉をしぶかせる右前脚は健在だ。なによりあのディナールがベニシダレに隠し玉を仕込んでいないはずがない。リョウがまだ見ぬ奥の手が、いつベニシダレから飛んでくるか。アフラージを手にしているディナールは水切れすることもない。

時間との勝負だ。

早飯ぐらいの水喰虫であるソレオレノは短期決戦でこそ輝く。

空中に翻ったベニシダレから強烈な飛び蹴りを食らい、巨塔前の広場に激突して粉塵《ふんじん》を巻き上げたソレオレノを跳ね起こし、リョウは素早く雷の翅《はね》から鱗粉《りんぷん》を粉塵へと紛れ込ませた。

ベニシダレの蒸気噴流の音が迫ってくる。

リョウは見計らい、真後ろへと大きく飛び退《との》いた。

荒々しい着地音がずんっと響いたかと思うと、寸前までソレオレノがいた所に、ベニシダレが後脚を突き立てている。ソレオレノの背中を踏み割るつもりだったのか。

（もらった！）

リョウは雷の翅を広げた。

撒《ま》いておいた鱗粉は激突の粉塵に紛れ、ベニシダレの眼前に漂っている。いかにディナールといえど、鱗粉から放たれる雷撃を避けきれる間合いではない。

リョウは必殺を確信したが、ベニシダレが爆風の槍《やり》を繰り出して鱗粉をソレオレノへと吹き飛ばした。弾ける光にリョウの目が眩《くら》み、雷がソレオレノの真横を貫いた。

ソレオレノに横ステップを刻ませるのがあと半歩遅れていたら、どうなっていたことか。

（雷を弾き返したっ!?）

雷鳴に耳が痺《しび》れ、リョウは息を呑《の》んだ。

鱗粉の雷を返してくるなど、ディナールは彼我の呼吸を完全に読み切っている。卓越した虫《むし》捌《さば》きだ。十年前のリョウですら、特訓したってできるかどうか怪しい離れ技だ。

それを実戦で、その上、とっさに繰り出して成功させてくる。

（こんな虫捌きがあるのか……）

そう感心しかけ、リョウは奥歯に力を込めた。雪辱を晴らすこの場で勝敗も決せぬうちに、仇《かたき》の虫捌きに心を奪われかけるなど何事か。リョウは感嘆をかみ殺した。

そんなリョウを逆撫《さかな》でするためか、ディナールのたしなめるような声が聞こえてきた。

「リョウ、いかずちは神罰よ。神罰は甘んじて受けなさい」

「だったら跳ね返すんじゃねぇ！」

リョウはソレオレノの角先をベニシダレの喉首《のど》へ向けた。

荒ぶる言葉や闘志とは裏腹に踏み込めない。リョウにとって望ましい間合いが取れない。

ディナールが取らせてくれない。

攻めあぐねるリョウの弱気を突くように、ベニシダレが突っ込んでくる。

（真っ二つにしてやるっ）

ソレオレノの角を大きく振り上げ、リョウは真っすぐに振り下ろした。仕留めた、リョウはそう感じた。並の虫使いなら絶対に受けきれる一撃ではないが、ベニシダレは思いっきり踏み込んできて前脚を交差させ、ソレオレノの角の根元を挟み取るようにして受けきった。

ベニシダレのその体裁きは神速だ。

より恐ろしいのは、神速の踏み込みだというのにベニシダレが蒸気噴流一つ噴かしていないことだ。単純な早さではない。リョウの感覚を狂わせる早さであり、本来あるはずの予備動作を巧妙に消しているのだろう。彼我の呼吸と間合いを見切った者にのみ許された絶技だ。

ソレオレノの打ち込みのほとんどに本来の威力を乗せられない。

ディナールが乗せさせない。

負けてられるかとリョウは雷の左翅《はね》でベニシダレの右前脚をさらりと撫《な》で、雷の鱗粉《りんぷん》を纏《まと》わせた。リョウはそのままベニシダレから距離を取ろうと飛び退《の》くも、ディナールはソレオレノに追いすがり、雷の鱗粉を纏ったままの右前脚でソレオレノの角に掴《つか》みかかってきた。

肉薄されては雷撃が放てない。

リョウは舌打ちして、角でベニシダレを投げ飛ばそうとした。

だがディナールは角を手放す動作そのまま、ソレオレノの顎《あご》へと前脚で強烈な右フックを見舞ってきた。衝撃が操縦席を突き抜けるほどのカウンターだ。ディナールは雷の翅の特性を見抜いている。至近距離で雷撃を放てばソレオレノにまでダメージがあるのだ。

接触状態はまずい。

リョウが背後の噴水へと飛び退くも、ベニシダレは離されることなくソレオレノの角を掴んでいた。まるで磁石のようにベニシダレがソレオレノの動きにくっついてくる。

虫樹同士を触れ合わせた状態での攻防は、ディナールのほうに分があるようだ。リョウの技の初動がことごとく読まれ、対処されてしまっている。

精霊を深く感じる虫使いにとって、接触している状態はより敵機のことを感じ取れる。なにをしたいのか、どう動こうとしているのか、それが筒抜けになる。

ベニシダレの右前脚から火の粉が赤々と踊った。

眩《まばゆ》いほどの赤さだ。

ベニシダレが雷の鱗粉を焼き飛ばし、ソレオレノの角が真っ赤に燃え上がった。

燃え上がりながらもリョウは斬り込んだ。

　噴水の彫刻もろともリョウは燃える角を一閃《いっせん》させ、脚で防ごうとしたベニシダレを薙《な》ぎ飛ばした。本来ならば、ベニシダレの脚の二本はもげ飛ぶほどの一閃だ。だがベニシダレはふわりと着地し、六本の脚にも四枚の翅《はね》にもまるで傷を負っていなかった。

　リョウは鼻を鳴らし、不満げに正面を睨《にら》みつけるしかない。

（手応えが弱い……）

　ソレオレノの角の一撃が、ベニシダレの体裁きで受け流されていた。

　ベニシダレの脚部を柔らかく用いたこの受け流しは、虫使いの中でも特に優れた者しか扱えない高等技術だ。虫使いの本質により近い者でなければ繰り出すことは叶わない。

　噴水によって鎮火したソレオレノの角から、白い煙が立ち上っている。その煙の先でベニシダレが一つ目を怪しく光らせ、構えなおしていた。構えなおすその流麗な仕草にすら、ベニシダレに宿る精霊との繋《つな》がりの深さがありありと見て取れる。

　リョウは歯ぎしりした。

　ディナールは幼い頃から何をするのも上手かった。

　聖典の読誦《どくしょう》も、古文書の解読や学問も、意思疎通も、人を惹《ひ》きつけることも、精霊と通じ合うことも。虫使いとしてすらディナールの力量は頭抜けている。

　これほどの才がありながら、どうして。

　選ばれた者でありながら、なぜ。

なぜ十年前、リョウの想いを分かってくれなかったのか。

「頼りにしていたんだぞ、ディナールっ！」

「ならリョウっ、なぜ、私ではなかった!?　よりにもよって、なぜエン王こそがアフラージの持ち手に相応《ふさわ》しいと信じた!?　なぜ私を選ぼうとしなかった!?」

「お前は南の地しか見えていない。エンは大陸すべてを見ていた！」

「私にだって見えた、あなたが傍《そば》にいてくれたなら！」

湯気が逆巻くベニシダレの体当たりを受けきれず、リョウは吹っ飛ばされた。

「ぐっ……!!」

リョウは奥歯に力を込めて堪《こら》え、横転するソレオレノを立て直した。

リョウは尖塔《せんとう》への激突をなんとか避けられ、ほっとした。ドゥンヤの尖塔への被害をまだ避けようとしている自分がいることに、リョウは驚き、そんな自分をすぐ押し殺した。

劣勢でありながら、何を気遣っているのか。

使えるものは何でも使うべき時だ。そうせねば、ディナールの優勢は崩せない。

リョウは劣勢すら逆手に取るべく、ソレオレノの右前脚と右中脚をずりずりと引きずりながら下がった。一つだけ残しておいた奥の手がある。雷の翅を用いた奥の手だ。その効果を最大まで高めるべく、リョウは手負いを装い、ソレオレノを無様に後退させた。

リョウの誘い込みだ。

さしものディナールもソレオレノの挙動に不自然さを見て取れなかったか。ベニシダレが大きな垂直軸風車を横切り、悠然とソレオレノへと近づいてくる。

（――今だ！）

リョウは嗅《か》ぎ分けた。

奥の手を使うのは、今しかない。

リョウは雷の翅《はね》の裏側で鱗粉《りんぷん》を礫《つぶて》のように固めると、雷の翅を羽ばたかせるようにして鱗粉の礫を投げた。鱗粉を礫のようにして投げるこの技を、ディナールに見せたことはない。直撃した礫は霧状に弾けて雷をまき散らした。放った鱗粉の礫は小さく、一つ二つではない。雷の翅の左右の動きを僅《わず》かに変化させ、鱗粉の礫を投げる瞬間を微妙にずらしたのも奏功した。意表を突かれて反応が鈍ったベニシダレは、かわし切れなかったようだ。

雷光と雷鳴に食いちぎられたかのように、ベニシダレの左中脚と左後翅《こうし》が吹っ飛んだ。

（よし！）

リョウは心の中で手を叩《たた》いた。

これが初めてだろう。ベニシダレに痛手を与えたのは。

リョウが狙ったのはベニシダレだけではない。浴びせかけた鱗粉の礫はベニシダレの真横にあった風車の根本すら、ざっくりと砕いていたのだ。間髪入れずに倒壊してきた大きな風車に挟まれ、ベニシダレはもがいて抜け出そうとしている。

ベニシダレの動きを封じた。

その腹部ががら空きだ。

風車の瓦礫《がれき》から抜け出される前に仕留めねばと、リョウは駆け出そうとして止まった。

ベニシダレの腹部装甲の隙間《すきま》から、二つの楕円体が射出されたのだ。射出された楕円球が素早く羽根を広げ、白煙の尾を引きながらソレオレノへと飛んでくる。

撚翅型の小型虫樹だ。

危険だ。

直感してリョウが二機の突撃を避けるも、小型虫樹はくるりと反転してまた襲ってきた。精霊を誑《たぶら》かす針でも装備しているのだろうか。リョウがもう一度横っ飛びで突撃を避けると、二機の小型虫樹は尖塔《せんとう》を折り返してまた突っ込んでくる。

リョウは痺《しび》れを切らし、ソレオレノの角を躍らせた。

「ちょこまかと！」

リョウは一機を角で叩き落したが、もう一機に右中脚へと組み付かれた。組み付いてくる小型虫樹の鮮やかな動きに、リョウは卓越した息遣いすら感じた。

ソレオレノが吹っ飛んだ。

小型虫樹が爆《は》ぜたのだ。

虫樹の形に偽装した小型爆弾だったらしい。ソレオレノの右中脚と右鞘翅《しょうし》が、ない。腹部への損傷が軽微だったのか、ソレオレノの水袋に漏れがないのが不思議なほどだ。

（こんな小型の虫型爆弾に、これほど高性能の誘導能力をどうやって……？）

付与したのか。

疑問に思うリョウの目に、燃え盛る虫型爆弾の中から覗く小さな骸《むくろ》と、熱風に舞う赤い布切れが飛び込んできた。それは、小巫女《こみこ》が身につける伝統的な頭巾の切れ端だった。

リョウはその意味を理解しかねた。

理解することを、リョウの芯《しん》にある何かが猛烈に拒んだ。

小巫女を虫型爆弾に乗せ自爆攻撃をさせたなどと認めてしまえば、ディナールが悪用したことになる。小巫女が、巫女や元巫女へ抱く、想いの純粋さを……。

リョウは信じたくなかった。

だが見てしまったものは、もう覆い隠せない。

胸のつまりをとにかく吐き出したくてリョウは口を開いたが、喉《のど》も舌も言葉一つ満足に形作ることすらできず、悲鳴のようにみすぼらしい吐息が零《こぼ》れ出た。

「ディナール……お前がっ、こんな――ディナールっ！」

リョウは見開いた目を血走らせ、ひねり出した声の震えをかみ殺した。

奥歯の軋《きし》みは増すばかり。

堪《こら》えようとするほど、否応なく高まっていく。

身体《からだ》の芯から湧《わ》き上がってくる紅蓮を堪え切れず、リョウは犬歯を剝《む》き出した。

「お前が守りたかったものじゃないのか!?　俺を裏切ってでも守って見せると決めた人々じゃなかったのか！　お前を信じた子たちを、こんなっ――」

リョウは殺意というものがこれほど純粋なものだとは知らなかった。

ベニシダレが倒壊した風車の瓦礫《がれき》から抜け出し、粉塵《ふんじん》を払いながら構えなおしている。

「お前っ、お前ぇ!!」

リョウはディナールを殺そうと、推力ペダルを踏み込んでいた。

打算はおろか憎悪すら、入り込む余地がない。

怒りのみを内燃にして、リョウは雷の翅《はね》から鱗粉《りんぷん》をまき散らした。

どの建物が壊れようが、どの壁画がめくれようが、知ったことか。

もうどうでもいい。

リョウは雷撃を迸《ほとばし》らせ、ディナールは爆炎を轟《とどろ》かせた。給水塔だろうが風車だろうが、あらゆるものを破壊し火達磨《ひだるま》にしながら、リョウもディナールも乱打した。目の前を塞《ふさ》ぐものがあれば、それが集団礼拝堂の尖塔《せんとう》であろうとリョウは薙《な》ぎ払った。

尖塔を輪切りにするなり、リョウはベニシダレと真正面から激突した。

勢いを乗りに乗せた衝突だ。

もはや戦術だの技だの、邪魔なだけだ。

剝《む》き出しの闘争心だけで、三度、四度とぶつかり合った。

ぶつかっては離れ、離れてはぶつかる。リョウとディナールが繰り出す脚捌《あしさば》きと蒸気噴流を駆使した渾身《こんしん》の体当たりだ。聖都中にびりびりと走る破裂音と地響きは雷鳴に近い。

ぶつかるたび、リョウの口の中に広がる血の味が濃くなっていく。

内蔵と骨を突き抜ける衝撃と共に、リョウの視界にひび割れが走った。ソレオレノの頭部前胸装甲に裂傷が刻まれ、ボールコックピットに亀裂が走っている。

だがソレオレノの損傷は、ベニシダレよりマシだ。

自壊に等しいこのような虫樹のぶつかり合いは初めてだ。

リョウは心の底から笑みを浮かべた。

ベニシダレの頭部前胸装甲がひび割れ、斑に剝離《はくり》している。ソレオレノと同じく、ボールコックピットにひび割れが刻まれているのが見えた。

衝撃が腹と骨に響き、意識がふわりとしている。

リョウがそうなら、ディナールだってそうに決まっている。この傷みと、苦しみと、血の味をディナールも味わっている。リョウはそれが嬉《うれ》しかった。

ベニシダレが使用済みの砂質ペレットを排出し、右前脚を地面に突き立てている。

その隙《すき》を逃さず、リョウはソレオレノで組み付いた。

リョウは近距離だろうと構わなかった。ボールコックピットがひび割れていようと、問題ない。雷撃が操縦席のリョウにまで直撃しかねないが、それでもいい。

雷の翅《はね》から大量の鱗粉《りんぷん》をまき、ソレオレノごとベニシダレに雷撃を見舞おうとした。

（くたばれ！）

リョウは必殺を確信しかけ、まき散らそうとした鱗粉が一つも周囲に漂っていないことに愕《がく》然《ぜん》とした。雷の翅を使いすぎた。鱗粉切れだ。ディナールに鱗粉を燃やされすぎていた。

雷撃が放てない。

ディナールのくぐもった嘲笑《ちょうしょう》が聞こえてきた。

「いかずちもここまでのようね！」

ソレオレノに拘束されたままベニシダレは、火の粉をしぶかせる右前脚をソレオレノのひび割れたボールコックピットに押し付けてきた。右前脚の噴射口が開くのが見える。

猛《たけ》りのあまりリョウは恐怖一つ覚えなかった。

（やられる）

リョウはその事実をただ受け入れ、熱風の吹き込みを感じた。

だが、操縦席は火の海になっていない。リョウの皮膚は焼け焦げておらず、髪の一本だって縮れてはいない。ディナールが手加減したはずはない。

つまりこれは、火の粉をしぶかせる右前脚を使い過ぎたということだ。

「火遊びが過ぎたな！」

リョウはベニシダレを伏した巨塔目掛けて押し込んだ。

ディナールを圧殺してやる。

火の粉をしぶかせる右前脚の冷却が追い付いていない。この機を逃してはならない。だがディナールは蒸気噴流を気門から噴き出し、つむじ風のような体裁きでベニシダレの上半身を捻《ひね》った。ソレオレノとベニシダレがもつれあい、伏した巨塔に二機とも激突した。

頭蓋が鳴るほどの衝撃も、もはやリョウには痛くも痒《かゆ》くも感じない。リョウは激突するなりソレオレノの蒸気噴流を噴かし、壁面を削りながら跳びあがった。

ソレオレノでベニシダレを抱えたまま壁面に押し付け、削り壊してやろうとするも、ベニシダレもまた蒸気噴流を噴かして体を捻り、二機の半身ががりがりと削れていく。

緑と赤の装飾植物が壁面の残骸《ざんがい》と交じり合い、絡み合う蒸気噴流の尾を彩った。

そのまま伏した壁面を削りながら伏した巨塔の天辺《てっぺん》から飛び出すと、重力を凶器に変えるべくリョウは蒸気噴流を吹かし、ベニシダレごと真っ逆さまに急降下した。

このまま地面に叩《たた》きつけてやる。

リョウはペダルを踏み込んだ。

ソレオレノとベニシダレの垂直降下は、削れ落ちる壁面の残骸より早い。リョウとディナールの殺意はしかし、技量が拮抗《きっこう》して互いに姿勢を崩し合い、威力を乗せきれなかった。

着地の衝撃でリョウの視界はぐちゃぐちゃだ。

ペダルに乗せた脚も、操縦桿《そうじゅうかん》を握る腕も、操縦席に吸い付く尻や背中も、首も、その節々が軋《きし》んでいる。臓器にくる衝撃や口の中に広がる血の味すら、ちっともつらくない。首がもげてしまうなら、もげてしまえばいい。

それで困る気がしない。

もつれ合ったまま空中から地面へと転がり落ち、リョウはソレオレノを跳ね起こした。ベニシダレも、まるでソレオレノと写し鏡のように起き上がっている。

リョウは操縦桿を握り直し、舌打ちした。

機体が軽い。雷の翅《はね》を使いすぎた。ソレオレノの水が切れかけている。

水が足りない。

このままではディナールを殺せない。

もっと水がほしい。

早く、水が。欲しい。目の前のくそったれを殺すための水が。

「センっ！」「リヤルっ！」

リョウとディナールは睨《にら》み合ったまま語気を荒らげた。

「――早く水を寄越せ!!」

リョウの吐いた禍々《まがまが》しい怒声は、一音一句違《たが》わずにベニシダレからも発せられていた。

リョウは一瞬、その意味を理解しかねた。

赤々と煮えたぎる憤怒《ふんぬ》を飲み込んだ驚きは、ただただ虚を生み出すのみだ。ディナールは我を忘れたかの如き怒りのまま、当然のように「水を寄越せ」と言っていた。

水を寄越せとは、どういうことか。このタイミングで、憤怒に衝《つ》き動かされながらディナールがそう言う、その意味はたった一つしかない。

(身に着けて、いない……?)

アフラージを?

リョウは呆気にとられた。

ディナールはこの十年間、アフラージをリヤルに預けていたというのか。

無尽蔵の水をもたらすあの伝説の古代遺物の力を知りながら、ディナールはそれをその身に帯びることなく、巫女《みこ》であるリヤルに託し続けていたというのか。

ディナールをそうさせたものは、何か。

これほどまでに混じりけのない想いは何か。

それをリョウは感じずにはいられなかった。

自らの力の源泉を、なんだと思っているのか。ユーロも、ターレルも、センですらも、自らに権能をもたらすものがアフラージだと思っているというのに、ディナールだけは……。

(神を想う心……)

それがディナールの力の源泉。アフラージの魔力すら一顧だにしないほどの、意志。

リョウは愕然《がくぜん》とした。ディナールに気圧《けお》されかける自分を、憎悪ですらも塗りつぶせない。

そんなリョウの動揺を突くように、ベニシダレが駆け出そうと身構えた。

リョウもとっさにソレオレノの切っ先でベニシダレの胸部を狙い、踏み込もうとした。

思考も感情も無駄だ。

割り切りの果てにある虚無の切っ先から先走った何かが、ソレオレノとベニシダレの真ん中でかち合って、見えも聞こえもしない歪《いびつ》な火花が飛び散るのみ。

そのど真ん中に、リヤルとセンを乗せたオボルスの虫樹が真上から割り込んできた。

(——ぐっ)

リョウは怯《ひる》んだ。ソレオレノを止めざるをえない。

ディナールもまた怯み、ベニシダレの動きを止めている。

オボルスの虫樹は着地するなり、頭部前胸装甲を開き始めた。

「どけっ、セン!」「どきなさい、リヤル!」

リョウとディナールの怒声が、また重なった。

オボルスの虫樹は頑として動こうとしない。それどころか、背中側の装甲を開け放ち、ボールコックピットからセンとリヤルがその身を乗り出している。

いきり立ったソレオレノとベニシダレが睨《にら》み合う、危険極まりないその真ん中に割り込んだまま、無防備にもボールコクピットを開け放っているのだ。

邪魔だ。

リョウは怒り、憎み、睨《にら》んだ。

操縦席で息を呑《の》むオボルスの蒼白な顔がちらと見える。センとリヤルの指示なのだろう。センはソレオレノへと、リヤルはベニシダレへと、腕を大きく広げていた。

止まれと言っている。

殺し合うなと、告げている。

ディナールを目の前にして、リョウに矛を収めろと。

「リョウっ!!」

センの大喝がボールコクピットの割れ目からリョウを平手打ちした。

「せっかく手にしたものを返り血で汚すのはバカバカしいと、ルイアンの地で決めたのは誰ですっ！　私がアフラージを持つに相応《ふさわ》しいか、確かめると言ったのは誰です！　私が自分の欲に飲み込まれてしまったら、誰が止めてくれるのですっ!?　私が一杯一杯になってしまったら、誰がソレオレノに乗せてかっ飛ばしてくれるのです!?」

センは凛《りん》としていた。

「あなたの虫揃《むしさば》きにはずっと、心惹《ひ》かれる何かがあった！　こんなただ壊し合うための虫揃きは、リョウっ、あなたが心惹かれ続けたものなのですか!?」

センは問うてきた。

身勝手に、独善的に、我欲を隠そうともせず、清々《すがすが》しいほど真っすぐに。

そんな風に問われてしまったら、答えをひねり出すしかなくなってしまうではないか。

（俺はっ……）

何のために生きると決めたのか。十年前の自分にだって負けない自分になるため、この大陸すべてに水の恵みをもたらすという欲深さに憧《あこが》れたからではなかったか。

リョウは辛くもひねり出そうとし続けた。

自分が真に望むこと。

それが何か。苛立《いらだ》ちと焦燥と怨嗟《えんさ》に震えながら、リョウは胸の内を懸命に漁《あさ》った。なにかないか。なにかあるはずだ。ガラクタにみえる積み上がったものの中に、あるはずだ。

ここまで苛立ち、焦り、憎んでいて、何もないわけがない。

そんなリョウの辛抱を揺すぶるかの如く、ディナールの怒声が聞こえてきた。

「リヤル、どきなさい！」

「とまって、ディナール!!　ただ一心に人々を認めることこそ神を愛することなのだと、ドゥンヤの巫女《みこ》の神髄《しんずい》を私に見せてくれたのは、ディナールっ、あなただった！」

リヤルの呼びかけに、ベニシダレは濛々《もうもう》と蒸気を噴いた。

ベニシダレの一つ目がリヤルを威圧している。

「巫女の神髄は善なることにある！　悪を打ち破る善に！」

ディナールの一喝に怯《ひる》まず、リヤルは否と首を振った。

「悪など打ち破らなくても、善は善です！　善はもっと温《ぬく》もりに満ちている！」

「ぬるい！　それでどれほどの善が滅ぼされてきたことか。善なるためなら、手段は選んでいられない！　善は私の内にある！　善に抗《あらが》う者は、すべて打ち破るべき敵よ！」

ベニシダレは炎の右前脚を刃のように空振り、正義の音色を赤々と増した。

焼け爛《ただ》れそうなほど赤々とした、正義の音色を。

「すべては同胞を――神の民を守るためっ」

「やめてっ……もう、それ以上。あなたは民の守り手。ディナール、もうやめて。もういい。ねえ、お姉ちゃんっ。お願い、ディナール！　……やめなさいっ、民の守り手!!」

リヤルの毅然とした物言いに、ベニシダレの右前脚が大きく振り上げられた。

「もういい！　巫女《みこ》の代わりなんていくらでもいる!!」

迫りくるベニシダレの一打を目前に、リヤルは逃げる素振りすら見せていない。

リョウは推力ペダルを踏みつけていた。

胸の内に積み上がったガラクタの中からとっさに摑《つか》み取ったそれが何か、確かめる暇なんてない。ただ摑み取ったその何かを握り締め、力一杯ぶつかっていくのみだ。

リョウはオボルスの虫樹を跳び越え、ソレオレノの角でベニシダレの一打を逸《そ》らした。逸れた一打がソレオレノの頭部を強打するも、リョウはそのまま押し込んだ。

「——リヤルに、刃をっ、向けるな!!」

リョウは怒鳴った。

決死の脚裁きでソレオレノの角に力を込め、ベニシダレのくびれと脚の付け根を狙って差し込んだまま、伏した巨塔の壁面に突っ込んだ。ベニシダレは貫きとめられたかのようにもがくばかりだ。ボールコックピットのひび割れが深まっている。このままソレオレノの蒸気噴流を噴かせば、ベニシダレのボールコックピットを圧壊させることすらできるだろう。

リョウは蒸気噴流を堪《こら》えた。

ルイアンの地でセンに問いかけられた時、決めたのだ。せっかく手にしたものを返り血で汚したりしないと。復讐《ふくしゅう》者である前に、リョウはディナールの弟でありたかった。

冒険者でいたかった。

虫使いであり続けたかった。歯すら生え変わっていない頃からずっと目を輝かせて追いかけ続けてきた虫使いの本質が、破壊と殺戮《さつりく》であるはずがない。

あってたまるか。

自分にとって真に大切なものは何か。

今こそ、かつてディナールに問いかけられて答えられずにいた、その答えを示す時だ。

ソレオレノの背中側の装甲を開き、リョウはボールコックピットから躍り出た。

標本のように貼りつけられたベニシダレは脚部をばたつかせ、ソレオレノを引き抜こうとすらしている。リョウはベニシダレ目掛けて駆け出した。

センの施してくれたヘナタトゥーが頼りだ。

リョウは熱く焦げたにおいを肩で割き、ソレオレノの頭部から踏切った。渾身《こんしん》の飛び蹴りを叩《たた》きこむも、ベニシダレのボールコクピットはびくともしない。

「しつこい男ね！　とっとと死になさい！」

ディナールがベニシダレの前脚を唸《うな》らせてリョウを払いのけようとしたが、リョウは薙《な》ぎ払いの一撃が頭に掠《かす》るも、鬼気迫る形相で踏ん張った。ベニシダレの前脚の一薙《ひとな》ぎは、生身の人間が食らえば掠っただけで頭がもげ飛びかねないほどの衝撃がある。

リョウは倒れなかった。

世界中の虫使いがリョウを嗤《わら》おうとも、これが自分の虫捌《むしさば》きだ。

踏み抜いてやる。

ヘナタトゥーの加護を受けながらリョウはベニシダレにしがみ付き、膝《ひざ》を目一杯上げ、ベニシダレの露出しているボールコックピットを全力で蹴りつけた。

「忘れたのかっ、ディナール!!　俺はなぁっ――」

一度の蹴りでは蹴破《けやぶ》れなかった。

脚に激痛が走るも、それがどうした。

放射状にひびが入ったボールコックピットへと、リョウはさらに蹴りを見舞った。リョウの

靴が千切れ飛び、センのヘナタトゥーによる肉体強化があってなお、足が血を噴いた。

「――業突張りで負けず嫌いで意地っ張りで見栄っ張りで諦めが悪くて自分勝手で大食いで音痴で、とびきり足が臭いんだっ！」

リョウは大きく腿《もも》を引き上げ、さらにもう一度。槍《やり》のように踵《かかと》を踏み下ろした。

「嗅《か》げ、この大バカ野郎！」

リョウはボールコックピットもろとも、血まみれの素足でディナールの顔を蹴り抜いた。

2

南の地は弱かった。

その責任の一端がカンナギ教団にあることは、巫女《みこ》となったディナールを悩ませ続けた。先代の巫女も悩んでいた。聖典を深く知りすぎたが故にその教えは徐々に硬直化していき、古代遺物への忌避感を民に根付かせてしまった。いつからか伝統に対する熱意の傾け方を誤り、打てる手立てが沢山あるのにそれを使うことが許されないのだと、増え過ぎた教えで自らを縛ってしまう。飢饉《ききん》の足音が聞こえれば、東の地の商人どもに食べ物を買い漁《あさ》られ、南の地の民が成すすべなく餓死していくのを見ているしかなかった。

小巫女の中にも、それで死んだ者がいた。

ディレムという優しい小巫女も、その一人だった。

人と産物を取り立てていくシャハラザードの横暴から南の地の民をディナールは守りたかった。東の地や西の地に対抗するには古代遺物を利用していくしかない。

南の地を富ませ、強くするしかない。

でなければ守れない。

東の地や西の地の傲慢《ごうまん》さを前に、なすすべがなくなってしまう。かつて法解釈によって学識ある者に古代遺物の研究を特例として認めたように、もう一度、その柔軟さが必要だった。

シャハラザードは危険だ。

なにが『自由な商いが国を富ませる』か。商人の皮を被《かぶ》った餓狼《がろう》どもめ。

聖典にある。商売の基本は仁徳だ。商いは、互いに豊かになるためのものだ。だというのにシャハラザードや西の地の商人どもは、法を掻《か》い潜《くぐ》るようなことばかりしようとし、その民草どもは法の意図を読めない愚か者を成功者と祭り上げていた。

奴らは商いと収奪の分別すら満足につけられない。

分別がついていても、自らの財布が膨れるのなら見て見ぬふりをする。

豊かになった者はその子弟や親族の教育に力を注ぎ、宗教法学者までもが名家や富豪の者たちばかりになっていく。そうする内に、位高き者たちや成功者たちは「己の力や学識」を過信し、自らの才覚や努力や家格を殊更に誇って弱き者たちを見下すようになる。見下しているという自覚すらないまま、したり顔で社会の歪《いびつ》さを助長させていく。

ディナールには見えた。その歪さが、はっきりと見えた。

腹立たしかった。

神はその英知を位高き者にのみ与えはしない。市井の物乞いの中にすら徳高く賢き者が潜《ひそ》んでいる。小巫女《こみこ》がまさしくそうだ。ディナールもリョウも家系図すら分からない孤児の出だ。巫女に見いだされたのも実力ではない。ただ神の慈愛によってのみだ。

人にはうかがい知れない運命の糸の絡み合いが、そうさせただけ。

ディナールが身に着けた教えも、才覚も、才覚を芽吹かせた努力も、努力を続けられたこの意志も、この意志を磨いてくれた教団も、教団を支えてきた名も知らぬ無数の人々も、無数の人々が抱き続けてきた神への畏敬《いけい》の念すら、神に与えられたものでしかない。

だからこそ還元するのだ。

神の恩寵《おんちょう》に気づかぬ者たちの目を開き、飢えと病と搾取に苦しむ者たちを救わねば。学びから遠ざけられている者たちに、例え死の間際であろうと学び直す場を与えねば。機会に恵まれなかった者に機会を恵み、社会の幸福を今より少しでも増やさねば。

そうすることで、神の英知をより深く知れる。

異教の者や市井の物乞いの中にすら潜んでいる神の英知を見つけ、いずれは、欠けてしまった聖典の復活もなしとげられる。過酷な無理解と搾取と飢えと病に苦しみながらではなく、労《いたわ》りと優しさの中で一人でも多くのものが現世で善行を積みやすくなる社会にできる。

ディナールはそうしたかった。

神は全知全能にして全てを司るお方だ。理不尽を蔓延《はびこ》らせるのが神の御意志だとしても、理不尽を前に抗《あらが》おうとする人の不屈さもまた、神の御意志だ。

シャハラザードの地方総督の横暴は酷《ひど》いものだった。

地震や噴火でドゥンヤの作物が被害を受けても要求する金銭を緩めず、南の地の民が飢えているのに輸出用の作物の栽培を強要し、約束したはずの協定税率の改正すらうやむやにしようとしてきた。シャハラザードやシャフリヤールの製品が際限なくドゥンヤへと流入し、競争に敗れて南の地の産業はどんどんとやせ細った。ディナールが南の地の産業を守り育てようとすると、シャハラザードの地方総督は、ことあるごとに武力をちらつかせた。

ディナールは冒険者時代にエン王へと直訴したが、エン王は「しっかりと内偵をしてからでなければ、いかに私が王と言えど、総督の処分は下せない。シャハラザードにはシャハラザードの手順がある」と言って素早く動こうとしなかった。

シャハラザードのいつものやり口だ。地方総督に何度もその手を食らっていた。やる気がないことに理由をつけて、やっているふりをして済ませようとしているのだ。

ディナールには力が必要だった。

古代遺物を利用せねば南の地が立ちいかなくなることは明白だった。

アフラージがなんとしても必要だった。

リョウのようにエン王を信じその手にアフラージを委ねるなど、許せない。エン王の最側近であるターレルの思惑と、エン王の意志にズレが生じていたのは幸運だった。

エン王はシャハラザードの王だ。アフラージを手にしたとして、結局はシャハラザードの理想を押し付けられるに過ぎない。正義の名のもとに必ず力を行使してくる。抗《あらが》わねば、南の地は潰《つぶ》される。そこが西の地と東の地の最大の違いだ。二つとも強欲の地だが、少なくとも西の地は己の理想を他所の地にまで押し付けようとはしない。だが東の地は違う。経済原理を優先し、国力に物を言わせ、善意と傲慢《ごうまん》を刃のように無分別に振るう。

人は欲望のためならば、どこまでも冷酷になれる。

すべてを捨てて、大切な人を置いてどこかへ行ってしまえる。

大切な人がどこかへ行ってしまうというのに、すべてを捨てて追いかけることができない。

十三歳でリョウは南の地を離れた。

十三歳のディナールは南の地に残った。

ディナールは十五歳でドゥンヤの巫女《みこ》となったのだ。カンナギ教団と南の地の行く末に、責任を負いたかった。リョウではなく、南の地の民を選ぶ立場にあった。だからそうした。たった一人の弟であろうと、そうする以外の何かを見つけられなかった。

ドゥンヤの巫女から冒険者へと転向する時のことは思い出深い。

口々にディナールを引き留めようとする小巫女たちの中で唯一リヤルだけだった。「継続は愛です。愛の足りぬ者は、巫女の座に相応《ふさわ》しいと思えません」と厳しい意見を述べ「私たちを置いて出ていくなんてひどい」と人目も憚《はばか》らず文句を言ったのは、リヤルだけだった。

カンナギ教団を率いていたディナールに対してすら、リヤルは迎合しなかった。

不思議な子だった。

読書を嫌がるのにディナールですら読み解けない古文書を紐解《ひもと》き、小巫女としての生活態度はリョウよりも不真面目だったのにディナールがリヤルを叱っていると学者や学徒や小巫女たちがいつも庇《かば》いに駆け付け、聖都に住むお爺《じい》さんが「ここのところ、あの小巫女が家にいたずらをしにこなくなって寂しい」と妙な訴えにきたことすらあった。

リヤルは声が飛び抜けて綺麗《きれい》だった。

リヤルが聖典を読誦《どくしょう》すると、死の床にいる者すら安らかな顔を見せた。

いずれディナールよりも徳高き巫女となる。民をより豊かなほうへ導いてくれる。

ディナールはリヤルを守り育みたかった。

いずれリヤルの憂いとなるものを断っておきたかった。

なんとしてもシャハラザードのタールルだけは排除せねばならない。

アフラージを三分割しようと言い出したタールルの意図は明白だ。ディナールとユーロがアフラージの一枚を使いこなせず自滅すると考えていたのだろう。西の地のように、南の地もぐちゃぐちゃになると。そうしておいて、攻めてくる腹積もりだったのだ。アフラージを使いこなせるのはやはりシャハラザードのみである、と統一の正当性を主張しながら。

タールルは危険な男だ。

理念のために王すら殺せる。シャハラザードの傲慢《ごうまん》さそのものだ。ターレルだけは何としても取り除いておきたかった。南の地へと誘い出し、撃滅したかった。

そのためなら、シャハラザードの民が瘴気《しょうき》に苦しむことも必要な犠牲だ。ドゥンヤの無辜《むこ》の民が苦難を耐え抜くことも試練の一つだ。平安は常に災いの上に築かれてきた。

成すべきことのために心を鬼にし、良心すら律する。

ディナールはそう決断した。

その決断が間違いだった。


ディナールはふと目が覚め、リョウの顔が見えた。

ずいぶんと老けた顔をしている。

この十年、凄惨《せいさん》な日々を送ってきたのだろう。

胸部装甲を開いたソレオレノとベニシダレが脇に並んでいる。ディナールは操縦席から運び出され、地面の上に寝かされていた。体の下に敷かれているのはリョウの上着だろうか。

強烈なにおいが、ディナールの鼻にまだ残っている。

リョウの片足は靴が千切れ、血塗《ちまみ》れだ。

ふと拭《ぬぐ》った手の甲についたディナールの鼻の血は、自分のものかリョウのものか。虫樹のボールコックピットを素足で踏み抜いてくるなんて、なんという大胆さだろう。

あんな虫捌《むしさば》き、ディナールは聞いたことすらなかった。

千の言葉でも伝えられないはずのものを、たった一発の蹴りで伝えてくるなんて。ディナールはほんの少し前まですべてが腹立たしかったというのに、今はすっきりしている。

「ひどい臭いね……なんで怒ってたのか、忘れてしまったわ……」

「……どうだ、参ったか？」

「ええ、参った……」

横たわったままディナールは降参した。

リョウに負けるときは、いつも足のにおいにやられてしまう。

ソレオレノもベニシダレも、ひび割れた頭部前胸装甲が欠落している。地面に突き刺さったボールコクピットの破片に映った自身の顔が目に入り、ディナールは嘆息した。

「変ね……毎日、鏡を見ていたのに、何も、見えていなかったなんて……」

どうしてなのだろう。

小巫女《こみこ》の時に、巫女様から何度も諭されたのに。『よく見て、よく聞き、よく触り、よく嗅《か》ぎ、よく味わい、時に皆と、時に一人で考えなさい。感じたことしか考えられぬのが人です。よく考えなさい、ディナール』と、あれほど言って聞かされてきたのに。

リヤルに、そう言って聞かせてきたのに。

こんなに近くにあるものなのに、こんなに見えないものなのか。

霧散してしまった怒りの隙間《すきま》を埋めるように、後悔が砂嵐よりも無情に押し寄せてくる。

「聖典の光に照らされながら、己を律せないなんて、なんてザマかしら……」

「眩《まぶ》しすぎると見えなくなるさ」

「……リヤルを、殺そうとしてしまった……小巫女《こみこ》を、死なせてしまった……」

ディナールは声の震えを抑えきれなかった。強くあらねばならぬと、わかっているのに。

「絶望する前に改めろ。過ちは重いほど、甘んじてちゃいけねぇ」

リョウの叱咤《しった》とも激励ともつかぬ一言に、ディナールは泣き言を飲み込んだ。

自分は民の守り手だ。

なにより、今この瞬間はリョウの姉でありたかった。

全身が痛い。けれど、まだ動く。

ディナールは歯を食いしばって起き上がった。敷かれていたリョウの上着をパンパンと手で払っていると、リョウが「そんなに丁寧に払わなくていい」と言ってきた。

「清潔は信仰の半分よ、リョウ」

「なら、まず顔を拭いたほうがいい」

リョウが布巾に水を含ませて差し出してきた。

顔を拭《ぬぐ》うと少しすっきりした。顎《あご》が痛い。リョウの蹴りを顔面に食らってこの程度で済んでいるのは、施しておいたヘナタトゥーのおかげだろうか。

ハララの虫樹とリヤルを乗せた虫樹が地上に降り立ち、ベニシダレの近くに寄ってきた。もはや戦いの騒音はない。ハララの虫樹とリヤルを乗せた虫樹が飛び回り、北の大門に集まっていたカンナギ第一防衛団に対して停戦するよう、呼びかけていたのだろう。

リヤルを乗せた虫樹から開閉音がして、ゆっくりと頭部前胸装甲が開いた。リヤルとセン王女が虫樹の胸部装甲から飛び降りるようにして駆け寄ってくる。

ディナールやリョウの身を案じてくれているのだろう。しかしリョウは上着に通す手を止めて、駆け寄ってくるセンやリヤルではなく東を鋭く見ていた。

ディナールの耳も聞き取った。

蒸気噴流だ。

停戦指示が行き渡った聖都の中でひと際不気味な、戦意に満ちた蒸気の音だった。

東からディナールのもとへと、虫樹の機影が五つ迫っている。セン王女が率いていた虫樹の一団とも、ドゥンヤの守護学徒が駆る虫樹とも違う。

東から迫る隊長機と思《おぼ》しき虫樹は、カレハカマキリに似ていた。迫る五つの虫樹は機種こそバラバラだったが、いずれも青い装飾植物に彩られている。

リョウが怪訝《けげん》な顔をしていた。

「あの虫樹は……？」

「あれはっ……フリヴニャ！　リョウっ、ターレルの刺客です！」

立ち止まったセンの声が鋭く響き、リョウが素早くソレオレノへと駆け出した。

「シャハラザードの影だっ、ディナール！」

リョウに教えられるまでもなく、ディナールはベニシダレへと乗り込んだ。

シャハラザードの影。

その存在をディナールは知っている。

不正規戦闘を得意とする特殊部隊だ。モンメ女王の統治時代に暗躍し、エン王の統治時代に冷遇されたと聞いていたが、ターレルによって再び息を吹き返したのだろう。

（間違いない。この時を待っていたな……）

ディナールは確信した。

漁夫の利だ。シャハラザードの影は、ディナールとリョウが消耗する時を待っていたのだ。

過ちの重さに甘んじている場合ではないと、ディナールは戦意を滾《たぎ》らせた。

「リョウ！　水です！」

センの呼び声に、ソレオレノが浸した角の先から勢いよく水を吸い込んでいる。

足元から水が溢《あふ》れ出てきている。センによるものだろう。

鎌切型の隊長機が急降下し、右鎌を振りかぶっている。何かを投擲《とうてき》しようとしている。隊長機の鼻先はソレオレノでもベニシダレでもなく、地上のリヤルに向いていた。

（まずいっ）

ディナールがベニシダレで射線を塞《ふさ》ごうとするより早く、センがとっさにリヤルへと抱きついた。センが睨《にら》み上げると、鎌切型の隊長機はそのまま何もせずに急上昇した。

暗殺すらいとわないシャハラザードの影とはいえ、祖国の王女は殺せないのだろう。あるいはターレルが「王女は殺すな」という厳命を下しているのか。

（いい勘してるわね、セン王女……）

ディナールはベニシダレに水を啜《すす》らせながら舌を巻いた。

リヤルの目利きは正しかったようだ。

身を挺《てい》してセンはリヤルを守ろうとした。

ディナールが知る限り、『シャハラザードの影』は単なる諜報暗殺集団とはわけが違う。一人一人に高度な教育が施された特殊作戦部隊であり、名誉や恩賞すら一顧だにしない忠誠心を王国に誓い、時には正規軍の先陣に立って指揮統制をはかる能力すらある。そういったとてつもない虫使いたちの集団だと、十年前にエン王とリョウが話していた。

リョウが指示を飛ばしている。

「オボルスっ、二人を死守しろ！」

「任せろ！」

力強く答えた虫使いが、素早くセンとリヤルを操縦席へと収容した。

ディナールも〈巫女《みこ》の盾〉であるハララへと声を飛ばした。

「ハララ、巫女様の御傍《おそば》にいなさい！　リョウっ、あの鎌切型を落とす！」

ディナールがベニシダレで飛び上がると、ソレオレノが追従してきた。

虫樹の数ではディナールたちが圧倒している。

一分でいい。周囲にいるドゥンヤの虫使いとシャフリヤールの虫使いが、シャハラザードの影を取り囲むまでの時間を稼げば生け捕りにできる。シャハラザードの影たちを捕らえれば、セン王女がタールとの交渉において良い手札にできるだろう。カンナギ教団の研究部門の力をもってすれば、タールの動向に関する情報を吐かせることも容易《たやす》い。

シャハラザードの影は漁夫の利を狙ったようだが、ディナールとリョウが手を組んで抵抗してくることまでは予想していなかったのだろう。

鎌切型の隊長機の挙動にわずかだが動揺が見てとれる。

ディナールはベニシダレの蒸気噴流を噴かし、割れたボールコックピットから吹き込んでくる向かい風を浴びながら、ぐんぐんと敵編隊へと迫った。

火の粉をしぶかせる右前脚の冷却はあと三十秒で終わる。

ベニシダレに宿る精霊との繋《つな》がりは旋律のように心地よい。

(もう、見誤ったりしない……民の守り手として、ドゥンヤを守る)

ディナールは闘志を燃え滾《たぎ》らせたが、追従してくるソレオレノががくんと揺れた。

「くそっ、水がっ」

リョウの声が困惑している。

満身創痍《まんしんそうい》のソレオレノの横腹から水が噴き出している。ベニシダレが伏した巨塔へと貫きとめられた時、ディナールが切り裂いてしまったのだ。

ソレオレノは腹部から水を滴らせ、ベニシダレからどんどんと離されていく。

(頼り甲斐があるのかないのか)

ディナールは単機で五機の敵編隊へと突っ込んだ。

負ける気がしなかった。

獅子奮迅だ。ディナールは敵編隊と空中で二度打ちあい、二度とも蹴散《けち》らした。一対五でもベニシダレの赤い装飾植物を掠《かす》らせることすらなく、青い装飾植物を散らせた。ドゥンヤの虫樹も続々と駆け付け始め、シャハラザードの影を包囲する形が作られつつある。

一対五から四対五へ、またたく間に七対五だ。

ディナールは鎌切型の隊長機を狙って仕掛けた。

鎌切型の隊長機が振りかぶる仕草をするなり、右鎌から飛沫《ひまつ》のように何かを放った。

ベニシダレの機体が叩《たた》き鳴らされ、炎をしぶかせる右前脚をすり抜けて、裂けたボールコックピットの合間から何かが飛び込んできたが、ディナールは怯《ひる》まなかった。

ベニシダレにとって致命傷となる一撃ではない。

ディナールは見切っていた。

火の粉をしぶかせる右前脚の冷却は終わっている。

ディナールは目にもとまらぬ速さで交差する一瞬のうちに、狙いすました爆風の槍《やり》を鎌切型の隊長機へと叩《たた》きこんだ。攻撃の芯《しん》を外されたが、それでも手応えは十分だ。

空中にぱっと散っている青い装飾植物は、虫樹の流血に等しい。ディナールはベニシダレを踊るように回転させ、背後から迫っていた新手へと火球を浴びせかけた。

直撃と共に絡みつく炎の蛇に締め上げられ、隊長機の僚機らしき敵虫樹は身を翻すしかなかったようだ。鎌切型の隊長機は両前脚を吹っ飛ばされ、その僚機も火だるまだ。

「ここは南の地っ――指一本たりとも触れさせるものか！」

ディナールが吠えると、「退《ひ》きなさい、影よ！」と脳内に声が響いた。

センの声だ。

巫女《みこ》の礼拝所にある拡声装置を遠隔で用いているらしい。聞きたいと思う者には耳の聞こえない者にまで声が届くという、聖都中の人々へ想いを伝えられる一級品の古代遺物だ。

シャハラザードの王族であるセンが、シャハラザードの影に呼びかけているのだ。

「すでに決着はつきました！」

センが一喝した途端だ。

隊長機の鎌切型虫樹から信号煙が放たれた。撤退合図だろう。青い装飾植物で彩られた虫樹が次々と煙幕を張り、包囲の網が完成する直前にその隙間《すきま》から飛び出した。

ドゥンヤの虫樹がその背を追うも、追いついて捕らえるのは難しそうだ。ドゥンヤの虫樹はシャフリヤールの虫樹共々、激戦の直後で給水や整備を必要としている。シャハラザードの影のことだ、逃げると見せかけて罠《わな》を張って待ち構えていることだろう。

逃した獲物の大きさは、味方の犠牲に釣り合うものではない。

ディナールはカンナギ第一防衛団へと、準備を整えてから追撃するよう命じた。

「……退いたか……」

ベニシダレの操縦桿《そうじゅうかん》から手は離さず、ディナールは注意深く周囲を見回した。

聖都に潜《ひそ》んでいる敵虫樹はいないようだ。

形勢が有利と見て攻め、形勢が不利と見るや脱兎《だっと》のごとく逃げる。シャハラザードの影を率いていた指揮官は、手強《てごわ》い。戦いというものが分かっている虫使いだ。

王都瘴気《しょうき》散布計画を嗅《か》ぎつけ、その阻止にやってきたのか。

（いや、まて。連中は、まずリヤルを狙った……）

高度を下げつつディナールは引っかかった。情報錯綜《さくそう》による誤認なのか。ディナールが実権を握っていることを知っているなら、まず不意打ちの一撃目はベニシダレを狙うはずだ。

ディナールの疑問は、すぐにかき消えた。

ベニシダレからいびつな着地音が聞こえたのだ。雑な着地だ。ディナールの意図と違う。身体《からだ》に力が入らない。ぞわと嫌な予感が胃からせり上がり、ディナールは腹を見た。

べっとりと濡れている。

闘志の誤魔化《ごまか》しが利かなくなったのか、熱さと痛みがやってきた。

足の付け根のほうがまずそうだ。血の出方が早い。大腿部《だいたいぶ》の太い血管が破れているらしい。ボールコックピットの下側に血だまりができてしまっていた。

「ディナール!!」

リョウがソレオレノから飛び出し、ハララやセンと共に血相を変えて駆け付けてくる。

ディナールは頭部前胸装甲を開き、ベニシダレから出ようとして転げ落ちた。

身体に思うように力が入らなかった。

ふと見ると、無数の野太い針がベニシダレの頭部前胸装甲に突き立っている。対人殺傷用か虫樹の目を狙うための手裏剣だろう。虫樹のボールコックピットや装甲を貫く威力はないようだが、ベニシダレの頭部前胸装甲とボールコックピットが砕け割れていたのが災いした。

センの鋭い指示がまず飛んだ。

「マナト、医療班をここへ！」

「早く医者を！　ハララ、医者はどこだ!?」

そう言ってリョウが手でディナールの脚の付け根を圧迫している。

ディナールは分かり切っていた。医術でどこまでできて、どこまでできないのか。短時間でこれだけ血が抜けてしまっては、もう長くない。ディナールは自らの罪を思い、神に許しを乞うた。これが自分の運命ならば、それを定めた神に従うのみだ。

ディナールはリョウに頼んだ。

「リョウ、リヤルをここへ。早く」

「ディナール……」

リョウが頷《うなず》いて駆け出すと、入れ替わるようにセンがディナールの脚の付け根を圧迫した。一つでも多く、役立つ何かを残さねば。役立てられる者に託さねば。

ディナールはセンの目を見た。

あの腹立たしいエン王の顔に似て、このシャハラザードの王女には凛《りん》としたものがある。だがそれと同じくらい、どろどろとした澱《おり》のようなものも瞳《ひとみ》の奥に見て取れた。

溜まっていく澱の恐ろしさに無自覚なところなど、どこかディナールにも重なる。

(アフラージ統一のために真っ先にユーロを攻めた計算高さといい、あの怒り狂ったリョウと私のど真ん中に飛び込んでくる直情さといい……強欲ね……)

強欲で、理想家で、未熟だ。

未熟は人の常であり、この王女の未熟さは鋭き諸刃《もろは》だ。その諸刃によってディナールは負かされ、結果としてリョウへの怒りすら霧散させられてしまった。

伝えておかねばと、ディナールは口を開いた。

「シャハラザードの影が真っ先に巫女《みこ》様を狙った。そこにタールレルの真意がある……」

「話なら後でいくらでも聞きますっ」

センは額に汗を浮かべて答えつつ、リョウに代わってディナールの大腿部《だいたいぶ》を懸命に手で圧迫している。それでも、センの指の間からディナールの血は止めどなく流れていた。

センの袖がみるみるまに赤く染まっていく。

時間がない。ディナールは目で礼を示した。

「セン王女、貴女への非礼を詫《わ》びます。巫女様に対する貴女の善意と敬意は本物だった」

「すべてリヤル様の真心あればこそです。あなたは民の守り手でしょうっ。巫女の望みに応えなさい。貴女の力が必要なのです、ディナールっ。巫女様にも、私にも！」

「巫女様はもう、一人で立派に羽ばたかれた」

ディナールが呟《つぶや》くと、センは首を断固として否と振った。

「並んで飛ぶものが必要です。砂漠の空は広すぎる。――早く医療班をここへ！」

セン・ビントエン・アルシャハラザードの声は勇ましかった。

いい声をしている。

意志ある者の声だ。

この娘なら、聖典をどのように読誦《どくしょう》するだろうか。聞いてみたいものだとディナールは思った。聞けそうにないことが少し残念だと、そう考えている自分にディナールは苦笑した。

リヤルは並んで飛んでくれる素敵な若鳥を見つけたようだ。

視界が狭い。暗い。

力が抜ける。

周囲の足音が慌ただしくて、誰が誰のか分からない。

けれど何故だろうか。リョウの足音だけが聞き取れて、ディナールは微笑《ほほえ》んだ。リョウが傍《そば》にいる。ほんの少し前まであれほど憎らしかったのに、今はそのことが心強い。

到着した医療班が輸血の準備を整えている横で、リョウの声がした。

「血が足りなきゃ俺のを使ってくれ。双子なんだ、俺の血は使えるっ」

リョウの必死さが何だか愛《いと》おしくて、ディナールは口元を緩めた。

「……こんな墓穴の掘り方……冒険者、みたいだわ……」

ディナールの柔和な冗談に、ぽかんと目をしばたたかせたリョウが苦笑した。

「ああ、まったくだ。一度なっちまうと抜けねぇもんだな、仕事の癖ってのは」

「そうみたいね。面白い仕事だと、特に……」

ディナールは呟いた。

なんだか無性に寂しい。また与えられたのに、もう返さなければいけないなんて。

もう目も見えない。血を失いすぎているのだろう。

「リヤル、どこにいるの……？」

「ここです。私はここにっ」

手の温《ぬく》もりにディナールはリヤルを感じ、ほっとした。

リヤルの声は震えている時ですら綺麗《きれい》だ。

「いつも口答えばかりしてごめんなさい、ディナール」

リヤルの声の涙をぬぐいたくて、ディナールは優しく微笑《ほほえ》んだ。

「そんなあなただからこそ、私はあなたに巫女《みこ》を託したのよ。……貴女のぬくもりが、私を導いてくれていた。ありがとう、リヤル。やっと、心に羽を取り戻せた」

なんだか無性に力が湧《わ》いてきて、ディナールはちっとも辛くなっていた。

「みな、これより先、南の地の決裁は巫女に委ねなさい」

ディナールの一声は力強かった。

瞬く間にこと切れていたのが、不思議なほどに。

ディナールは懸命な小巫女であり、巫女であり、冒険者であり、信徒であり、民の守り手であった。清浄と言い切るにはその手を泥に浸しすぎ、汚濁と言い切るにはあまりにひたむきすぎていた。清濁の物差しでは測り切れない、ただの一人の人間だった。

3

「また、ボロボロになっちまったな……」

リョウはぽつりと呟《つぶや》いた。

多脚要塞《ようさい》の格納庫に鎮座するソレオレノはひどいものだ。機体のいたるところに焼け焦げた跡が刻まれ、脚部や鞘《しょう》羽《う》も換装せねばならないだろう。白骨化した左前脚だけが見た目に反して無事だったのは、不思議なものだ。頭部前胸装甲に刻まれたひび割れや欠損は応急処置で塞《ふさ》がってこそいるが、傷跡はまだ生々しい。装飾苔《ごけ》の緑にも心なしか元気がない。

角の非破壊検査と水袋の交換が済んだ程度か。格納庫から見える腹部発着場に鎮座する虫樹と比べて、ソレオレノの整備は遅々として進んでいない。

「すまない、ソレオレノ」

リョウは目を伏した。

ソレオレノのこの姿は、リョウが手荒く扱いすぎたせいだ。

センとリヤルに止められていなければ、どうなっていたことか。虫使いとしてひりつくような失格の烙印《らくいん》を感じるのは、これで何度目だろう。

リョウはため息をつき、腹部発着場から見下ろせるイウナンの田園の緑を眺めた。眼下の田園風景は夏へ向けて備えるように、憎々しいほどの瑞々《みずみず》しさに溢《あふ》れている。

「リョウ様」

リヤルに呼びかけられ、リョウは背筋を伸ばした。

人払いでもしたのか、格納庫に他の人影がない。守護学徒を伴ってリヤルはここへきているはずだが、ハララの大柄な背中が遠くに控えているのみだ。

リヤルは話したいことがあるのだろう。

そうするべきでないと頭で分かっていても、リョウはどこか構えてしまった。リヤルに対して構えてしまう自分がリョウは許せず、構えを解こうとしてさらに構えてしまう。

そんなリョウの構えを一つずつ解《ほぐ》すように、リヤルは横に並んだきり発着場の虫樹を静かに眺めている。安らかな呼吸の調子へと、リョウを導いてくれているのだろうか。それとも、沈黙が苦ではないことをリヤルは身をもって示そうとしているのか。

ドゥンヤの巫女《みこ》だと、リョウは感じた。

言葉にならないものでも、形にしかねるものであっても、そこにあることを認めようとしてくれる。まだ名前や色や音をつけられないものの、その価値を軽んじたりしない。

肩を解すようなこの柔らかさに、リョウは何度救われてきたことか。

勇気づけられたか。

リョウはふと、発着場のベニシダレに目が留まった。ソレオレノとの激闘からまだ一週間も経っていないというのに、頭部前胸装甲のひび割れすら見えない。

「ベニシダレは、もう治ったのか」

「ええ、まだ完全ではありませんが。聖都の皆のおかげです」

「見事なもんだ」

「ディナールが、ドゥンヤによく尽してくれたからでもあります」

ぽつりと切り出したリヤルの言葉に、リョウは頷《うなず》いた。

頷くことが、やっとできた。

「……リョウ様が冒険者となるべく聖都を去った後、ディナールは虫樹の扱いや勉学に励み、南の地の民やカンナギ教団のために戦ってくれました。シャハラザード王国の地方総督との交渉事で煮え湯を飲まされても、諦めず、粘り強く、何度も」

リヤルは首元のペンダントに手を添えていた。

白銀の紐《ひも》が煌《きら》びやかなそのペンダントはたしか、ディナールが身に着けていたものだ。

「エン王を信じることができなかったのは、ディナールの過失であると私には思えません。物事は、そんな風に一方的に断じてしまえるものではないはずです」

リヤルの言葉を、リョウはどうにか受け止められた気がした。再会した時からずっとリヤルが伝えようとしてくれていたことなのに、今になって、リョウは、やっと。

「ディナールはよく、ディレムさんのお話を聞かせてくれました。優れた小巫女だった、と。彼女の最期の言葉が忘れられない、と。『ディレムの代わりなんて絶対にいるものか』と、どうしてディレムが息を引き取る前に言えなかったのだろうと、ずっと悔いていました。天国でいつか会えるけれど、いつ会えるか分からないから、言っておきたかったと」

「……そうか」

リョウは頷《うなず》くので精一杯だった。

リヤルはやるせなさに目を伏していた。

「この大陸を豊かにしたいと願うディナールの想いに、嘘《うそ》はなかった。それなのに……同じものを見ていたはずなのに、どうして、こうも違ってしまうのでしょう」

「そうだな……なんで、同じように見ることができねぇんだろうな……」

リョウはやるせなさに膝《ひざ》なんてつきたくなくて、リヤルを強く見つめた。

「でもな、リヤル。だからこそだと思うんだ。リヤルがセンのもとへと駆け込んできて、俺やディナールの目を覚まさせてくれたのは、同じじゃなかったからだと思うんだ……」

リョウは胸が溢《あふ》れそうになって、いけないとリヤルに背を向けた。

背中を向けていないと、リョウは踏ん張れそうになかった。

「苦しいけど、ありがてぇなって、俺は思いたい」

「リョウ様……」

「すまねぇ。俺はまた……ああくそ、自分のことで手一杯で……。リヤル、センの……センのところへ行ってくれ。お前にだけは、こんな面、見せたくないんだ……」

「一人で背負えないもののほうが多いのです、リョウ様」

リヤルの穏やかな声にリョウは心を委ねそうになるも、下唇に力を込めてぐっと堪《こら》えた。

駄目だ。

今この時だけは、リヤルに背負わせたくない。カンナギ教団の小巫女《こみこ》だった自分だけは堪えなくちゃいけない。リョウは踏ん張り、微動だにしなかった。

リヤルはドゥンヤの巫女だ。

いついかなる時も、南の地の巫女であろうとする。自分がもっとも癒しを必要としている時ですら、自らの痛みすら消し去って他者の癒しと希望になろうとする。

今まさに、そうしようとしている。

ディナールがそうであったように。

それが巫女の尊さであるものの、リョウは今のリヤルにそれだけはさせたくなかった。

「センのところへ早く、リヤル。今のお前にだけは、背負わせたくないんだ。……頼む」

リョウはそう言って、リヤルの返事を待たずに歩き始めた。格納庫から出ていく自分の歩みが、気遣うためのものか、逃げるためのものか、リョウはそれすら分からない。どこへ向かって歩いているのかすら、あやふやだ。多脚要塞《ようさい》の通路を曲がっては立ち止まり、向かい側から人影を感じるたび、自分の無様な顔を見られたくなくてまた歩き出した。通路を彩る組子細工の幾何学模様や、心安らぐ光を放つ照明すら、リョウは気に留められなかった。

年を経るほど分からないことが増えていく。

分かっていなかったことに、いくつも気付かされていく。

強く賢くなるために学んできたことで、弱くて愚かであることを知らしめられる。

神様は意地悪だ。性格があまり良くない。

ずっとリョウはディナールに裏切られたと思っていた。ディナールもまたリョウに裏切られたと思っていた。十年ぶりに再会して、「裏切り者」とお互い罵《ののし》り合うはずだ。

やっとディナールと分かり合えるはずだったのに。

姉と弟に戻れたのに。

失っては取り戻し、取り戻してはまた失う。馬鹿のように繰り返してばかりだ。

リョウは胸を掻《か》きむしった。

憎い。シャハラザードの影が。シャハラザードの影を差し向けたタールが。

殺したい。奴らを。あの鎌切型の虫樹も、その虫使いも。

けれど、もう見失いたくない。

ディナールにリョウを裏切らせたのは――。

(アフラージじゃ、なかった……)

ディナールは、アフラージをその身に帯びてすらいなかった。リヤルに預けていた。この十年、ディナールが南の地のために尽力していたことは疑いようがない。ディナールは小巫女《こみこ》として学んだことのすべてに、ただ実直であろうとしただけだ。

リョウは自嘲《じちょう》の笑みを浮かべることすらできなかった。

なんと皮肉なことだろう。

リョウは十年前から、ずっと思い違いをしてきた。

なにが自分の目を眩《くら》ませたのか。なぜ、ディナールの不安に寄り添えなかったのか。

エン王の人柄への信頼が、エン王の理想への共鳴が、リョウが太陽のように感じていたものこそが、リョウが見るべきだったものを見えなくしていた。

(信じるってことの、ほんとうの恐ろしさが分かってなかった……)

リョウは痛感した。

深く話し合わずとも理解しあえると甘えていた。相手のことを分かっていると思い込むなんて、なんという傲慢《ごうまん》だろうか。ディナールも、ユーロも、「わかってくれる」と。そんな自らの慢心が、アフラージ簒奪《さんだつ》の結果を誘発してしまった一因ではないか。

人は同じ雲を見ても、同じように見えない。どれほど青空が美しくとも。

リョウにディナールを裏切らせたものもまた、それだ。

(俺は、見つけることで負けていたのか……)

冒険者だというのに。見つけることで負けてたまるかと、今までやってきたのに。こんな単純で当たり前のことを、今になって、ようやく見出したというのか。

ディナールのことをリョウは理解できていなかった。

小巫女《こみこ》ですらなかった頃からディナールを知っていたくせに。

失って気付いた。手遅れになってから見つけた。

見つけた途端ずっしりと、胸の奥で掴《つか》みようのない重さとなっている。

（ユーロも、そうだったのか……？）

リョウはふとそう感じ、目元を拭《ぬぐ》って多脚要塞《ようさい》の独房へと歩を進めた。

細く急な階段を上ること、二度。

通路を狭めるようにして設けられた隔壁をくぐり、剥《む》き出しの野太い配管が目立つ無機質なエリアへ踏み込むと、守衛が二人、洒落《しゃれ》っ気一つない頑丈な鉄格子の前に立っていた。

ユーロの独房はこの奥だ。さらに鉄格子がもう一つ見える。

守衛に鉄格子を二つ開錠してもらい、リョウが独房の前にくると、鉄格子の奥にユーロが座っていた。ユーロは不機嫌に鼻を鳴らし、リョウの顔など見たくないとそっぽを向いていた。

ずいぶん痩《や》せたようだが、相変わらずユーロはふてぶてしい面構えをしている。

その横っ面をリョウは殴りつけたくなってきた。

毛布やトイレなど、狭い独房には最低限のものしかない。虫樹を象《かたど》った折り紙が鉄格子の手前に並んでいた。差し入れられた書籍のページを千切って折ったもののようだ。

甘っちょろい独房だ。飢えとも乾きとも無関係だ。五十年ここにぶち込んでおいたって、リヨウが岩窟牢《がんくつろう》の十年で味わったものには届かないだろう。

リョウは鉄格子の前に腰をどんと下ろした。

「ディナールが死んだ」

開口一番にリョウが言うと、ユーロは押し黙った。しんとした独房の空気を、通行人の靴音がかつんかつんと叩《たた》くたび、空気の強張《こわば》りが鮮明になっていく。

その沈黙がどれほど続いたのか、リョウにも定かではない。

ユーロがおもむろに口を開いた。

「……そうかい。よかったな、リョウ。アフラージがセン王女の手に入って」

「アフラージはドゥンヤの巫女の手にある。セン王女が手にしたのはもっといいものだ」

「信頼ほど値が激しく動くものはねぇぜ」

ユーロはせせら笑った。

リョウは大きく息を吸い込んだ。腹立たしいが、ユーロの言葉には一理ある。その一理をリョウは懸命に認めようとして、罵声《ばせい》をぐっと飲み込んだ。

「そうだな。信頼は値動きが激しい」

「……なんの用だ？」

「話してみたくなってな」

「勝手だな。アフラージを見つける時もお前はそうだった」

嘲《あざけ》るようなユーロの目を受け止め、リョウは頷《うなず》いた。

「ああ、そいつは俺のしくじりだった」

「……」

「アフラージを見つけることに躍起になってた。聞くべきものが、見るべきものが、まるで見えちゃいなかった。アフラージさえ見つけりゃ、ぜんぶ上手くいくと思ってた。俺は小巫女《こみこ》の修業を投げだして、ディナールに全部背負わせて、自分勝手に生きてきて——だから、そうすりゃ……アフラージを見つければ、帳尻が合うんじゃないかって気がしたんだ。最高のお宝を見つけて、冒険者として最高の名誉を得て、胸を躍らせながら帳尻を合わせたかった」

リョウは自嘲《じちょう》した。

「笑っちまうよな、単純すぎて」

「笑えねぇよ、リョウ。お前のそれに、俺だって命を張ったんだ」

ユーロはそっぽを向いたまま吐き捨て、奥歯を噛《か》み締めていた。

「……もう全部手遅れさ、リョウ。分かってるだろう？」

「ああ」

「今になって吐き出して、てめぇだけ楽になろうってか？」

ユーロの刺々《とげとげ》しい眼光を正面から受けて、リョウはゆっくりと首を横に振った。

「楽になりたいなら、お前のところには来ないさ」

「罪深さを紛らわせるために自分に鞭《むち》をふるうのも、結局は楽になりたいだけなんだぜ？」

「なら、そうかもな。……よく分からないんだ」

　リョウは正直であろうとした。

　ここに来たのは、あるいはそのためかもしれない。

「ユーロ。お前の顔を見てるだけで、今も檻ごとぶん殴ってやりたいほど腹が立つのに、どういうわけだか、ぶん殴るのが後ろめてぇって俺の拳《こぶし》がそっぽ向きやがる」

「なら、失せな。檻を殴って指の骨を砕いちまう前に」

　ユーロはそう言って背を向けた。

　リョウは腰を上げ、ぽんぽんと尻の埃《ほこり》を払った。

「そうするよ。じゃあな、ユーロ」

「王女様に言っときな。わが身が可愛いなら、俺の首を刎《は》ねるのは早いほうがいいってな」

「伝えとく。でもな、セン王女はお前を負かした女だ。罪深さを紛らわせるために自分の首を刎ねさせようとする奴の思惑なんぞ、たちどころに見抜いちまう」

　リョウがそう言うと、ユーロは鼻をふんっと鳴らした。

「……エン王の次は、セン王女か。シャハラザードの騎士ごっこは楽しいか？」

「今も昔も、虫樹に乗ってお宝をあるべきところへ。俺はそれをやってるだけさ」

　リョウは独房から出て、二つの鉄格子が閉まる音を背に、ふうっと長く息を吐いた。

ほんの少ししか話していないのに、身体《からだ》が重い。

リョウは格納庫に向かおうとして、十歩目で立ち止まり、剝《む》き出しになった野太い配管に手をついて体を支え、また細く長く息を吐き出した。

ユーロと話すことで、なにか進展があったわけでもない。ユーロのことを許せないという気持ちも、憎しみも、軽くなったわけではない。話し合いで解決しないことが山のようにあることをリョウは嫌というほど知っている。ただ、胸の内に逆巻く抗《あらが》いがたい不遜《ふそん》な流れにもみくちゃにされる中で、抗うような一掻《か》きがやっとできたような気がした。

ふと人の気配を感じてリョウが顔を上げると、隔壁の陰でオボルスが立ち尽くしていた。

「悪い、リョウ。聞いてた」

「そうか」

「なぁ、リョウ……」

そそくさと立ち去ろうとしたリョウの背中を、オボルスの声が引き留めた。

「……俺は自分の後ろめたさを、ユーロのせいにしてた。リョウ、あんたはこの前、俺が積み上がっていく後ろめたさを捨てなかったと言ってくれたが、違うんだ。俺は、ユーロに被《かぶ》せていただけだった。ユーロは悪党だ。クソ野郎だ。被せるのは簡単だった。いくらでも理由が思いついた。そうやって今の今まで……俺は背負おうとしていなかった」

オボルスの懺悔《ざんげ》に、リョウは頷《うなず》いた。

「俺だってそうさ」

「いいや、もう違う。……あんたを見てると、俺は自分が恥ずかしい……」

「よせ」

リョウは顔を背けたまま手で制した。

こんな情けないものが、誰かの見本になるとリョウには思えなかった。

「俺はただ、自分のしくじりをなかったことにはしたくねぇ。そう思っただけだ」

リョウは歩き出した。

隔壁を過ぎ、階段を一つ下るだけで、脚の重さにリョウは歩みをまた止めてしまった。

自覚とは、こうも重いものなのか。持ち方も背負い方もおぼつかない。形なきものはいつだってそうだ。気付いていなければ空気と変わらないのに、気付いた途端に鉛よりも重くなる。

押しつぶされてしまう前に、この重さに負けない心と技量が身につくのか。

アフラージのせいにしていれば気が楽だった。

そうすることだって、できた。

自分の愚かさを真正面から見つめるなんて、ひどく苦しいことだ。見て見ぬふりをし続けてきたことにまで、気付かざるを得なくなっていくのだから。

かっこ悪い。

けれど受け止めねば踏み出せない。

もうすぐ、多脚要塞《ようさい》の格納庫でソレオレノの修理と改造が始まる。取り戻した火の粉をしぶかせる右前脚は、ディナールによって改良が施されていた。立ち会って性能を把握しておかねば、シャハラザードの影に再び襲われた時、また守り切れなくなる。

リョウは息を深く吐き出し、背負い方を探りながら一歩また一歩と歩き始めた。

4

センは多脚要塞の書斎でぱたんと本を閉じ、文机《ふづくえ》の上に置いた。格子窓の手前につるされた古代遺物の水壺《みずつぼ》から、ぽっぽっと立ち上った水の煙が蝶《ちょう》のような形となって、ツタ模様の絨毯《じゅうたん》へと降り立ってはさっと消えていく。陽光は強いが、書斎は涼しい。本棚に並んだ新書と古書の混じりあう独特の香りもまた、センの肩を柔らかくしてくれる。センは背中をうんしょと伸ばし、ごろんと寝転がってやや硬めのクッションに身を預けた。

鍾乳洞《しょうにゅうどう》を彷彿《ほうふつ》とさせる立体的な幾何学模様の円天井は、とても華やかで奥深い。こうして寝転がっていると、まるで星空を眺めているような気すらする。

センは目を閉じて深呼吸した。

目を閉じて自分の鼓動にじっと集中するだけで、少しだけ気が楽になる。そう、以前読んだ本に書いてあった。実践してみると、なかなか悪くない。

リヤルはリョウと対面中だ。

ディナールが最後に発してくれた言葉のおかげで、聖都の虫使いたちもリヤルに従ってくれている。混乱からは立ち直りつつあり、聖都の復旧作業も進んでいるそうだ。

リヤルの任命により、民の守り手はハララが担うそうだ。

ディナールの葬儀はしめやかに済んだ。

ディナールが生前述べていたのだろう、葬列や墳墓も質素なものだった。葬儀を取り仕切るリヤルは取り乱す者たちを慰めて回り、気丈だった。

リョウは隠そうとしていたが、ひどく憔悴《しょうすい》した面持ちだった。

センはリョウにかける言葉が見つけられない。

南の地の聖都に攻め込むと、そう決断したのは自分だ。ターレルがディナールの動向をいち早く摑《つか》み、間髪を入れずにシャハラザードの影を差し向けてくるとは。

（読みが甘かった……）

センは悶《もだ》えるようにして身を起こし、文机の本の上に手を置いて握り締めた。

本を開いて気を紛らわそうにも、紛れない。

アフラージ統一において、ディナールは必要な人だった。ターレルと渡り合うために、リヤルを支えセンに力を貸してくれていれば、強力な助っ人となったろう。聖典への信仰が厚く古代遺物の利用を忌避する傾向にある南の地で、遺物の利用を解禁する労力は並大抵のものではないはずだ。ディナールは強権的であったものの、その功績は計り知れない。

リョウとディナールが手を組めば、タールもおいそれと手出しはできなくなったはずだ。

ディナールを失ったのが痛い。

もうちょっとだった。リョウのおかげで、完璧な形で南の地と手を結びかけたのに。あとほんの少しセン自身に想像力があり、備えていれば違ったはずだ。

余剰の戦力があれば、シャハラザードの影に対抗できた。作戦立案の時にアブースクードに対してもっと強く求めていれば、虫樹と虫使いをあの一戦に加えられていたはずだ。

そうであれば、この結末は違ったものになっていたかもしれない。

書斎のドアがノックされ、センはうつむくのを止めて居住まいを正した。

「どうしました?」

「セン様、リヤル様の御用件が御済みになられたようです」

マナトに伝えられ、センは書斎を出た。

リヤルは腹部発着場でリョウと会っていたはずだ。

センが足早に向かうと、大柄な女性の守護学徒を伴いリヤルがそこにいた。

「セン様、お待たせしました」

そう言うリヤルの首元に、白銀の紐《ひも》のペンダントが見える。ディナールが身に着けていたものだ。古代遺物と思《おぼ》しき精巧さが感じられる品だった。

「リヤル様、リョウとの話はもうよろしいのですか？」

「……ええ」

リヤルは頷《うなず》きながらも、心残りがあるようだった。

リョウの姿が見えない。

センは何か、リョウから託されたような気がしてリヤルを誘った。

ベニシダレが発着場にしがみ付いている。

ソレオレノとの激闘から数日しか経っていないというのに、ベニシダレはほとんど修復されていた。すでに戦える状態になっているようだ。

センは静かに称えた。

「聖都が都市機能を回復する手並みや、ベニシダレの治りの速さに、驚きました。ボールコックピットの換装や機体の修復速度を上げる技術力に、みな驚いていました」

「カンナギ教団の抱える研究部門のおかげです。農業も、工業も、医学も、古代遺物を用いるあらゆる仕事は、みなそうです。古文書の解読結果を、ああして見事に技の向上へと繋《つな》げてくれます。この十年間でここまで築き上げてくれたのは、ディナールでした」

「尽くされた方だったのですね、ディナールは」

「はい」

「南の地はこれから栄えるはずです。その下地があるのですから」

センはそう言うしかなかった。

リヤルの振る舞いは気丈だが、そのつらさは察するに余りある。

何年か経ってから、ふとした瞬間にその人が死んだ重みがやってきたりする。センは知っている。エン王が亡くなった時もそうだった。三年経って、お茶会終わりに学友たちを見送っていた時に、ふいに父の横顔や声を思い出して涙が止まらなくなってしまった。父が死んだという重みを受け止められたのは、その時だったように思う。

あるいは受け止められたと思い込もうとしているだけで、センは今もって、受け止めることなどできていないのかもしれない。もし受け止めることができていても、受け入れることはできていないのかもしれない。アフラージを統一したいというこの想いに、時折どうしようもなく荒々しくて濁った何かが混じってくるのは、そのためだろうか。

天国で会えると信じていても、苦しいものは苦しく、重いものは重い。

そもそも受け止めたり、受け入れたりできるほど、命は強いものなのか。強いものだと思い込んでしまっていて、よいものなのか。強くあるべきものなのだろうか。神が人を弱く愚かにお創りになったのは、少なくとも、虚勢を張らせるためではないはずだ。

センは分からない。

聖典を諳《そら》んじ、法学者の教えを受け、フィルスの死を経ても、答えは遠ざかるのみだ。

リヤルの力になる。センはそれを伝えたかった。

「私の書斎を見ていただけませんか？」

「はい、ぜひ」

リヤルの頷《うなず》きを見て取り、センは傍《そば》に控えるマナトへ命じた。

「マナト、下がりなさい」

「はっ。……ハララ殿、こちらへ」

マナトがそう言って大柄の守護学徒をいざなっている。大柄の守護学徒はリヤルの傍から離れることにためらいを見せたが、リヤルが目配せすると大人しくマナトへついていった。

センの書斎へ入ると、リヤルは表情を明るくして窓からイウナンの街並みを見た。

「見事な景色ですね、セン様」

「どうか、センとお呼びください。今は二人きり。他の目はありません」

「では、私のこともリヤル、と」

リヤルはセンの申し出に快く応じてくれた。

リヤルが書斎の本棚をしげしげと眺めている。

「西の地の書籍ですね、これらは……センは、本がお好きなのですね」

「はい。リヤルはどうですか？」

「私はあまり、字が得意ではなくて。古代の文書や、絵や音の本は得意なのですが」

リヤルの恥ずかしそうな口ぶりに、選ばれし者の凄味をセンは感じた。

古代文明の書物の文字は、文字というより模様に近い。常人には読み取ることができず、精霊に選ばれし者しかその内容を理解することができないものだ。センはエン王に憧《あこが》れて何度となく古文書の読解に挑んだが、まるで歯が立たなかった。

リョウとオボルスが露店で見つけてくれた植物図鑑に目が留まり、センは一冊手に取り、リヤルとクッションに背を預け、身を寄せ合ってページをめくった。

古代の本を模写したと思《おぼ》しき古書だ。

見たこともない花が、聞いたことのある名前で記されている。古書の絵のシンプルだが的確な描写が気に入ったのか、リヤルは楽しそうに眺めていた。

樹々のページに差し掛かると、リヤルがぽつぽつと思い出を語ってくれた。カンナギ教団に身を寄せる前のことや、小巫女《こみこ》の頃の他愛もない思い出を、とても楽しそうに。

「幼いころは、よく木登りをしていました。悪戯《いたずら》をしては、ディナールに叱られて」

「まぁ……」

「男の子にだって、木登りや取っ組み合いでは負けませんでした」

「リヤル、あなたが？　喧嘩《けんか》を？」

「ええ、小巫女としてはあるまじきことです。ディナールは呆れていました」

そう言いながらリヤルは微笑《ほほえ》んでいた。

センは目を丸くした。

目の前のリヤルは穏やかで物腰も柔らかい。その幼少期が、そんなふうだったとは。

「今も時々木登りをするのですが、そのたびにハララが顔を青くするんです。おろおろするハララや小巫女たちを樹の上から眺めるのが、とても楽しくて」

くすくすと楽しそうに話すリヤルに、センは思わず噴き出した。

リヤルの飾らない人柄なのだろうか。

センもふと、昔のことがいくつも思い出されて、ぽつぽつと話した。

身体《からだ》が弱く熱を出してばかりいて、寝床で本を読んでいるしかなく、気付けば本が大好きになっていたことも。シャハラザードの書庫にこもりきっていて、父を悩ませたことも。武道師範のフィルスに何度もかけあって、武道を習う許可を得たことも。本に書いてあることを何でも本当だと思い込んでしでかした、失敗の数々も。

「ヘナタトゥーを絨毯《じゅうたん》に描けば空だって飛べるようになると、本にそう書いてあったものですから、私はラグマットで試してみたのです。けれど浮かばなくて、これはきっと勢いが足りないのだなぁ、と。ですから、階段の上からラグマットと一緒に滑り降りてみたのです。そうしたら階段から転げ落ちてしまって……侍女たちが血相を変えていました。その時のみんなの顔がなんだかおかしくて、その顔が見たくて。別の本に、転げ落ちる時は頭を庇《かば》って体の力を抜くといい、と書いてあったものですから、それから何度かラグマットで階段を転がってみました。慣れてみるとなかなか、階段を転がり落ちてみるのも楽しいもので」

「まあ、センったら」

「本ばかり読んでいると、お父様に叱られました。お父様が亡くなった後は、フィルスがよく諌《いさ》めてくれました。……そういう人が、どんどん減っていきます」

センは不思議で仕方ない。

寂しくなるのは好きという証《あかし》なのに、どうして心は弾んだりせず、失ってしまったことばかりに目が向いて、寂しさに心が軋《きし》んでしまうのだろう。

「私は、本を読めと叱られました。小巫女《こみこ》の頃は、ディナールによく……」

リヤルの目は遠くを見ていた。

「十三年前、ディナールが巫女を辞して冒険者になろうとしたとき、私はディナールにきついことを言ってしまいました。継続は愛であり、愛なき者は巫女の座に相応《ふさわ》しくない、と。けれどディナールは、必要だと分かっていたのです。古代遺物の活用がいかに民を富ませるか、どうすれば南の地にもその恩恵を広められるのか、それを知るためにディナールは冒険者となったというのに、十三年前の私はそんなことも分からずにディナールを責めてしまった」

リヤルは淡々《たんたん》としていた。

二日前の天気でも話すように、そんなふうに話せないはずのことを話していた。

「愛なき者は私のほうでした。私が間違っていました。……どうしてなのでしょうね？　謝る機会が遠のいてしまった途端、過ちの重さに次から次へと気付いてしまう……」

センは気付いたらリヤルを抱きしめていた。

抱きしめてセンは気づいた。リヤルの体が冷たく強張《こわば》っていることに。

なんてことだろうか。

受けた傷が深すぎて、リヤルはそれに気づけてすらいない。

なんとかしたい。なんとかせねばと、センはとっさに言葉を紡ぎ出した。

「十三年前は、あなたの間違いをディナールが正し、そして今、ディナールの間違いをあなたが正したのです。あなたもディナールも、間違いを認め、改められる人だったのです」

こんな言葉で本当にリヤルを力づけられるのか、センは自信がなくて腕に力が籠《こも》った。ありったけの想いを伝えることの、なんと難しく、もどかしいことか。

力むほどに空回り、空回るほどに伝わらない。

「く、苦しいです、セン」

リヤルの声にセンははっとして、回していた腕を慌てて解いた。

強く抱きしめ過ぎてしまった。

もっと包み込むように優しく抱きしめればよかったと、センは悔いた。そもそも、ドゥンヤの巫女に対してこのような真似は無礼だったかもしれない。

「ごめんなさいっ、リヤル」

慌てるセンの様子がおかしかったのか、リヤルの口元が柔らかくなっている。

よかったとセンは胸を撫《な》でおろし、改めて居住まいを正した。

「私はアフラージを統一し、この大陸すべてに水の恵みをもたらしたいのです。シャハラザードだけが豊かになり、それ以外は富の恩恵から遠ざけられていくこの現状を変えたい。そうすることでシャハラザードの繁栄も続くと考えています。奪って得る豊かさではなく、生み育てる豊かさが欲しい。そのためにリヤル、ドゥンヤの力を貸していただけませんか？」

「こちらこそ、セン。西の地と東の地の力を貸してください」

センとリヤルは互いの手を重ね合わせた。

冷たかったリヤルの手も、温《ぬく》もりを取り戻しつつあるようだ。リヤルの指は美しい。武道の鍛錬で固くなったセンの手とは、なにもかも違う。柔らかくて優しい。

なにより、リヤルの袖から覗く手首だ。

リヤルの肌には、精巧な模様があざのように浮き出ている。どれほど器用なヘナタトゥーの書き手ですら描けないであろうほど、きめ細やかで美しい二重螺旋《らせん》模様だ。

精霊に選ばれた者が生まれながらに宿すもの。

（古代の印……）

センはその神聖さに見惚《みと》れ、ふと思い出した。

ディナールが言っていた。リヤルはエン王に匹敵する古文書解読の才がある、と。おそらくディナール自身にも古代の印があったのだろう。ドゥンヤの巫女《みこ》の秘技によって見いだされる小巫女がいずれも特筆する才能を有しているのは、単なる噂《うわさ》ではなかったのだ。

リヤルはおもむろに自身の首元へと手を回した。

「セン、これです……」

リヤルは自身の首から下げていたペンダントトップを取り外し、ペンダントトップを白銀の紐《ひも》から外すと、その白銀の紐をセンへと差し出した。

綺麗《きれい》な紐だ。一本の細い金属であることが見て取れるも、とても柔らかそうだ。古代の文字のようなものが、紐の表面にうっすらと浮かんでは消えていく。

古代のものに違いない。だが、単なる装飾品ではないのだろう。

リヤルの目は真剣だ。

「シャハラザードの民を無差別に瘴気《しょうき》で苦しめるような、恐ろしい起動装置は存在すべきではありません。このようなものは処分せねば」

「……これが、そうなのですか?」

驚いたセンが聞き返すと、リヤルは静かに頷《うなず》いた。

アフラージと同じだ。危険なものだと、見ただけでは分からない。

むしろ、美しいとさえ思ってしまう。

ペンダントトップを握るリヤルの手にぎゅっと力が入っていた。

「はじめはありふれた紐でした。その紐が切れるとディナールはチェーンを通し、そのチェーンが切れると、これをペンダントに通して首にかけてくれました」

リヤルの淡々《たんたん》とした声に堪《たま》らず、センはリヤルの手を両手で包んだ。

この紐《ひも》の重みに苦しむリヤルを支えたかった。

「リヤル。私が代わりに処分しておきます」

センは任せてほしいと目で訴えた。

リヤルは逡巡《しゅんじゅん》しながらも「……セン、お願いいたします」と白銀の紐を手放した。

（重い……）

センはずっしりとした紐の重みに驚いた。

細くしなやかで美しい見た目からは想像もできないほど、重い。だが違和感のない重みだ。

シャハラザードの王都の民の命が、この白銀の紐にかかっていたのだ。

「セン、この紐は持ち手の意志に反応します。この紐は強く念じる持ち手に三度、激しい痛みを伝えるそうです。決して、その痛みを堪《こら》えて念じ続けてはなりません」

リヤルの忠告に、センは目に力を込めて頷《うなず》いた。

リヤルはほっと一息つけたような安堵《あんど》の笑みを見せ、ゆっくりと席から腰を浮かした。

「リヤル。もう少し、ここでゆっくりしてはどうですか？」

「今は、リョウ様の傍《そば》に寄り添いたいのです」

リヤルは肩の荷をやっと一つ下ろせたのか、居住まいに優雅さが戻っていた。

「私は巫女《みこ》です。ドゥンヤの巫女なのです。苦しむものを一人にはしておけない。失い悲嘆にくれている者たちに、寄り添い続けたいのです」

リヤルの透き通る声の響きに、センは息を呑《の》んだ。

朝日よりも温かい何かが放たれている。

やはりリヤルは違う。普通の人間とは何かが決定的に違っている。

これがドゥンヤの巫女というものなのか。心を摑《つか》まれ、巫女のために何かをしたくなる。

選ばれし者の輝きか。

神々しき何かに導かれているかのような、このリヤルの眼差《まなざ》し。センはよく知っている。エン王も、このような目の輝きと声音を発する時があった。

努力ではどうにもならない、持てる者と持たざる者を別つ、何か。

(これが、本物の才……)

ドゥンヤの巫女の座をあのディナールから託された人だ。

ドゥンヤと教団の行く末を託すに値すると、そう期待された小巫女だったのだ。

リヤルを羨《うらや》んでいる自分に気づいて、センはその浅ましさを悟られまいと目を逸《そ》らしてしまった。ディナールがあのまま生きていてくれればアフラージの統一において心強かったのになんだのと——ディナールの死に対してすら算盤を弾き、勘定をつけようとしている自分がひどく醜く思えてしかたない。そんな自分をリヤルに悟られることが、センは怖かった。

打算が必要なことだと理解していながら、そうしているとは思われたくない。

自分が濁っているのは構わない。

ユーロを倒すと決め、リョウを助け出し、フィルスの死を飲み込んだ時、センは覚悟した。

けれどそんな自分の濁りを、リヤルに見つめられたくない。

センは己の心を取り繕って、もう一度リヤルを見た。

「リョウをお願いします。私では、かける言葉が見つけられなかった……」

「言葉は重要ではありません。さきほど、貴女が私にしてくれたように」

リヤルはたおやかに言い切った。

失ったものの日陰に芽吹くものがあるのだと勇気づけられたような気がして、センは白銀の紐《ひも》を懐へと仕舞い、リヤルを多脚要塞《ようさい》の格納庫まで見送った。

リョウの痛みが少しでも和《やわ》らぐよう、祈らずにはいられない。

センが書斎へ戻ってくると、マナトがいた。

センは座椅子に腰を下ろし、懐から白銀の紐を取り出してマナトへと差し出した。

白銀の紐を手にしたマナトは「これはリヤル様がお着けになっていたものでは？」と首を傾げている。その綺麗《きれい》な白銀の紐がなんであるのか、マナトは想像すらついてないようだ。

「マナト、巫女様からそれの処分を頼まれました」

「いやに重いネックレスチェーンですね……」

「……」

「セン様。処分というのは、破棄でしょうか？　廃棄でしょうか？」

捨てるとして原形を留めぬようにするのか否かというマナトの申し出に、センは瞼《まぶた》を閉じて返答をしばし遅らせ、ゆっくりと息を吐き出してから口を開いた。

「マナト、書斎の金庫にしまっておいてください。必要なものです」

センはそう言いつけ、白銀の紐《ひも》を金庫へと仕舞わせた。

センはそうする必要性を自分に言い聞かせた。

なぜあのタイミングでシャハラザードの影が聖都を襲撃してきたのか。

ディナールの不穏な動きを察知し、機先を制するためだろう。

だが、王都瘴気《しょうき》散布計画の全貌《ぜんぼう》を知っていたとは考えにくい。この白銀の紐がもつ破壊力を知っていればそんな無謀はしなかったはず。ターレルが南の地や西の地を再び強襲することへの政治的な抑止力として使えるはずだ。もう二度と、ディナールを失ってしまったリヤルやリョウや南の地の者たちのような、そんな人々を生み出したくない。

シャハラザード王国の者たちに、そんなことをしてほしくない。

させたくない。

破壊の力は、持っていても使わないことが大切だ。使わず、話し合いこそ上策だと相手に気づかせるためのものだ。ディナールとは違う使い方を、シャハラザードの王女である自分ならばできる。リヤルの協力を得られたとはいえ、まだ西の地と南の地は足並みを揃《そろ》えるまでに時間を要する。ディナールのこの形見がなければ、守れないものが多すぎる。

この白銀の紐をどうするかということは、ターレルとの交渉材料にできる。武力で決着することになろうとも、アフラージの統一問題において交渉は欠かせない。

（そう、せねば……）

センには自信と、後ろめたさがあった。

すべてはターレルからアフラージを取り戻すまでの話だ。

リヤルとの約束を反故《ほご》にするのではない。

これはちゃんと破棄する。破棄するまでの時間を、少し延ばすだけだ。

ガガガ文庫7月刊

いつか憧れたキャラクターは現在使われておりません。

著／詠井晴佳《よみいはるか》

イラスト／萩森《はぎもり》じあ

19歳の成央の前に現れたのは、15歳の時に明澄俐乃のために作ったVRキャラ《響來》だった。響來の願いで再会した成央と俐乃は、19歳の現実と理想に向き合っていく――さまよえるキャラクターと葛藤が紡ぐ青春ファンタジー。

ISBN978-4-09-453133-6（ガよ3-1）　定価858円（税込）

かくて謀反の冬は去り

著／古河絶水《こがたえみ》

イラスト／ごもさわ

“足曲がりの王子”奇智彦と、“異国の熊巫女”アラメ。二人が出会うとき、王国を揺るがす政変の風が吹く！奇智湧くがごとく、血煙まとうスペクタクル宮廷陰謀劇！

ISBN978-4-09-453134-3（ガこ5-1）　定価891円（税込）

ソレオレノ2

著／喜多川《きたがわ》 信《しん》

イラスト／KENT《ケント》

虫樹部隊団長のリョウの次なる強敵はディナール。雀蜂型虫樹「ベニシダレ」を操る彼女は、リョウと幼い頃に心を通わせ同じ夢を見た麗人だった。砂漠の大地に平和をもたらすため、リョウとセンは新たな戦いへ！

ISBN978-4-09-453135-0（ガき3-5）　定価858円（税込）

氷結令嬢さまをフォローしたら、メチャメチャ溺愛されてしまった件

著／愛坂《あいさか》タカト

イラスト／Bcoca《ビコカ》

アリシアは厳しい言動から『氷結令嬢』と呼ばれている。そのためか、唯一心を許している使用人・グレイにフルパワーで甘えてしまう!?　お嬢様は貴族、グレイは平民。絶対にこの溺愛には、耐えなければならない！

ISBN978-4-09-453140-4（ガあ18-1）　定価814円（税込）

変人のサラダボウル5

著／平坂《ひらさか》 読《よみ》

イラスト／カントク

中学生活を満喫するサラと、ますます裏社会へと足を踏み込んでいくリヴィア。登場人物たちの意外な一面も明かされる、予測不能の群像喜劇第5弾。今回は恋愛成分多めでお送りします。

ISBN978-4-09-453136-7（ガひ4-19）　定価792円（税込）

星美くんのプロデュース vol.2 ギャルが似合わない服を着てもいいですか?

著／悠木《ゆうき》りん

イラスト／花ヶ田《はながた》

ジル（星美）と心寧は、ショッピング中に女性とぶつかってしまう。お詫びに女性の経営するカフェで働くことになるも、そこには折戸の姿が!?　更には、伊武から折戸の好きな人を探るように頼まれてしまい――。

ISBN978-4-09-453137-4（ガゆ2-4）　定価792円（税込）

魔王都市 ―空白の玉座と七柱の偽王―

著／ロケット商会《しょうかい》

イラスト／Ryota-H《リョータエイチ》

魔王都市を治める七柱の王、その一柱が殺された。均衡が崩れ極度の緊張状態に陥る中、事件の捜査に臨むのは勇者の娘と、一人の不良捜査官。暴力と陰謀が入り乱れる混沌都市で、歪なコンビの常識外れの捜査が始まる。

ISBN978-4-09-453138-1（ガろ2-1）　定価935円（税込）

電子限定配信

ロメリア戦記 外伝 ～魔王を倒した後も人類やばそうだから軍隊組織した～

著／有山《ありやま》リョウ

イラスト／上戸《かみと》 亮《りょう》

ギリエ峡谷の魔物を駆逐したロメリアは、港の建設に乗り出していた。そして港を運営すべく、メビュウム内海にあるメルカ島に協力を求め旅立つ。本編で語られることのなかったロメリア達の海洋での戦いが明かされる。

定価1,430円（税込）

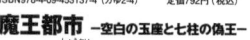

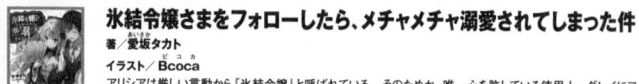

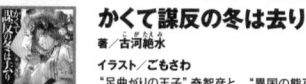

GAGAGA
ガガガ文庫

ソレオレノ2
喜多川 信

発行 2023年7月24日 初版第1刷発行

発行人 鳥光 裕

編集人 星野博規

編集 湯浅生史

発行所 株式会社小学館
〒101-8001 東京都千代田区一ツ橋2-3-1
[編集]03-3230-9343 [販売]03-5281-3556

カバー印刷 株式会社美松堂

印刷・製本 図書印刷株式会社

Printed in Japan ISBN978-4-09-453135-0

第18回小学館ライトノベル大賞
応募要項!!!!!!!!!!!!!!!!!!!!!!!!!!!

ゲスト審査員は宇佐義大氏!!!!!!!!!!!!
（プロデューサー、株式会社グッドスマイルカンパニー 取締役、株式会社トリガー 代表取締役副社長）

大賞：200万円＆デビュー確約
ガガガ賞：100万円＆デビュー確約
優秀賞：50万円＆デビュー確約
審査員特別賞：50万円＆デビュー確約
スーパーヒーローコミックス原作賞：30万円＆コミック化確約
（てれびくん編集部主催）

第一次審査通過者全員に、評価シート＆寸評をお送りします

内容 ビジュアルが付くことを意識した、エンターテインメント小説であること。ファンタジー、ミステリー、恋愛、ＳＦなどジャンルは不問。商業的に未発表作品であること。
（同人誌や営利目的でない個人のWEB上での作品掲載は可。その場合は同人誌名またはサイト名を明記のこと）

選考 ガガガ文庫編集部＋ゲスト審査員 宇佐義大
（スーパーヒーローコミックス原作賞はてれびくん編集部による選考）

資格 プロ・アマ・年齢不問

原稿枚数 ワープロ原稿の規定書式【1枚に42字×34行、縦書き】で、70～150枚。

締め切り 2023年9月末日（当日消印有効）※Web投稿は日付変更までにアップロード完了。

発表 2024年3月刊『ガ報』、及びガガガ文庫公式WEBサイト GAGAGA WIREにて

紙での応募 次の3点を番号順に重ね合わせ、右上をクリップ等（※紐は不可）で綴じて送ってください。※手書き原稿での応募は不可。

① 作品タイトル、原稿枚数、郵便番号、住所、氏名（本名、ペンネーム使用の場合はペンネームも併記）、年齢、略歴、電話番号の順に明記した紙
② 800字以内であらすじ
③ 応募作品（必ずページ順に番号をふること）

応募先 〒101-8001 東京都千代田区一ツ橋 2-3-1
小学館　第四コミック局 ライトノベル大賞係

Webでの応募 ガガガ文庫公式WEBサイト GAGAGA WIREの小学館ライトノベル大賞ページから専用の作品投稿フォームにアクセス、必要情報を入力の上、ご応募ください。
※データ形式は、テキスト（txt）、ワード（doc、docx）のみとなります。
※Webと郵送で同一作品の応募はしないようにしてください。
※同一回の応募において、改稿版を含め同じ作品は一度しか投稿できません。よく推敲の上、アップロードください。

注意 ○応募作品は返却致しません。○選考に関するお問い合わせには応じられません。○二重投稿作品はいっさい受け付けません。○受賞作品の出版権及び映像化、コミック化、ゲーム化などの二次使用権はすべて小学館に帰属します。別途、規定の印税をお支払いいたします。○応募された方の個人情報は、本大賞以外の目的に利用することはありません。○事故防止の観点から、追跡サービス等が可能な配送方法を利用されることをおすすめします。○作品を複数応募する場合は、一作品ごとに別々の封筒に入れてご応募ください。